读客外国小说文库

激发个人成长

THE CHILDREN OF MEN
人类之子

[英]P.D. 詹姆斯 著

于素芳 译

文匯出版社

The Children of Men

P. D. James

再一次献给施以援手的女儿克莱尔和简！

目　录

第一卷　末日

2021年1月-3月

第一章

2021年1月1日，星期五

2021年凌晨，午夜刚过3分钟，布宜诺斯艾利斯郊区的一家酒馆内，地球上最后一个出生的人因斗殴身亡，享年25岁2个月12天。如果这最初的报道可信的话，那么约瑟夫·里卡多的死正如他的出生一样，可以说是不同凡响。他是人类官方记载中最后出生的一个（这与任何个人美德或天赋无关），这种不同凡响一直都是他难以应对的。现在他死了。在英国，消息是通过国家无线广播9点钟的节目发布的。我听到这则消息纯属机缘巧合。当时我正下定决心开始写这本后半生的日记，无意中看了一下时间，心想也许正好能赶上收听9点钟的新闻简报。里卡多的死讯是最后一条新闻，只有简短的几句，播音员的声音拿捏得很到位、很平淡，丝毫没有感情流露。可是对我而言，这则消息倒是给写这本日记增加了第三个小小理由。今天是新年的第一天，同时也是我50岁的生日。新年的第一天离圣诞节太近，以致一个礼物（从来也说不上比我收到的其他礼物好多少）要用作两种庆祝，会让人心生不爽。可在小的时候，我对此毫不在意。我一直都很喜欢自己的这种与众不同。

开始下笔了。新年，我的50岁生日，里卡多的死，这三件事似乎还没有足够的分量去填满崭新的散页日记本的前几页。可是我要坚持写下去，算是抵御个人倦怠的一个小小防备吧。如果无事可记，我会写下无事可写的空虚。假若到了将来，在我年老的时候——我们多数人都有望活到这一天，成为延长生命的专家——打开一罐自己储存的火柴锡罐，点燃自己虚荣的小小篝火。我无意把日记留作个人最后岁月的记录——即便是在自我膨胀到极点的时候，我也不至于那样自欺欺人。我，西奥多·法隆，哲学博士，牛津墨顿学院教研员，研究维多利亚时期的历史学家，离异，无子嗣，独居。唯一值得一提的是，我是英格兰总督兼独裁者罕·里皮亚特的表弟。这样一个人的日记会让人感兴趣吗？不过话说回来，额外的个人记录也根本没用处。世界各地的民族、国家都在准备着为后来者们留下证据（我们偶尔也会相信这些后来者们会理解我们）。这些后来者来自另外的星球，或许会登陆这个绿色的荒蛮之地，追问这里曾经居住过什么样的感性生命。我们储存书本、手稿、辉煌的绘画、乐谱、乐器以及人工制品。世界上最大的图书馆至多在40年后将会被封存起来，不再灯火通明。现在依然挺立的座座大楼，会为它们自己代言。牛津不太坚硬的石头也挺不过几个世纪，而且这所大学已经在讨论重修墙体剥落的谢尔登剧场。不过，我倒是喜欢想象这些神秘的生物会在圣彼得广场登陆，想象着他们进入雄伟的大教堂，一言不发，脚步声在沉积了几个世纪的灰尘中回响。这里曾是人类最伟大的教堂，里面供奉着他们那个族类的一位神灵，他们会发现这点吗？这位神灵被如此隆重、气派地供奉着，他们会对他好奇吗？这位神灵的符号曾经很简单，就是两根交叉的小棍，在大自然里随处可见，现在上面却镀有金层，装饰着珠宝，金碧辉煌，这会引起他们的兴趣吗？也许他们的价值观和思维方式与我们截然不同，根本生不出敬畏或好奇？我们发现了一个星球（是在1997年，对吧？），科学家告诉我们那里可能有生命。尽管如此，却几乎没有人相信那些生命会过来。那些生命一定存在。认为在浩渺的宇宙中只有一个小小的星球能够有生命存在并发展，这肯定是不切实际的。只不过是我们到不了他们那里，他们也不会过来。

20年前，全世界对人类将要永久失去生殖能力这种说法已经将信将疑，寻找最后一个出生的人类成了全球性的热潮，甚至上升到了民族荣誉的高度，演变为全球性的角逐，竞争激烈、残酷，却不得要领。按照条件，这个人的出生必须有官方公告，出生的日期和准确时刻都有记录。这样一来，很大一部分只知道出生日期不知道准确出生时刻的人被排除掉。人们普遍认为（不过并没有刻意强调）结果永远不是终结性的。几乎可以确定的是，在某个遥远的丛林中，在某个原始的小屋中，最晚出生的人类已经毫无声息地降临这个世界，而我们毫无察觉。但是经过数月的筛选、再筛选，混血儿约瑟夫·里卡多得到官方认可。欧洲西部夏令时1995年10月19日3点2分，私生子约瑟夫·里卡多在布宜诺斯艾利斯医院出生。结果一经公布，整个世界似乎突然意识到搜寻了无意义，兴趣转向别处，只剩下他一个人面对无人不晓的出名身份。现在他死了，我怀疑是否会有哪个国家迫不及待地从被人遗忘的那些人中拉出其他的符合条件的人。

我们愤怒，锐气受挫，与其说是因为我们族类濒临灭绝（更不要说是因为我们无能力阻止），不如说是因为我们无法找到原因。这种失败很惨重、很屈辱，拥有西方科学与医药的我们无法接受。曾经出现过很多难以诊断和治疗的疾病——其中一种在根除之前几乎让两个大洲人口灭绝——但我们在最后总能说明原因。即便是今天，很多病毒和细菌依然掌控着我们，像不断发起攻击的宿敌，一旦胜券在握，就会毫不犹豫把我们击倒。这似乎是对人类的公开侮辱，令我们气愤不已，可是我们可以给这些病毒和细菌命名。西方科学一直是我们的神佑，它有着多种能力，可以保护我们，让我们活得舒适，治愈我们的疾病，提供温暖、食物和娱乐。我们毫无顾忌地抨击着这个神佑，偶尔也会拒绝它，就像人总是拒绝自己的神灵一样。可是我们知道，尽管我们大不敬，作为我们掌中之物和奴隶，它依然不会吝于向我们付出：止痛的麻醉药、备用心脏、新的肺腔、抗生素、汽车和电影，应有尽有。一按开关就会来电，如果灯不亮，我们可以找到原因。我从来都不擅长科学，上学时，我对它所知甚少，现在我50岁了，却并没有更了解它。即便是对科学的成就并不理解，我还是奉其为神佑，和那些心中的神佑已死的人一样有着同样的幻灭感。我依然清楚地记得，当世界上再也没有一个怀孕的女性成为无法掩饰的事实的时候，一位生物学家信誓旦旦说过的话："我们也许要花上一段时间才能找出全球不育的原因。"现在已经过去25年，我们再也不期望能有什么进展。就像发情的种马突然成了性无能一样，我们被击中自信的核心，备感屈辱。我们有知识、有智慧、有能力，却再也不能做动物本能的事情，因此我们对诸神既膜拜又憎恨，也是情理之中。

1995年成了"末日之年"，全球共知。90年代晚期有一场大规模的公众讨论，议题是"发现治疗全球性不育方法的国家会不会与世界共享，以及会提出什么样的条件"。人们普遍认为不育是全球性的灾难，世界必须团结起来，共同应对。到90年代晚期，我们提起"末日"时还是把它当作一种疾病，一种功能障碍，早晚都可以找到病因得到治疗，就像人类找到治疗肺结核、白喉、骨髓灰质炎以及最终找到了艾滋病（尽管找到得太晚了）的治疗方法一样。一年一年过去了，在联合国的领导下共同付出的心血却毫无结果，于是完全的公开不复存在。研究进入地下，各国的奋战让人关注又止不住疑惑。欧共体共同行动，在研究设备和人力上投入颇多。巴黎郊外的欧洲人类生殖中心是世界上最著名的研究中心之一。这些机构至少公开地轮番与美国合作。如果有什么不同的话，就是后者更努力。不过还没有跨种族的合作——成功的回报太过丰厚。如果研究有了成果，在怎样高昂的条件下，它才会被允许共享？这个问题引发了热烈的猜测和讨论。人们普遍认为，治愈方法一经发现就应该共享；这是科学知识，没有哪个种族应该，或者说，可以据为己有。可是，在不同的大洲、国家和种族间，人们彼此不信任却着魔般地关注着对方，从小道消息和猜测中获取力量。古老的间谍活动重返江湖。老特工们一个个放弃舒适的退休生活，从惠桥[1]和切尔滕纳姆[2]走出来，传授他们的技艺。间谍活动从来没有停止过，即便是在1991年冷战正式结束以后也是如此。间谍活动集青少年的掠夺行为与成年人的背信弃义于一身，令人痴迷，很难完全弃绝。在90年代晚期，间谍机构活跃起来，造就了新的英雄、新的无赖和新的神话。冷战结束以来从未有过这样的盛况。我们尤其关注日本，部分原因在于害怕这个拥有先进技术的民族已经快要找到治愈方法了。

　　10年过去了，我们依然观望，但再也不这么急切，也再也不抱希望。间谍活动依然在进行中，可是现在距离最后一个人类出

[1] 惠桥：伦敦郊外的富人和名人居住区。（若无特殊情况说明，本书注释均为译注。）
[2] 切尔滕纳姆：旧称切尔滕纳姆矿泉镇，是英国英格兰格洛斯特郡的自治市镇。该地以温泉闻名，拥有大型的温泉疗养区，同时还是许多国内和国际重要节日活动的举办地。

生已经过去25年，在我们心中几乎不再相信这个星球上能再次听到新生儿的哭声。尽管英国总督百般努力，通过开放国家色情商店的方式刺激我们不断减弱的性欲，但收效甚微。浪漫的和理想的爱恋已经取代了原始的肉体满足。不过在肢体感受上我们有替代品，在国民医疗保健范围之内的人都可以享受。我们开始衰老的身体接受着轻轻敲打、拉伸、按抚、抚摸、涂油、增香。我们修指甲、修脚、测量身体、称体重。玛格丽特夫人学院成了牛津大学的按摩中心，每个星期二下午我都要躺在那里的小床上，看着外面依然有人照料的花园，享受着这份国家提供的、时间精打细算的感官放纵。尽管只是幻觉，我们却不辞辛苦，着魔一样想留住精力充沛的中年（青春的幻想已不大可能）。高尔夫成了全国性的运动。为了建成更具挑战性的球场，大片的乡村土地都被改造，重新整理，其中有些地方的景色在整个国家都排得上号。如果不是"末日"来临，环保组织者会对此进行抗议。一切都是免费的，这是总督承诺过的娱乐活动。有的场所已经开始排外，不受欢迎的人不能进去，不是通过明令禁止的方式（那是违法的），而是通过不假言传的暗号。在英国，从小耳濡目染，即便是再不识趣的人都能看懂。我们需要这样区别对待——平等是一种政治理论，不可能付诸实践，即便是在罕提倡平等主义的不列颠也不例外。我曾经尝试着打高尔夫球，可是找不到乐趣，或许是因为我能打飞草皮，却总是打不中球。现在我跑步，几乎每天我都会在波特草坪或者是人迹罕至的威萨姆森林的小路上跑步，我统计着公里数，之后还要测心跳、体重变化和耐力。我和其他人一样想活着，着魔似的关注自己身体的功能。

替代药品、芳香油、按摩、按抚法、涂油、致幻药、非插入性性行为的研究，很多都能追溯到90年代早期。电影、电视、书本以及生活中的色情场景和性暴力在增加，越来越不加掩饰，我们西方人却越来越少做爱和生孩子。可是在当时，地球人满为患，这种情况似乎备受欢迎。但作为一名历史学家，我知道这是终结的开始。

在90年代早期我们就应该有所警觉。早在1991年，一份欧共体报告表明欧洲儿童出生数量大幅减少——1990年为820万人，在罗马天主教国家减少的幅度更大。我们当时认为自己知道原因，这种减少是人为因素造成的，是因为生育控制和对流产的态度更加开明，职业女性为了事业推迟怀孕，以及家庭想进一步提高生活水平。而艾滋病的传播（尤其是在非洲）使人口减少的情况更为复杂化。有些欧洲国家开始发动声势浩大的运动，鼓励生育。不过多数人都相信这种人口减少是我们所期望的，甚至是必要的。人口过多会造成地球的污染，因此人口减少乃众望所归。多数人认为与其关注人口减少，不如希望国家维持好现有人口，保存好自己的文化和种族，养育足够的年轻人来维持经济发展。可是在我的记忆中，没有一个人提出人类的生育能力从根本上发生了变化"末日"降临如惊天霹雳，让人难以置信。似乎一夜之间，人类就失去了生育能力。1994年7月，人们发现甚至连用来做实验以及人工受精的冷冻精子都不再管用，这尤其让人惊恐，给

"末日"蒙上了巫术、神灵干预的神秘面纱，让人心生迷信，充满敬畏。古老的神灵再次显形，大显神威。

直到1995年出生的这代人性发育成熟的时候，整个世界才彻底放弃了希望。当时的检查覆盖所有人，却没有一个人能产生有用的精子。于是我们知道智人的末日真的来临了。正是这一年，2008年，自杀率开始上升。主要不是老年人，而是我这一代人：人届中年，一天天老去，社会腐朽，检查让人备感羞辱，却是形势所迫，这一切我们都要承受。罕那个时候已经接任英国总督，试图阻止正在蔓延的自杀行为，于是对死者在世的近亲征收罚款。而现在那些丧失能力、需要照顾的老人自杀，国家议会则会给他们的近亲数量可观的抚恤金。两者的力度可有一比。罕的政策生效了，和世界其他地方庞大的自杀人数（尤其是在那些尊奉祖先崇拜、注重家族延续的地区）相比，自杀率是降下来了。可是那些活着的人却完全听命于几乎无处不在的消极论（法语里叫作"普遍的无聊感"）。它像一场隐伏的疾病，在我们身上突然发作——确实这是一种疾病，其症状很快被人们所熟知：身体疲乏，精神沮丧，原因不明的心神不定，容易感染，让人痛苦不堪的持续性头疼。和许多人一样，我与这种疾病展开搏斗。有的人——其中就包括罕——从来不会患上这种病，或许是由于缺乏想象力，或许（就罕来说）是因为自我意识太过强大，以致任何外来的灾难都不能畅行其道。我现在依然需要与这种病搏斗，不过对这种病的恐惧已经减少。我用以搏斗的武器是书籍、音乐、饮食、酒以及自然。这些同时也是我的慰藉。

而这些让人平息下来的慰藉同时也苦乐参半地提醒着我们，人的幸福时光是短暂的。那么，快乐时光什么时候是持久的呢？在牛津灿烂的春日里，在贝尔布兰顿大道上一年比一年可人的缤纷花朵里，在石头墙壁上挪动的阳光中，在迎风招展、花朵绽放的七叶树上，在豆花盛开、田野馨香的气氛中，在第一片飘下来的雪花中，在精巧柔美的郁金香花中，我依然可以找到快乐，只不过更多的在于心智而不是感官上。享乐不必有所吝啬，因为在未来几百年的春天里，花儿再无人赏看，墙壁会剥落，树木会死去、腐朽，花园会变成杂草园。因为所有的美丽都比人存在的时间更长久，尽管记录美丽，为之欢欣鼓舞，大肆庆祝的是我们人类。我这样告诉自己，可是现在快乐如此之少，即便是有，也与痛苦没什么区别。在这种情况下，我会相信吗？我能理解那些没有子嗣希望的望族和大地主把产业撂荒是怎样的心情。我们所能体验的只有当下，而不可能是别的时刻。理解了这点，我们就几乎获得了永生。为了我们人类（姑且不说为了我们自己），我们的思绪越过几个世纪，回到祖先那里寻找自信。没有拥有子嗣的希望，不能确保我们虽然临近灭绝却依然活着，所有的思想和感官上的快乐对我来说都不过是防止我们垮下的防护，尽管这种防护很可怜，也不足以依赖。

所有人都没有了子嗣。怀着与悲伤的父母同样的心情，我们把让我们痛苦的所有东西都收了起来。公园里的儿童游乐场已经被拆除。在"末日"来临的最初12年里，秋千被扎紧、挽起来，滑滑梯和攀登架再也不刷漆。现在这一切终于消失，柏油游乐场地已经是杂草丛生，野花点缀，像是小小的坟场。玩具娃娃对精神有点错乱的女人来说已经成了孩子的替代品，除此之外，所有的玩具都已经被烧掉。学校不再招收学生，要么用木板封起来，要么用作成人教育中心。图书馆里的儿童书全部被撤掉。只有在磁带和各种录音带上我们才能听到孩子们的声音，只有在电影或电视上我们才能看到年轻人阳光活泼的身影。只有少数人不忍心去看，但是大多数则像吸食毒品一样欲罢不能。

1995年出生的孩子被称为"末日一代"。人们对他们进行研究、检查，为他们绞尽脑汁，珍视他们，纵容他们。他们所得的关注远远超过其他年代的人。他们是我们的希望，我们获救的出路，而且他们过去是，现在依然是无与伦比的漂亮一代。在其残忍的终结中，大自然似乎想让我们更清楚地看到自己所失去的东西。男孩子们现在已经是25岁的成年人，个个强壮、富有个性、聪明、潇洒，像活力四射的神。他们中的很多却很残忍，傲慢，有暴力倾向，而且人们发现全世界的"末日一代"都是这样。那些夜晚在乡村四处开车转悠，伏击、恐吓路上没有防备的人的骇人的"油彩帮"据说就是"末日一代"。还有谣传说，在这些人被抓住的时候，如果愿意加入国家安全警察就会免受惩罚，否则（即便是不再有不轨行为）也会被遣送到流放地马恩岛。所有的暴力犯罪者、盗窃者，或多次行窃者现在都被遣送到这个岛上。但是如果我们想不用设防地在崎岖的二级公路上开车，想要我们的城市安全的话，重新采用19世纪的驱逐政策就可以有效地打击犯罪。

女性"末日一代"则有着非同寻常的美：古典、缥缈、慵懒，没有生气与活力。她们的风格与众不同，其他的女性绝对无从模仿（也许是惧于模仿）。她们留长发，披散开来，前额留住发辫或束着缎带，留直发或者是编着辫子。这种发型只适合具有古典美的脸庞：额头很高，眼睛很大，很亮堂。和"末日一代"的男孩子一样，她们似乎也没有人情味。"末日一代"的男男女女都与众不同，他们受到纵容，被追捧。人们惧怕他们，对他们充满迷信般的敬畏。我们听说，有些国家常常把他们拿来做祈求生育仪式（经历了许多个世纪肤浅的文明之后再次复活）上的祭品。我偶尔会很好奇：如果我们得到消息说这些被烧死的年轻人已经被古老的神灵们笑纳，已经祈求到孩子的话，我们欧洲人会怎么做。

或许是我们通过自己的愚蠢造就了"末日一代"，把持续的监控和完全放纵结合起来的社会制度是很难有助于健康成长的。如果从婴孩时起就把孩子当神一样供奉，那么他们长大后很容易变成魔鬼。关于我怎么看"末日一代"以及他们怎么看自己，我有着很鲜活、生动的记忆。那是去年6月，一个炎热的天气，却不怎么闷，天空晴朗，湛蓝高远，微云像棉絮般轻轻浮动；甜馨、凉爽的风吹在脸上，不是一个印象中的让人热得发软的牛津之夏。我当时去拜访一位在基督教学堂里的大学同事，已经进入沃尔西教堂的宽阔的四心拱门，准备穿过汤姆方庭。这个时候我看见了他们，一群"末日一代"，四男四女，很优雅地站在石头基座上。女孩子们波纹状的头发闪闪发亮，透明的衣服上打着皱褶和环结，像是刚刚从教堂前拉斐尔派画作的橱窗里走出来。四个男孩站在她们后面，双腿稳稳地分开站着，胳膊交叉，眼光并不在女孩子们身上，而是越过她们的头顶看过去，似乎在傲慢地确认对整个院子的所有权。我从旁边经过的时候，女孩子们转过头来看我，眼神空洞、冷漠，却很明白地发散出轻蔑。男孩子们只是微微皱皱眉，然后就收回眼光，好像视线所及不值得关注，又继续盯着院子看。我当时想，我现在也这样想，不用再给他们上课我是多么高兴。多数"末日一代"拿到了第一学位，但学业也到此为止，他们对继续上学不感兴趣。我教过的"末日一代"的大学本科生很聪明，但具有破坏性，纪律性差且厌学。他们有一个从未问出口的问题："这样有什么意思？"我很高兴这省去了我回答的烦恼。历史阐释过去，理解当下，面向未来，对一个末日将至的物种来说是最没有价值的。

大学同事中，丹尼尔·赫斯特菲尔德以完全冷静的态度对待"末日"现象。他当时是统计古生物学家，他的思想有着不同的时间维度。和古老赞美诗中的上帝一样，一千年在他眼里就像过了一个晚上。在一次学校年度宴会上他坐在我旁边，我当时负责学院的葡萄酒。他问我："法隆，你准备拿什么酒让我们来配松鸡吃？应该拿好酒。有时候我担心你有点太爱冒险。我希望你已经制订出合理的喝光计划。即便是到我临终的时候，一想到这些没有礼数的'末日'人随意处置学校的酒窖我都会很痛苦。"

我说："我们正在考虑这个问题。我们依然在储酒，当然数量在减少。一些我的同事觉得我们太过悲观。"

"哦，我觉得你们怎么悲观都不为过。我弄不明白为什么你们对'末日'持这样惊讶的态度。毕竟，这个星球上曾经存在过40亿种生物，39.6亿种现在已经灭绝。我们不知道原因。有的灭绝原因不明，有的则是因为自然灾害，有的是因为流星和小行星撞击。考虑到这些大规模的灭绝，似乎真的没有原因认为人类应该免除在外。我们人类本应该是所有生物中生命最短的，也就是一眨眼的工夫。除了'末日'，或许还有一个大小足够毁掉地球的小行星正向地球移动着。"

他开始大声地嚼着松鸡，好像这样的前景让他满意至极。

第二章

2021年1月5日，星期二

在罕的邀请下，在那两年里，我成为议会成员，类似于理事会观察者兼顾问的角色。记者们发新闻，说我们两个从小一块长大，亲如兄弟。这是很常见的。但事实并非如此。我们从12岁起就一起过暑假，但是，仅此而已。记者们的错误并不令人惊讶。我自己都有点相信。即使现在回想起夏季学期也是枯燥的，无非是按计划排得满满的日子，既不痛苦，也不恐怖，因为我很聪明且有相应的人缘，偶尔也会有短暂的快乐。我得忍受这样的日子直到放假的幸福时刻来临。在家待上几天之后，我就会被送到乌尔谷。

即便是现在我写这些文字的时候，也在试图理解自己对罕的感情为什么如此强烈而且能持续这么久。这跟性无关，连所有情谊中都会产生的本能性触动几乎都没有。我们从来没有身体接触，现在想起来，甚至在嬉闹玩耍的时候也没有。我们间也没有什么嬉闹——罕讨厌身体接触，而且我早就认识到这一点，也尊重他这种"闲人免入"的内心隐秘。同样，这方面他也尊重我。我们之间同样也不是一方处于掌控地位的关系：年龄大的（只大四个月）掌控着对他崇拜有加的小的。他从来不让我有不如人的感觉，那不是他的风格。他欢迎我来，没有特别热情，就像是在等待自己的胞弟，自己不可分的一部分回来一样。那时，他有一种魔力，现在依然有。魔力常常受到蔑视，可是我永远弄不明白为什么。真正喜欢他人的人才有这样的魔力，至少在真切相遇和说话的时刻如此。魔力通常是真真切切的，可能肤浅但绝不虚假。罕和人在一起时，给人的印象是亲密无间、兴趣盎然，除却对方不再需要任何人。但如果在第二天听说对方去世时，他情绪不会有丝毫波动，甚至会眉头都不皱一下地杀死对方。现在当他在电视上对着全国民众做季度报告的时候，我可以看到他依然有着同样的魔力。

我们两个人的妈妈现在都已去世。她们是在乌尔谷走完生命旅程的。乌尔谷现在已经成了议会提名者的养老院。罕的父亲在罕成为英国总督的第二年死于巴黎的一场车祸。这场车祸有一些难解之处，细节从来没有披露过。那个时候我觉得它奇怪，现在依然如此觉得，这也使我对自己和罕的关系有了更多的了解。我一方面依然认为他无所不能，一方面又要让自己相信他很残忍、不易说服，远远超过常人想象，和他小时候没有两样。

这姐妹两个所走的人生道路截然不同。我的姨妈，兼有美貌、抱负和运气，嫁给了一个中年的准男爵。我妈妈则嫁给一个中层的公务员。罕出生在乌尔谷——多尔赛特郡最为漂亮的庄园别墅。我出生在萨里郡金斯顿当地医院的产房，之后被带回家——一套半独立的维多利亚房子，它所处的街道漫长、阴暗，一直通向里士满公园，两边的房子别无二致。我在充满憎恨的氛围中长大。我现在还记得，夏天妈妈给我收拾去乌尔谷的行李时的样子：焦虑地挑选着干净的衬衫，似乎满含敌意地拿起我最好的夹克衫，抖一下，仔细地查看着，就像是恨这些衣服花了她不少钱，却从来没有过合身的时候。当时为了不影响我长个子，衣服买得很大；而这会儿太小了。对于自己姊妹的好运气，她的态度表现在一系列不断重复的话语中："幸好他们不会为了吃顿晚饭而换衣服。我不会为了一顿晚饭就买上一件夹克，你还太小。荒唐！"还有必然要问的问题——问的时候她把眼神避开，因为她并非没有羞耻感——"我猜他们相处得还行吧？当然了，他们那个阶层的人卧室通常是分开的。"最后还有："当然了，对塞丽娜来说那没关系。"即便是12岁的我都知道对塞丽娜来说那不会没有关系。

我怀疑我母亲想起她姐姐和姐夫的时候要比他们想起她的时候多。甚至连我过时的教名也归功于罕。他的名字随着他的祖父和曾祖父起的，多少代人以来，"罕"一直是里皮亚特家族常用的名字。我也是随祖父起的名字。我母亲弄不明白为什么在给孩子起名字的古怪程度上他们也要压过我们。乔治阁下让她困惑不已。我现在还能想起她不无抱怨的话："在我看来，他一点都不像个准男爵。"他是我们两个见过的唯一一个准男爵，于是我不由得想在她的构想中他该是什么样子：是凡·戴克画像中走出来的那种脸色苍白、充满浪漫气息的样子，还是冷傲具有拜伦风格、面庞涨红、虚张声势、声音洪亮、擅于使唤猎犬的样子？不过我知道她话里的意思，在我看来他也不像个准男爵。确切地说，他看起来根本不像是乌尔谷的主人。他长着一张黑桃脸，面庞红得也不纯净，嘴巴很小、湿润润的，胡子看起来既假气又滑稽，一头红发（罕继承下来了）褪色成干草一样的土褐色，凝望着自己的属地时眼睛满是困惑和忧伤。不过，他擅长射击——我母亲也会赞同这种看法。罕也擅长。罕不能动他父亲的普德莱猎枪，不过他自己有好几把步枪，我们常常用来打兔子，另外还有两把手枪，可以安上空弹壳玩。我们会在树上张起标靶，练习好几个小时来提高射击成绩。经过几天的训练，步枪和手枪上我都比罕强了。这出乎我们两人的预料，尤其是我。我从来没有想过会喜欢或者说擅长射击，发现自己很喜欢射击的时候，我甚至有点惊慌、有点愧疚。手枪握在手里的那种感觉，那种令人满足的平衡感，几乎是一种感官享受。

假期里罕没有其他的陪伴，而且看起来也不需要。没有雪伯恩公立学校的朋友来乌尔谷。当我问起学校的情况时，他总是闪烁其词。

"没什么，比哈罗公学好多了。"

“比伊顿公学还好？”

“我们不再去那里了。曾祖父受到严重的指控，收到很多言辞激烈的信件，公众抨击猛烈，众叛亲离。我都忘了是怎么回事了。”

“你从来不介意重回学校吗？”

“我为什么要介意？你呢？”

“我不介意。我喜欢学校。如果不能在这儿，我宁愿上学也不愿意过假期。”

他沉默了一会儿，然后说：“情况是这样的，校长想要了解你，他们认为拿了人家的钱就得这样。我让他们摸不着头脑。这个学期我会努力学习，分数名列前茅，成为宿舍管理员的宠儿，可以稳妥地拿到牛津奖学金，而下个学期就会惹出很大的麻烦。”

“什么样的麻烦？”

“不足以被开除的麻烦。当然了，在接下来的学期里我又成了一个好孩子。这让他们很困惑、很着急。”

我也不了解他，可是我并不着急。我连自己都不了解。

当然，我现在知道为何他喜欢我在乌尔谷。现在想来，我自己从一开始就在猜想着。他对我绝对没有义务、没有责任，甚至连朋友之间的义务或个人选择的责任都没有。他并没有选择我。我是他的表弟，是推卸不掉的，于是我来了。有我在乌尔谷，他再也不需要面对那个不可回避的问题：“你为什么不邀请朋友们来这里度假？"他为什么要邀请？他有丧父的表弟要照应。他是独子，我使他免去过多父母关照的压力。我从来没有意想得到这种关照，可是没有我的话，他的父母就会觉得有必要表现出来。从儿童时起，他就不能容忍别人对自己生活的质疑、好奇和干涉。我很理解这一点；我也完全一样。这是一种偏执的自负。如果有足够的时间或者想要弄明白的话，可以追溯一下我们共同的先人，找出根源，应该非常有意思。我现在意识到，这种自负是我婚姻失败的原因之一，可能也是罕从未结婚的原因。重重工事防卫着他的心灵和大脑，而工事的铁闸门要用比性爱强大得多的力量才能撬开。

暑假漫长，有好几周，其间我们很少见到他的父母。和多数青少年一样，我们睡得很晚，等我们下来的时候，他们已经吃过早餐。我们的午餐是在餐厅里吃的：一热水瓶家制的浓汤，面包，奶酪，肉酱，厚厚的水果味很浓的家制蛋糕。这些都是一个处境悲惨的厨师准备的。她毫无逻辑地一方面抱怨我们制造额外的小麻烦，一方面又抱怨没有隆重的晚宴让她一展身手。我们及时回家换衣服吃晚饭。

我的姨妈和姨夫从来没有什么娱乐，至少我在的时候是这样。我和罕吃饭的时候，他们的交谈几乎只限于他们两人之间，偶尔会扫一眼我们两个不好伺候的年轻人，交换一下眼神，秘不可示，心照不宣。他们的谈话时断时续，内容无一例外是关于我们两个的。他们说话就像我们两个不在场似的。

我姨妈，很雅致地剥掉一个桃子的皮，眼睛都不抬一下，说："孩子们可能想去梅登堡。"

"那里没有太多能看的。杰克·曼宁划小船去收龙虾的时候可以带他们出去。"

"我觉得不能相信曼宁。明天普尔市有一场音乐会，他们也许会喜欢。"

"什么音乐会？"

"我不记得了。我把节目单给你了。"

"他们也许愿意在伦敦待上一天。"

"这么可爱的天气不能去伦敦。他们在露天的环境里会更好。"

罕长到17岁，第一次有权利动用他父亲的汽车的时候，我们曾开车往普尔市去找女孩子。我觉得这种游玩很可怕，于是只跟他去了两次。那感觉像是进入一个外星人的世界：咯咯的傻笑声，互相追逐的女孩子，大胆、挑衅的盯视，明显无用却必须进行的聊天。第二次之后，我说："我们不能装出感受到爱慕的样子。我们甚至都不喜欢她们。人家当然也不喜欢我们。如果双方只想上床的话，为什么不直接说出来，省去这些令人尴尬的前戏呢？"

"哦，她们似乎需要这些。不管怎样，你唯一能接触到的那样的女孩子是需要提前现金付账的。我们可以去普尔市碰碰运气，看场电影，喝上几个小时或许就可以。"

"我不想去。"

"你或许是对的。第二天早上我老是觉得不值得这么麻烦。"

我不愿意去，兼有尴尬、害怕失败和羞愧感。这些他肯定都知道。可是他能让这些听起来并非这么回事。这就是他的典型风格。在普尔市的停车场里，我和一位红头发女孩在一起失去了童贞，当时感觉非常不舒服。而我却怨不得罕。在我笨拙地摸索的时候，以及事后，那个女孩都很明确地告诉我，她知道怎样更好地度过周六晚上。而且我几乎不能确定这次经历对我的性生活是否有着很负面的影响。毕竟，如果性生活是由年轻时的第一次经历决定的话，世界上的大多数人将会注定是独身。人生中没有什么比这种经历更能说明苦尽甘来的道理。

除了厨师，我能想起来的其他佣人并不多。有一个叫霍布豪斯的园丁，对玫瑰有着一种病态的厌烦，尤其不喜欢玫瑰和其他的花混种在一起。他会抱怨说，怎么到处长的都是玫瑰。他技巧娴熟，不无憎恨地修整着攀爬植物和标致的灌木丛，满腹牢骚，就好像这些植物都是神秘地自己冒出来的。还有斯科韦尔，长着一张漂亮、精致的脸，他到底是做什么的我终究没有弄明白：车夫、园丁学徒，还是勤杂工？罕既不无视他的存在，也不会有意去冒犯。我从来没有见过他对哪个佣人动过粗。为什么这样子呢？如果我对表哥细微的表情不够敏感，没有觉得这样的问题不合适的话，也许我会这样来问他。

罕是我们外祖父的最爱，对此我毫无怨言。这在我看来太正常不过。有一年圣诞节，很不巧我们所有人都在乌尔谷，我偶尔听到一小段对话，至今依然记得。

"我有时候会想，西奥会不会最终都没有罕成功。"

"不会的。西奥长得好看，很聪明。不过罕非常人能比。"

我和罕似乎联手促成了这种判断。我考上牛津的时候，他们很满意却不无惊讶。罕考上牛津大学贝列尔学院他们觉得是理所当然的。我考了第一名他们说我是幸运。罕只是取得第二等学位的时候，他们抱怨，不无宽宏大量地说他没有用心去学习。

罕没有提过要求，也从来不把我当穷亲戚对待，每一年都免费提供暑假去处，供我吃喝，要的是我的陪伴或存在。如果我想一个人待着，我尽可以这样，不必担心会听到抱怨或评判。我通常一个人待在图书室。这间屋子让我快乐，里面有好几书架的书，全都包着真皮，有壁柱和雕刻的大写字母，有带有雕刻的巨大石制壁炉，壁龛里放着大理石半身像，巨大的地图桌子可以摆上我的书和假期作业，皮质扶手椅颜色深暗，通过书房高大的窗子，从草坪到河流和桥的风景一览无余。就是在这里，在浏览乡村历史的时候，我发现内战时的一次小战役就发生在这座桥上：五个勇士凭借桥的地势对抗圆颅党的人，直至所有人都坠落桥下。他们是具有浪漫主义勇气的人，甚至他们的名字都被记录下来：奥默罗德、弗里曼特尔、科尔、拜德尔、费尔法克斯。我激动地跑去找罕，把他拽到图书室。

"快看，那次战斗的确切时间是8月6日，下周三。我们应该庆祝一下。"

"怎么庆祝？往水里扔花吗？"

不过他既非轻视也不是鄙视，只是有点被我的热情给逗乐了。

"为什么不用酒向他们致敬呢？搞个仪式。"

我们既喝了酒，又搞了个仪式。太阳落山时我们去了桥边，带着他父亲的红葡萄酒、两把手枪，我抱着带围墙的花园里摘的一大捧花。我们两人喝酒，然后罕在桥栏杆上站定，两支手枪朝着天空开火，我则大声喊出那几个人的名字。这是我从儿时起所能记住的时刻之一：那充溢着纯粹快乐的傍晚时光，没有愧疚、厌腻或悔恨的阴影。夕阳中罕站定的身影，他火红的头发，颜色变淡的玫瑰花瓣从桥下漂过，渐行渐远。这一切，永远地刻在我的脑子里。

第三章

2021年1月18日，星期一

我现在依然能想起在乌尔谷度过的第一个假期。我跟随罕沿着走廊尽头的通道，上了两段楼梯就来到房子顶部的一个房间。这里越过阳台可以望见对着河流和小桥的草坪。刚开始时，受母亲愤愤不平情绪的影响，我很敏感，想着自己是不是被安排在佣人的房间里。

没想到罕说："我就在隔壁。我们有自己的盥洗室，在走廊的尽头。"

我现在依然记得那间屋子里的所有细节。从上学起一直到离开牛津，我每一个暑假都是在这里度过的。我变了，可是这间屋子丝毫没有变化。想象中，我眼前闪过一个接一个的形象：小学生、中学生和大学生——个个都难以置信地是我的模样——年复一年地在夏天里打开这扇门，名正言顺地走进这座祖屋中。8年前母亲去世以后我再也没有回过乌尔谷。现在，我再也不会回去了。有时候我会幻想着等老了我会返回乌尔谷，在那间屋子里死去。最后一次推开那扇门，再看一眼有四根带雕刻的柱子、铺着褪色的丝绸拼接床罩的单人床；弯木制成的摇椅，上面的靠垫都是早已去世的里皮亚特女人们手工绣制的；乔治亚时代的桌子依然闪着光泽，有点磨损，但依然结实、稳固、堪用；书架上摆放着19世纪和20世纪男孩子的书籍：亨蒂、费尼莫尔·库柏、瑞德·哈格德、柯南·道尔以及约翰·巴肯；抽屉是拱形前脸，上方带着有点脏的镜子；古老的版画上是战争场景：受到惊吓、在大炮前腾跃的战马，怒目圆睁的骑兵军官，即将枯竭的纳尔逊河。我现在还能记起那天我第一次走进那间房子的情形：我走到窗台前，隔过阳台望过去，看见了坡地草坪、橡树、缎子一样的河流和那座小小的隆起的桥。

罕站在门口，说："如果你愿意的话，明天我们骑车出去。准男爵已经给你买了一辆自行车。"

我后来才知道他很少用其他的方式提及自己的父亲。我说："他真好。"

"说不上好。他必须的——对吧？他要是想让我们在一起就得这样。"

"我有一辆自行车。我通常骑车上学，我本可以带过来的。"

"准男爵觉得在这里准备一辆更方便些。你不一定要骑。白天我喜欢骑车出门，你要是不想去的话可以不去。骑车不是一件义务。在乌尔谷没有什么义务，除了不快乐。"

我后来才发现他喜欢说这种讽刺性的、假装大人的话。它们都是针对我说的，我也确实都听进去了。不过我不相信他所说的。第一次去那儿时，我天真地为此着迷，很难想象在这样的家里人会不快乐。他肯定不是当真的。

我说："有时间我想看看这座房子。"说完我脸就红了，害怕让人觉得自己像是一个潜在的买主或是游玩者。

"我们当然可以看。如果你能等到星期六，从教区牧师处过来的马斯克尔小姐将会尽地主之谊。你要付一镑钱，不过还包括花园。为了帮助教堂筹措资金，这里每隔一个星期都会在星期六开放。莫丽·马斯克尔在遇到不懂的历史和艺术知识的时候，就会用想象虚构。"

"我宁愿你带我看看。"

听到这话，他没有回音，只是看着我把行李费劲地放到床上，然后打开。为了这次出行，我妈妈给我买了一个新的行李箱。我很不幸地意识到这只箱子太大、太时髦、太过沉重，我真希望带来的是自己的老帆布小旅行箱。我当然带了很多的衣服，全是不合时宜的衣服。不过他没有评论，我不知道他这样子是出于世故圆滑还是因为他压根就没有注意到。我赶紧把衣服塞进一个抽屉里，然后问道："住在这里有人生地不熟的感觉吗？"

"这里可以说不方便，有时候很枯燥，但绝不是人生地不熟的。我的祖先们已经在这里生活300年了。"接着又加了一句，

"这是一座很小的房子。"

　　他说起祖先留下的遗产时充满轻视，听起来像是想让我不至于拘束。可是当我看他的时候，却发现一种秘不示人的暗自得意，这种情感几乎快从他的嘴和眼的动作中表现出来，却被他控制住，最终没有绽放成露齿的笑容。这是我第一次看见那种表情，对以后的我来说，它却是再熟悉不过的。我那个时候不知道，现在依然不知道他有多在乎乌尔谷。乌尔谷现在仍然被用作少数特权者——议会班子的亲友、区议会或当地议会成员，以及那些被认为对国家做过贡献的人——的养老院和退休后的去处。在母亲去世之前，我和海伦娜会定期来这里。我现在还能想起来她两姊妹一起坐在阳台上，裹得严严实实以抵御风寒。一个得了晚期癌症，另一个患有心病性哮喘和关节炎。她们面对着死亡这个镇静剂，嫉妒和憎恨全都烟消云散。想起世界上将再也不会有活着的人类时，我能想象出这样的画面——有谁想不出吗？——伟大的教堂、寺院、宫殿和城堡挺过了很多个没有人的世纪；英国图书馆，在"末日之年"前刚刚开放，里面有精心保存起来的手稿和书籍，可是再也不会有人打开、阅读。可是在内心深处，只有想起乌尔谷的时候我才会有所触动：那幻想中没人住的房子散发的霉味；图书室里开始腐朽的镶板；斑驳的墙面上到处攀爬的常春藤；遮蔽了碎石路面、网球场和曾经花园的茂盛杂草；那间小小的靠后的卧室，再也没人进去过；再也没有更换过的被单最终腐烂掉，书变成灰尘，图画从墙上坠落下来。

第四章

2021年1月21日，星期四

我母亲在艺术上有傲人之处。不，那只是一种自负，甚至是不真实的。除了拼命地争体面之外，我妈妈没有他求。不过，她确实有艺术天才，尽管我从来没有见她画过一幅原创的画作。她的业余爱好是临摹古老的艺术原件，通常是从《女性专属画报》或《伦敦新闻画报》的残破书页中取下来的维多利亚时代场景。我现在也不认为有什么难的，可是她确实运用了一些技巧，很小心地让色彩与历史相符（这是她告诉我的），尽管我到现在都没有弄明白她是怎么确保做到的。我现在想来，她最接近幸福的时刻就是坐在餐桌旁的时候：眼前摆着一张报纸，画纸摊开在上面，旁边是颜料盒、两个果酱瓶，一盏台灯角度调试得正好，一丝光都没泄掉地照在图画上。我过去常常看着她忙活，看她灵巧地把细细的刷子蘸到水里，看她在调色板上搅动，调和蓝色、黄色和白色等各种颜色。餐桌足够大，就算不能放下我所有的作业，至少也可以让我用来看书或写周记。我那个时候喜欢扬起头审视她，用时很短，心中毫无怨愤。

我喜欢看各种明亮的色彩在画纸上播洒，把微型图画单调的灰色变成充满生气的一幅幅场景：拥挤的火车站里，带帽子的女人们在送她们的男人上克里米亚战场；一个维多利亚时代的家庭，穿着毛皮和撑裙的女人们正在为圣诞节装饰着教堂；维多利亚女王在护卫的护送下，在穿着衬架裙的孩子们的簇拥下，正在宣布世界博览会开幕；男人们蓄着胡子，身着颜色鲜亮的上衣，女孩子们胸部丰满，腰肢纤细，身着夹克，头戴草帽，身后的背景是爱西斯湖，早已弃之不用的大学游艇正在航行；教堂外面零零落落的礼拜者排起长龙，在治安官和他的女人的带领下正准备参加复活节敬拜，背景是春花灿烂的墓地。这些画面让我着迷，成了我的一种兴趣。或许正是小时候的这种痴迷引导着我成为一位研究19世纪的历史学家。我现在研究19世纪——和我初次涉猎时一样——这段历史时期像是透过望远镜看到的世界，近在咫尺却又远在天涯，让人不由痴迷于它的活力、它的道德严肃性、它的光辉灿烂以及它的腐败气息。

我母亲的爱好并非无所图求。她常常在当地教堂的牧师格林斯特里特的帮助下把画裱糊起来，而且两人定期一起去古玩店把画卖掉（我则很不情愿地跟着）。格林斯特里特先生手指灵巧，擅于糊画裱框。除此之外，我现在已经无从知道格林斯特里特先生在她的人生中扮演着什么角色（在不离左右的我不在场的时候也许扮演过什么角色），正如我现在也无从知道母亲画那些画赚了多少钱一样。我现在还怀疑我参加学校组织的旅游，买板球球拍，以及毫无顾忌买的那些额外的书，所有这些开支都来自她的这笔额外收入。我也曾尽自己的绵薄之力参与其中：图画都是我找的。我常常在金斯顿的旧货店里翻找；放学回家的路上或星期六的时候，还会跑得更远，骑车15或者是20英里去一家旧货店，因为那里总能弄到最好的战利品。多数图画都很便宜，我都用零花钱买来。最好的那些图画都是偷来的：从精装书中撕下插图，手法很熟练，毫发无损，从书背上扯下图案，夹进我上学用的绘图纸里。我需要搞这些破坏，我觉得多数男孩子都需要干些无伤大雅的坏事。从来没有人怀疑过我。我穿着校服，令人尊重，上的是文法学校，买的东西不多，在柜台付款时没有慌张过，也没有明显的不安表现，偶尔还从商店外面的杂书箱子里买上一本比较便宜的二手书。这种单独行动，这种风险，这种发现宝物的激动心情以及带着战利品归来时的欢欣鼓舞，都让我很享受。我母亲除了问我花了多少钱然后把钱补给我之外，很少问什么。就算是她怀疑有些画的价格要比我告诉她的高，她也从来没有问起过。不过我看得出她很高兴。我不爱她，可是我会为她去偷。在很小的时候，就是在餐桌旁，我认识到有很多方式可以让人毫无愧疚地不去为爱而付出。

尽管我或许会欺骗自己，但是我知道，或者说我认为自己知道，自己恐惧对他人的生活或幸福负起责任是从什么时候开始的。

对于个人的缺点我一直都善于编造借口。我倾向于把这一切归罪于1983年。那一年我父亲终于没有战胜胃癌。我听到大人们是这样说的："他没能战胜。"我现在知道那是一种战争，需要些许勇气，即便他无从选择。我父母努力不让我知道消息最坏的一面。"我们尽力不让孩子知道"是另一句我经常听到的话。这意味着，诸如父亲生病了，要接受专家诊治，要去医院做手术，很快就回来，又要回医院了之类都会告诉我，除此之外什么都不告诉我。有时候这些也不告诉我，常常是我放学回家发现他不在了，妈妈焦躁地清扫着屋子，脸板得如岩石般。不让孩子知道意味着没有兄弟姐妹的我生活在一种不可预知的威逼之下，三个人不可逆转地朝着某种不可想象的灾难运行着，如果这一天真的来了，也是因为我的过错。孩子们总倾向于相信大人的灾难是自己的错造成的。我妈妈从未向我提起过"癌症"这个词，除了不小心之外，从未说起过他的病。

"你父亲今天早上有点累。"

"你父亲今天要回到医院去。"

"把客厅里的课本拿开上楼去，医生要来了。他想和我谈谈。"

她说这些话时眼睛常常不看我，就像是父亲的病痛令人尴尬，甚至有些不合时宜，不适合给一个孩子说。也有可能这是一个更深的秘密，一个共享的痛苦，是他们婚姻的一个基本组成部分，一切都理所当然，就像把我排斥在他们的婚床外一样。父亲的沉默在那个时候看像是一种拒绝，我现在想不清楚他是不是有意的。

是他不愿我们因痛苦、疲惫和慢慢逝去的希望而疏离，不愿增加分离的痛苦吗？可是他对我没有那么喜爱。我不是一个让人容易喜爱的孩子。还有我们是怎样交流感情的呢？患有不治之症的人所拥有的世界既不是活人的世界也不是死者的世界。他们总是给人一种陌生感，我见过父亲的样子，之后也见过其他人的样子。他们会坐起来，说话，听人说话，倾听，甚至还带着微笑，可是他们的魂魄已经飘离，我们根本无法进入他们幽暗的无人领域。

他死去的那一天我现在什么都不记得了，只有一件事例外：我母亲当时坐在餐桌旁，终于流出了挫败和愤怒的泪水。当我不无笨拙和尴尬地试图用胳膊抱住她时，她哀号道："为什么我的运气总是这么差？"这话在一个12岁的孩子听起来——现在似乎也一样——这种反应对于个人灾难来说显然是不够充分的。这影响到了我之后的童年时代对待母亲的态度。这当然是不公平的，是挑剔的，可是孩子们对待父母都是不公平的和挑剔的。

无论有意无意，父亲去世的那一天除了那一件事之外我什么都忘记了，可是我现在却能想起他下葬那天所有的细节：薄薄的细雨中，火葬场看起来像是一幅点彩画；我们在搭建的教堂里等待着，等前面的人火葬结束，然后列队进入，在那些刻板的松木靠背长凳上各就其位；我的新套装的气味；小教堂靠墙堆放的花圈；棺材很小——小到令人难以相信可以容下我父亲的身体。我母亲很焦虑，希望一切顺畅，可是她准男爵妹夫将会到场所带来的恐惧让这种焦虑有增无减。他没有来，正在上预备学校的罕也没有来。但是我的姨妈来了，穿得太过时髦，是唯一一位不是一身黑色的女性，未尝不好地给了我妈妈一个抱怨的理由。当时是在吃完丧宴上的烤肉之后，两姊妹达成一致意见，认为我第二年应该在乌尔谷过暑假。之后的过暑假模式就这样确定下来。

可是我对于那一天的主要记忆是那种压抑的毫不平静的气氛，以及聚焦到我身上的很强烈的不满情绪。友邻们一改惯常，都身着黑色。就是在那个时候我第一次听到了之后被他们反复说起的那句话："西奥，你现在成了家里的男人。你妈妈就指望你了。"在那个时候我是不能说出我用将近四十年时间才发现的自己的真实想法的。我不想让任何人仰仗我去保护，去给予幸福，去给予爱，什么都不要仰仗我。

我现在很希望对父亲的记忆能更快乐些，希望对这个不可或缺的、可以把握住并使之成为我一部分的男人有一个清晰的影像，至少是有些印象；我现在很希望能说出甚至三个他具有的标志性品质。多年来现在第一次想起了他，说实话我想不起用什么词来形容他，甚至连温和、和蔼、聪明、充满爱心这些词都想不起来。或许这些品质他都有，只是我不知道而已。对于他我所知道的一切就是他要死了。他的癌症来得不急也不仁慈——癌症什么时候仁慈过吗？——他撑了三年才去世。现在看来，似乎我童年的大部分时光都被他死亡的眼神、声音和气味所笼罩。他就是他的癌症。那个时候我什么别的都看不到，现在依然如此。多年来，我对他的记忆（与其说是记忆，不如说是他的化身）有一种恐惧。在他死前的几个星期，他开一个锡罐时把左手食指割破，妈妈用线和纱布把他的伤口包扎起来。结果伤口发炎，血水和脓液从鼓鼓的纱布中渗出来。他似乎并不在意；他用右手吃饭，左手放在饭桌上，轻轻地照护着，略显意外的样子，就像是手已经与他的身体分离开，跟他毫无关系一样。可是我的眼睛却挪不开，饿跟恶心打着架。在我看来，他的那只手是恐怖的、可憎的。或许我把对他不治之症的不可言说的恐惧都投射到他包扎起来的手指上了。在他去世后的好几个月里，我经常做着同样的噩梦，梦到他站在我的床尾，用流着血的黄色的残手——不是一个手指而是整个手掌——指着我。他从不说话；穿着他的条纹睡衣一言不发地站着。他的眼神有时候是在祈求我无法给予的东西，更多时候是严厉的指责，就如他指着我的手势一样。好长时间里想起他时都是充满恐惧的，都是他流血和脓的样子。现在想来似乎这样对他不公平。现在作为成人，我尝试着用业余的心理知识去分析这种噩梦，结果同样令我不解。如果我是个女孩子情况会更好解释些。我尝试着去解释，当然也是尝试着去驱邪。从某些方面来说，这种招术还真管用。在我碾死娜塔莉之后，他每个星期都会光顾，而现在他再也没来过。我很高兴他终于走了，带着他的痛苦、他的血水和脓液。可是我希望他给我留下一种截然不同的记忆。

第五章

2021年1月22日，星期五

今天是我女儿的生日。如果我没有从她身上碾过去把她压死，今天我女儿将会过生日。那是在1994年她15个月大的时候发生的事情。我和海伦娜当时住在拉斯伯里路上一栋爱德华风格的半独立房子中。对我们来说，房子太大也太贵，可是海伦娜在知道自己怀孕之后一直坚持要一栋带花园和朝南婴儿室的房子。我现在想不起来事情发生的具体场景，到底是海伦娜交待过我要照看好娜塔莉，还是自己心里想着她和妈妈在一起。这个在询问时肯定提到过；可是官方明确责任认定的那次询问已经从我记忆中抹去了。我现在记得的是当时我正要离开家去大学。海伦娜前一天把车停得很别扭，于是我把它往后倒，好更顺畅地穿过狭窄的院子大门。拉斯伯里路上没有车库，我们房子前有两辆车的车位。我肯定是忘了关前门，娜塔莉（她13个月的时候就会走路）蹒跚着在我后面跟了出来。这个细小的过失在询问时肯定也确认过了。不过有些事情我确实记得：左侧后车轮下像碾着斜面一样，轻轻颠簸了一下，却似乎比斜面更软、更容易碾压、更柔弱。猛然间，我意识到是什么了，不会错，绝对不会错，太恐怖了！五秒钟里，毫无声息，接着一声撕裂的尖叫声响起。我知道是海伦娜在喊叫，可是又难以相信听到的是人声。我现在还记得那种耻辱感。我动不了，下不了车，甚至无法伸手打开车门。就在这个时候，我们的邻居乔治·霍金斯开始重重地击打车窗，嘴里喊叫着："滚出来你个混蛋，滚出来！"看着那张贴在车窗上因愤怒而扭曲的脸，我现在还能想起当时自己无关紧要的想法：他从来没有喜欢过我。我不能假装着一切都没有发生。我不能假装是别的人干的。我不能假装着自己没有责任。

　　恐惧和愧疚淹没了悲伤。如果海伦娜能说"亲爱的，你更不好受"，或者"亲爱的，你一样不好受"，或许我们还能从婚姻的废墟中挽留住什么。不过我们的婚姻从一开头就注定是走不远的。可是话说回来，她是不会那么说的，她不会那么想。她认为我在意的东西很少，她说得没错。她认为我之所以在意得少是因为我爱得不多，关于这点她也没有错。我很高兴为人父。当海伦娜告诉我说她怀孕的时候，我所感受到的是很常见的情绪：毫无理性可言的骄傲、温柔和惊喜。我对孩子确实有感情。如果她能更可爱些（她简直就是海伦娜父亲的缩小版）、更柔和些、更容易互动而少些哀号的话我会更爱她。我很高兴没有别的眼睛能够看到这些文字。她已经死去将近27年了，而我现在想起她来还不无抱怨。海伦娜则被她完全迷住，完全着了魔，成了奴隶。而且我现在知道是嫉妒使我对娜塔莉失去兴趣。假以时日我是可以克服这种情绪，至少也会做出妥协的。可是我没有时间。我知道海伦娜绝不会认为我是有意碾压娜塔莉，至少在她理智的时候不会这么想；出于迷信或是残存的善意，即便是她在最生气的时候也尽力不说那句无法原谅的话："我希望死掉的是你。"只有丈夫病态而且脾气不好的女性才会说这样的话。可是，如果有可能的话，她会选择娜塔莉而不是我活下去。我并不是为此而责怪她。在那个时候，这是完全合情合理的。现在依然如此。

　　躺在特大号的床上，我离她远远的，等着她睡着，心里却明白她要几个小时才能入眠，不由担心第二天还要写满满的日志，担心自己该如何应对未来无数个睡眠破碎的夜晚，在黑暗中一遍又一遍地祈祷着申辩着："看在上帝的份上，纯属意外。我不是有意的。碾压自己的孩子的父亲并非只有我一个。她应该照看好娜塔莉，照看孩子是她的责任，她分得很明白孩子不是我的责任。至少她应该好好看着她。"可是愤怒中的自我辩解和孩子为打碎花瓶找借口一样，是毫无新意、毫无用处的。

　　我们两个都知道我们必须离开拉斯伯里路。海伦娜说："我们不能待在这里了。我们应该在市中心附近找一栋房子。毕竟，那一直都是你想要的。你从来没有真正喜欢过这里。"

她话里有论断只是未说破："我们要搬家了，你高兴了吧。你很高兴她的死使这一切成为可能。"

　　葬礼之后的六个月我们搬到了圣约翰街一栋乔治亚风格的房子里，前门开在大街上，停车很困难。拉斯伯里路上的房子老少皆宜，这栋房子适合灵巧而身体健康的人和独居者。这次搬家很符合我的意愿，因为我喜欢住在市中心附近。乔治亚风格的建筑——即便是那些状况不好，需要不断维修的——都比爱德华风格的建筑品质好。娜塔莉死后我们没有做过爱，现在海伦娜搬到了她自己的房间。我们两个之间从来没有说起过，但是我知道，她这样子是在告诉我没有第二次机会，我不仅杀死了她心爱的女儿，而且还掐灭了再有一个孩子的希望，掐灭了生一个儿子的希望（她怀疑儿子才是我想要的）。可是那时候已经是1994年10月，再也没有选择了。当然，我们也不是一直都不在一起。性与婚姻远比想象的要复杂。时不时地，我会走过隔在她和我房间之间铺着地毯的几英尺路。她既不欢迎我也不拒绝我。可是我们之间的鸿沟变得更大，更难以弥合，我也不想努力去弥合。

　　这栋窄小的五层楼房对我来说却显得太大。不过鉴于人口下降，我独自占有过多的空间也不大会受到谴责。现在没有本科生吵吵嚷嚷要卧室兼客厅的房子，没有无房的年轻夫妇为获得更多的特权去触动社会的良知。我一个人占有整个房子，每天按部就班地逐层走遍，像是要在唱片、地毯以及抛光的木头上留下所有权标记。

餐厅和厨房在地下室，厨房有一个大大的拱门，有石阶通往花园。上面一层的两个小起居室已经拼成了一个房间，兼做图书室、电视和音乐室以及方便见学生的会客室。二楼是一个很大的L形的绘画室，也是由两个小房间拼成的，两个不合时宜的壁炉彰显着其以前的用途。从后窗望出去，我可以看见带院墙的小小花园以及里面唯一的一棵白桦树。前面是两个优雅的落地窗，一直到屋顶那么高，外带一个阳台，正对着圣约翰街。

在前后窗之间来回走一下，一点劲都不用费就能了解这个屋子的主人。很明显主人是一位学者——三面墙从屋顶到地板摆的全是书架。一个历史学家——书本身说明了这一切。他主要关注19世纪的历史——不仅是书，图画和装饰品也能说明问题：斯塔福德郡纪念人物，维多利亚风格的油画，威廉·莫里斯的壁纸。房子也说明主人是一个喜欢舒适的独居者。没有家人照片，没有棋盘游戏，房间整洁，没有灰尘，没有女性杂七杂八的东西，没有一点痕迹能证明这里曾经有人住过。来这个房间的人也许猜得出屋子里所有东西都不是继承来的，都是淘来的。那些奇特或者说古怪的手工艺品得以保留、备受珍爱，没有一个是因为本身是家传宝物。没有家人肖像或看起来来自祖产的平凡的油画。这是一个在社会上打拼，用成就和不太大众的爱好把自己包围起来的人。大学校工的妻子卡瓦纳夫人每周三次替我打扫房子，她工作做得相当不错。我不想雇用旅居者，尽管作为英国总督前顾问我有这样的权利。

我最喜欢的房间在楼层顶部，是一个小小的阁楼。阁楼里面有一个很漂亮的铁铸壁炉，装饰有瓷砖。屋子里只有一个桌子、一把椅子，以及做咖啡用的必需品。窗户没有安窗帘，望出去，越过圣巴拿巴大教堂可以看见远方威萨姆森林的绿色坡地。就是在这里，我写日记，为讲座或上课做准备，写历史论文。前门远在四楼下面，开门很不方便，不过我生活自给自足，可以确保没有不期而至的造访者。

　　去年三月，海伦娜和我离婚，嫁给鲁伯特·克拉弗，他比她小13岁，不可否认的是，他兼有橄榄球运动员的过度热情和艺术家的敏感。他设计海报和书皮，做得还不错。在我们离婚前的一次谈话中，我记得海伦娜说过，我和她上床的间隔是精心掐算好的，这样做是因为我想让自己与学生的乱伦之情由不同的需要驱动，而不是为了缓解性能力的丧失。这些当然不是她的原话，但是她要说的就是这个意思。我当时费了很大的劲才控制住情绪，没有说出刻薄话。现在想来，她这一番话让我们两个都惊呆了。

第六章

　　西奥写日记这项任务——他觉得写日记是一项任务，而不是一种乐趣——已经成了他规划过度细致的生活的一部分，是每周按部就班的夜间生活中新加的内容。这样做部分是因环境所迫，部分是故意的，为的是赋予无形的生活一种秩序和目的。英国议会已经颁布法令，要求所有的居民在日常工作之外都要报两个每周都上的技巧训练课程，以便在成为文明仅存者的时候自救。选择是自愿的。在无关痛痒的事情上给人选择的权利是罕一直都懂的高明做法。西奥在约翰·拉德克利夫医院选了一份工作，护理老弱病人。这份工作很恐怖也让他心生厌恶。他选这份工作并不是因为他在医院严格消毒的环境中很自在，也不是因为接受他护理的人比他本人更满意，而是因为他觉得掌握这些知识对个人也许非常有用。在需要时，只需略施小技就能知道在哪里找到药品，在他看来这不是件坏事。第二份为期两小时的课程是房屋维修。上课的泥瓦工发表意见时丝毫不加掩饰，富有幽默感，对常年处于措辞考究、文人相轻的学院气氛中的他来说，是一直难得的愉快解脱。他的本职工作是给全日制或业余的成人学生上课，这些学生是这所大学存在的理由，因为先前的本科生们很少有人做研究或继续接受教育。每周二和周五，他在食堂里吃饭。每周三他都会雷打不动地参加莫德林教堂三点钟的晚祷。有几所大学以及不循常规的大学教师铁了心要无视现实，依然用自己的教堂进行祈祷，有的甚至还重新启用《英国国教祈祷书》。但莫德林教堂的唱诗班是最受尊重的唱诗班之一，西奥去那里是听颂歌而不是参与已经过时的祈祷。

那件事发生在一月的第四个星期三。和往常一样，西奥步行去莫德林教堂，当他已经从圣约翰街转到了博蒙特街上，快走到阿什莫林博物馆入口处的时候，看见一个女人推着一辆童车朝他走来。蒙蒙的细雨已经停止，女人走到跟他错肩而过的时候停了下来，把遮雨布往后一拉折叠起来，同时摘下了童车罩。玩具娃娃露了出来，依着靠垫坐着，手上戴着手套，两只胳膊放在缝制的小被子上。亲子时光的拙劣模仿，既可怜又残忍。西奥很震惊、很反感，却又发现自己的眼睛挪移不开。娃娃大到不寻常的眼睛亮闪闪的，比任何人的眼睛都要蓝，是泛着光的碧蓝，似看非看地盯着他，显示出一种未曾唤醒的智慧、陌生、可怕。眼睫毛是深棕色的，如蜘蛛网丝般，脸颊白里透红，很精巧。娃娃戴着很合适的蕾丝边帽子，如成人般浓密的黄色卷发从帽子下露出来。

在很多年前，他见过这样被车推着的玩具娃娃。在20年前，这是很常见的事情，甚至可以说风靡一时。在玩具行业中，唯有玩偶制造（和童车生产业一起）曾经繁荣达十年之久。为所有想做母亲却又做不了的女人生产娃娃，有的很便宜、很俗艳，有的则工艺精巧，非常漂亮，要不是末日之年的到来，也许会成为备受珍爱的传家宝。价格比较贵的——他记得有的卖到2000英镑——大小各异：新生儿、6个月大婴儿、1岁的婴儿和18个月大的婴儿。最后一种会站立会走路，有很复杂的电路。他记得这些玩偶统称为"半岁娃娃"。有一段时间，走在大街上根本不可能不碰到载着这些娃娃的童车，不可能不看到令人艳羡的"准妈妈"们。他似乎还能想起，甚至还有人假装娃娃是亲生的孩子，也有人把破碎的娃娃很隆重地埋在墓地。在21世纪早期，关于教堂是否可以为这些一眼都能戳穿的假把戏服务，牧师是否应该参与其中，曾在教会之间引起过争议。不是吗？

女人意识到西奥在盯着娃娃看，咧嘴笑了。白痴一样的笑容，想要人认可、祝贺。当眼神相遇时，西奥把眼睛移开，这样她没有看到他不太明显的遗憾和较为明显的蔑视。她猛地把车子拽住，然后伸出一只胳膊做防护，好像是防止他这个大男人强拿硬要。一个反应比较大的过路人停下来，和这个女人说话。一个穿着合体花呢衣服、头发经过精心梳理的中年女人来到童车前，冲着娃娃的主人微笑着，说着表示祝贺的惯常话。女主人因高兴而傻笑着，身体前倾，手捋捋缎面的车帐篷，调整下娃娃的帽子，并把散落出来的一缕头发掖好。后来的这位女人挠着娃娃下巴，就像逗弄一只猫似的，嘴里呢喃不止。

这种表演是一眼就能戳穿的把戏，本无关利害，却让西奥备感压抑和反感。在他正想着转身的时候，事情发生了。后来的那个女人突然抓住娃娃胳膊，从小毯子下拽出来，一句话都不说，扬起手臂把娃娃绕头部甩了两圈，然后猛地用劲朝石墙壁甩过去。娃娃脸部摔碎，陶瓷碎片叮叮当当地跌落在人行道上。有两秒钟主人没有一点声响。突然间就尖叫起来。声音很吓人，是备受折磨、失去至亲、经受恐怖的人才会发出的高声哀号，不像是人发出的声音却充满人的痛苦，难以遏制。她站在那里，帽子也歪了，头朝天仰着，嘴巴大张，倾泻着自己的痛苦、悲伤和愤怒。刚开始的时候，这位女主人似乎没有意识到攻击者还站在眼前，正一言不发满是轻蔑地盯着自己看。攻击者转过身快步走进一座开着的大门，穿过院子进入阿什莫林博物馆。这个时候女主人才猛然意识到攻击者已经跑掉，于是气势汹汹地追赶着，嘴里依然尖叫着。追了一会儿，意识到这样做于事无补，于是又回到童车前。这个时候，女人已经平静了许多，跪下来开始捡拾打碎的瓷片，轻轻地呜咽着、悲叹着，努力想把这些陶瓷片像拼智力拼图那样拼凑起来。两只眼睛朝西奥这边滚过来，亮闪闪的，如真的一般，很吓人，用弹簧连接在一起。有那么一瞬间，他有一种冲动，想把眼睛拾起来，伸出援手，至少说几句安慰话。他本可以安慰她说可以再买一个娃娃。这是一句他曾经无法对妻子说出的安慰话。可是他的犹豫转瞬即逝。他快步走开了。没有别的人走近她。大家都知道，在末日之年前成年的这些中年妇女情绪是不稳定的。

他到达教堂的时候礼拜仪式正要开始。由八男八女组成的唱诗班成员正列队进入，让人不由得想起以前的唱诗班的样子：清一色男孩子组成的唱诗班走进来的时候表情严肃，迈着几乎看不出来的孩子气的步伐，交叉的双臂把服务单紧紧压在小小的胸部，光滑的脸闪着亮光，就像是里面点着一盏蜡烛，头发都拢进亮闪闪的帽子里，衣服领子浆得直直的，脸上表情严肃。西奥驱散这些影像，心里不由得纳闷，自己从来没有喜欢过孩子，为什么这种影像会挥之不去。这会儿他眼睛盯着牧师看，猛然想起几个月前他来参加晚祷时发生的一件事。那天他来得很早。一只小鹿不知怎么从教堂的草地上跑进来，气定神闲地站在圣坛旁，就像这里是它天然的栖息地。牧师高声喊叫着，冲着它就跑过来，手里抓着祷告书，挥舞着，重重地击打着丝绸书皮。这头温顺的鹿给弄迷糊了，有一阵子任由牧师威胁着，过了一会儿才扬起纤细的四个蹄子跑出教堂。

牧师转身对着西奥，脸上涕泪直流："天啊，它们为什么就不能等等？没人性的畜生。一切很快都是它们的了。它们为什么不能等等？"

而现在，牧师脸色严肃，很高傲的样子。西奥看着他的脸，感觉在这烛光映照的宁静中，那件事只是记忆朦胧的噩梦中一个怪异的场景。

来参加祷告的人和平常一样不足30人，而且很多和他一样都是经常来的，他都认识。不过一位新来的人，一个年轻的女子正坐在他对面的长靠椅上。她时不时地会盯视过来，让人很难避开，可是她并没有露出相识的神情。教堂里光线很暗，在摇曳的烛光中，她的脸氤氲着一种温和的几乎是透明的光，一会儿清晰可见，一会儿又如幻影般琢磨不定、虚无缥缈。她的面容似乎并不陌生——他似乎在哪儿见过她，不是匆匆一瞥，而是很长时间的面对面。在忏悔的时候，他直盯盯地看着她垂下的头。在开始诵读第一部分的时候他满怀虔诚、精力集中，试图强迫自己尽力不去回想。表面上看他的眼光并没有落在她身上，可是他却无法不去想她。他不断把打捞记忆的网撒向她，可怎么也想不起来。到第二部分结束的时候他已经想得不耐烦了。这时，唱诗班（主要是中年人）已经准备好歌谱，眼睛盯着指挥。随着管风琴的响起，身穿白色法袍的指挥抬起手，手指如爪子般开始在空中轻巧地滑动。就在这个时候，西奥想起来了。她曾上过科林·西布鲁克的课，课程名称是"维多利亚生活与时代"，副标题是"维多利亚小说中的女性"，而18个月前他曾替科林·西布鲁克代过课。西布鲁克的妻子做了癌症手术，如果科林能找人替他上四次一小时的课的话，他们夫妻就有机会一起度个假。西奥还能回想起来他们的谈话，以及自己不太热情的辩解。

"难道不应该找一个英语系同事来替你吗？"

"不行，老伙计，我已经都试过了。他们有各种借口：不喜欢晚上上课，太忙，不是他们熟悉的时期——不要觉得只有历史老师会在意时期。有人可以上一次，但上不了四次。如此等等。这堂课只有一个小时，周四，从六点到七点，你甚至都不用费事备课，我只指定四本书，凭脑子你都能记住：《米德尔马契》《一个贵妇人的画像》《名利场》和《克兰弗德》。班上只有14个人，主要是50岁的女人。她们本应该围着儿孙转的，她们手上有时间，你也知道是怎么回事。她们品位有点传统，还算是很可爱的女人们。你会爱上她们的。有你上课她们会喜出望外。文化的安慰，这正是她们所追求的。你的表兄，我们受人尊重的总督，非常热衷于文化的安慰。她们所要的就是暂时逃离到更愉快、更为恒久的世界里去。我们都一样，亲爱的朋友，只有你我把这个叫作学问。"

可是那一次有15个学生，而不是14个。她晚到两分钟，在后面找个位置静悄悄地坐下。就跟现在一样，他看到的是她被木雕映衬和被烛光照亮的头。从最后一批大学生毕业离校起，空荡荡的大学教室就开始对成人和业余学生开放。那节课是在王后学院一间很舒服的、带有装饰镶板的教室里上的。他抛砖引玉，首先阐明亨利·詹姆斯的看法，她听得很认真。在接下来的讨论中她一开始并没有参加进来。后来一位坐在前排的大块头女人开始大肆赞扬伊莎贝拉·阿切尔[1]的道德品质，并不无哀婉地悲叹命运对她的不公。

---

[1] 伊莎贝拉·阿切尔：《一位贵妇人的画像》中的女主人公。

这个女孩突然开腔，说道："我不知道您为什么要这么同情一个得到很多而利用很少的人。她嫁给沃伯顿勋爵，本可以对他的佃户和穷人做很多好事。好吧，她并不爱他，因此就有了不去做好事的理由，而且除了与沃伯顿勋爵结婚之外，她还有着更大的野心。可又能怎样？她没有创造能力，没有工作，没有训练过。当她的堂兄让她富有起来的时候，她干了些什么？与梅尔夫人到处游荡，结识各色人等。后来她嫁给了自负的伪君子，花枝招展地出入星期四沙龙。她所有的理想都遭遇了什么？我倒更想多说说汉丽埃塔·斯塔克波尔。"

大块头女人抗议道："哦，可是她是那么粗俗！"

"那是杜歇夫人的看法，也是作者的观点。但至少她有着伊莎贝拉没有的才能，并把这种才能用来挣生活，养活她寡居的姐姐。"然后接着说道："伊莎贝拉·阿切尔和多萝西娅都抛弃了合适的追求者，嫁给自以为是的傻瓜。但是多萝西娅更让人同情。也许这是因为乔治·艾略特尊重自己的主人公，而亨利·詹姆斯鄙视自己的主人公。"

西奥曾经怀疑过，她故意挑衅或许是想减轻无聊感。但是，不管她出于什么动机，接下来的讨论很热烈、活跃，接下来的30分钟过得很快、很愉快。这是仅有的一次。第二个星期四他等待着，结果她却没有来，他一直觉得很遗憾，有点失落。

他都想起来了，好奇心得到满足，现在可以心平气和、精神放松地听听第二首圣歌。莫德林教堂在过去的十年里形成一种习惯：在晚祷的时候放圣歌录音。西奥从打印的礼拜节目单上了解到，今天下午将播放15世纪英国圣歌系列的第一批。开头的两首是威廉·伯德的《主啊，教教我》和《主啊，让自己欢欣鼓舞起来》。在负责人弯腰播放磁带的短暂瞬间，气氛很安静，充满期待。男童的嗓子还没有变声，很甜美、纯净，飘荡充溢整个教堂。自最后一名男童唱诗班的歌手变声以来再也没有听到过。他眼光掠过去看着那个女子，只见她面无表情地坐着，头往后仰着，眼睛死死地盯着上方的肋形拱顶。他只能看见她沐浴在烛光中的脖颈曲线。但他一下子就认出了那一排座位尽头的人：老马丁代尔。马丁代尔是英语系的人，在西奥第一年上班的时候就快退休了。现在他一动不动地坐着，一张老脸仰着，脸上沟壑纵横，泪痕点点。在烛光映照下，泪珠就像是皱纹上悬着的珍珠。老马丁，终身未娶，独身，毕其一生一直热爱着男孩子们的那种美。西奥不由得纳闷，为什么他和他同类的人要周复一周地过来自讨苦吃？他们完全可以在家听童声的录音。在这里，过去和现在在美与烛光中融合，会强化人的遗憾。那么他们为什么要来这里？为什么他自己也要来？可是现在他知道是为什么了。感觉，他这样告诉自己，感觉，感觉，感觉。即使你感受到的是痛苦，也要让自己去感觉。

这个女人先于他离开教堂。走得很快，几乎是悄悄地出去的。可是当他走到凉爽的屋外时，很惊讶地发现她正在等自己。

她走到他面前说："可以和您谈谈吗？事情很重要。"

已是黄昏时分，明亮的灯光从教堂侧翼房间涌泄出来，他第一次看清楚了她。她的头发颜色很深，深棕色中散着点点金黄色，很漂亮，向后梳成一个短短的、粗粗的发结。一抹刘海散落在高高的、长着雀斑的额头上。她头发颜色重，肤色却很浅，是一种蜂蜜色。她脖颈长长的，颧骨高高的，眼睛大大的，在笔直浓密的眉毛下看不清楚是什么颜色。鼻子修长纤小，微微隆起。嘴巴很宽，口型很漂亮。典型的拉斐尔前派画作中的脸。罗塞蒂应该很乐于把她画进画里。她穿着当前流行（除了"末日一代"的人）的衣服——一件短短的很合身的夹克，下面是一件长及小腿肚的羊毛裙子，再下面的袜子颜色鲜亮，是当年流行的亮黄色。她左肩上挎着一个皮单肩包。她没有戴手套，可以看见她左手是畸形的：中指和食指连在一起，是没有指甲的残肢；手背很明显地肿胀着。她把左手放在右手里，似乎是要安抚和支持住它。她并没有要把这只手藏起来。世界已经变得很难容忍身体缺陷，她也许一直都在向这样的世界宣告着自己的残疾。他不由得又想到，她这样子至少还是得到一种补偿的。如果能找到一位有生育能力的男子的话，身体残疾或精神、身体不健康的女人都不能参与养育新生人类。她至少免受了重复接受检查之苦：所有身体健康、45岁以下的女人都要接受检查，整个过程持续半年之久，很耗费时日，很羞辱人。

她又开腔了，声音更为平静："不用很长时间。不过，法隆先生，请您接受，我需要和您谈谈。"

他起了兴趣，但控制住了自己的声音没有表现出来："如果你有需要，好吧。"

"或许我们可以绕着新的回廊走走。"

他们默不作声地转过身。"你并不认识我。"她说。

"我不认识，但是我记得你。你上过我给西布鲁克先生代的第二节课。你活跃了讨论气氛。"

"恐怕那个时候我太过激烈了。"她说，就好像这些解释很重要似的，"我确实很喜欢《一个贵妇人的画像》。"

"不过，你安排这次见面应该不是为了让我相信你的文学品位。"

话一出口，他就后悔了。她脸红了。他感觉到她在本能地退缩，对她自己，或许对他都失去了信心。她话语中的天真让他无所适从，可他没有必要用这样伤人的讽刺话作为回应。她的拘束有传染性。他希望她不会有什么自我剖白或情感需求来为难自己。他很难把那个侃侃而谈、自信满满的辩论者和眼前她这种几近未成年人的笨拙联系起来。试图修补并无裨益，于是他们在沉默中走了一小会儿。

后来他打破了沉默："你没有再来，我很遗憾。接下来的那个星期的课很枯燥。"

"我本来要再来的，可是我的课调到了晚上。我要工作。"她没有解释干什么工作，也没有说在哪里，"我叫朱利安。当然了，我知道您的名字。"

"朱利安。一个女人叫这样的名字很不寻常，是取自诺里奇的朱利安[1]吗？"

"不是，我觉得我父母从来没有听说过她。我父亲去登记出生，当时报的名字是朱莉·安娜。这是我父母选的名字。登记员肯定听错了，要么就是我父亲没有说清楚。三个星期之后我母亲才发现这个错误。当时她觉得已经太迟，无法改动。话说回来，我觉得她很喜欢这个名字。就这样我的名字成了朱利安。"

"不过，我觉得大家会称呼你为朱莉。"

"你指的哪些人？"

"你的朋友，你的家人。"

"我没有什么家人。我们在2002年的种族暴动中身亡。不过，人们为什么要称呼我为朱莉？朱莉不是我的名字。"

她说话很客气，并不咄咄逼人。他想着也许自己的话把她弄迷糊了，其实大可不必。他说的话有不当之处，缺乏思考，或许有点居高临下，但是并不荒谬。如果她以此为铺垫，要求自己谈谈19世纪的社会历史的话，那么这次见面可真是非同寻常了。

于是他不由得问道："你为什么要和我谈谈？"

---

[1] 诺里奇的朱利安:英国15世纪神学家。

这个时候他感觉到她开始犹豫起来。在他看来，这种犹豫不是出于尴尬或后悔这次见面，而是因为她要说的话很重要，需要斟酌词语。

她停了一会儿，然后看着他说："发生在英格兰——英国——的很多事情是错误的。我加入了朋友组成的一个小组织，我们认为我们应该阻止这种事情的发生。您曾经是英国议会成员，也是总督的弟弟，我们认为在我们采取行动之前您可以和他谈谈。我们并不确定你会不会帮忙，但是我和卢克——他是一位神父——认为您或许有可能。这个组织的领导是我的丈夫罗尔夫。他同意我和你谈谈。"

"为什么由你来谈?他自己怎么不来？"

"我想他觉得——是大家都觉得——我是那个或许可以说服你的人。"

"说服我什么？"

"就是见见我们，好让我们解释一下要做的事情。"

"为什么你现在不能解释？我也好决定要不要去见你们。你说的是什么样的组织？"

"就是由五个人组成的组织。我们还没有真正开始。如果有可能说服总督的话，也许我们不用采取行动。"

他很谨慎地说："我从来都不是议会的正式成员，只是英格兰总督的私人顾问而已。我有三年多没有去过议会了，我也不再见总督。我们之间的关系对我们两个来说什么都不是。我的影响也许并不比你们的大。"

"但是你可以见到他。我们不能。"

"你们可以尝试一下。他并非完全接触不到。人人都可以给他打电话，有时候还可以直接与他交谈。他要保护自己，这是很自然的。"

"防这个国家的人吗？可是见他、跟他说话会让他和国家安全警察知道我们的存在，甚至会知道我们是谁。这样做对我们来说不安全。"

"你们真的这么认为吗？"

"是的，"她不无伤感地说，"你难道不这样认为吗？"

"是的，我不这样认为。不过如果你是正确的，那么你们就在冒着非常大的危险。什么使你们认为可以相信我？你们不会根据维多利亚文学的一次讲座就把安全交到我手上吧？组织里的其他人都知道我吗？"

"不是所有人都认识您。只有我们两个人知道您。卢克和我读过您的一些书。"

他不无讽刺地说："通过一个大学老师的著作来判断他的人品是很不明智的。"

"我们只有这种途径。我们知道这样危险，但是这是我们不得已采用的方法。请见见我们，至少听听我们要说的话。"

肯定无误的是，她声音中有乞求，简单、直接。猛然间，他知道是为什么了。接近他是她的主意。她来找他，组织中的其他人没有反对，但是也并非完全赞同，或许还违背了领导的意思。她冒的风险由她个人承担。如果他拒绝她，她一无所获地回去会很屈辱。他觉得自己不能那样做。

　　于是他说："好吧，我和你们谈谈。你们下次聚会在什么地方、什么时间？"一张嘴，他就知道不该答应。

　　"星期六十点钟在宾塞的圣玛格丽特教堂。你知道这个地方吗？"

　　"是的，我知道宾塞。"

　　"十点钟。在教堂里。"

　　她已经达到了此行的目的，于是不再逗留。她快速从他身边走开，嘴里说着"谢谢您，谢谢您"，他几乎都没有听清楚。回廊上有很多正在走动的人影。她走得很快，悄无声息地，就像她本来就是其中的一分子。

　　为了不走在她前面，他逗留了一会儿，然后一言不发，独自一人往家走去。

第七章

2021年1月30日，星期六

今天早上七点钟的时候，贾斯珀·帕尔默-斯密斯打电话来要我过去。事情很紧急。他没有解释，不过他从来都是很少解释的。我说午餐后马上到。这种召唤越来越具有强制性，也越来越频繁。他过去要求我大约每季度去一次；现在大约每个月一次。他教我历史，是一个很棒的老师，至少在聪明的学生眼里是这样。上大学的时候我从来没有承认过喜欢他，不过也不无包容地随意说过，"贾斯珀没那么糟糕。我和他相处得还可以"。我跟他相处得确实还可以，原因就算不值得推崇也算可以理解：我是我们那一届里他最喜欢的学生。他一直都有最喜欢的学生。这种关系几乎完全是学术性的。他既不是同性恋也不太喜欢年轻人。事实上，他超出常人地不喜欢孩子，在他偶尔屈尊接受个人晚宴邀请的时候，主人们常常将孩子们安排到他看不见，听不着的地方。不过他每年都会挑选一名本科生（无一例外是男生）进行审核，给予赞助。我们猜想他要求的标准是智力第一，长相第二，机灵第三。他选择的时候很费时间，可是一旦做出决定，就不会更改。对受宠的学生来说，这是一种不用焦虑的关系，因为一旦经过审核，就不会出什么岔子。而且，成为他受宠的学生也不会招致同学的憎恨或嫉妒，因为贾帕斯很不受欢迎，没有人愿意追随他。大家也很公正地承认他宠爱的学生不能左右他的选择。当然，他要求被选中的学生获得第一等学位，而所有他最喜欢的学生都做到了这点。在被选中的时候，我很自信甚至自负，没有把这看成是有偶然性的事情，而是想着未来两年里自己不会再有顾虑了。不过我确实为了他而努力学习，想取悦他，以证明他的选择是正确的。在众多人中被选中通常让人的自尊心很满足；会让人觉得有必要给以回报。大量的出人意料的婚姻很能说明这种现象。或许他与新学院大他五岁的数学老师的婚姻就属于这种情况。他们在一起时，表面上看相处得很好。不过通常情况下，女人们非常不喜欢他。在20世纪90年代早期，正是性骚扰指控事件猛增的时候，他发起了一场运动（以流产告终）：在个别辅导女生的时候，要求必须有女伴在场，这样做的理由是避免他和男性同事受到不公正指控的危险。他对待女性考虑周到，讲究礼节，谨小慎微到带有侮辱性，没有谁比他更善于毁掉一个女人的自信。

他就是大众心目中牛津老师的漫画形象：额头高高的，发迹线退得很高，修长的鼻子微微勾着，嘴巴紧紧地闭着。他走路的时候下巴往前伸，肩膀耸起，褪了色的长袍翻动着，像是迎着强风在走。不难把他想象成《名利场》中的人物：领口高高的，尖尖的整洁的手指握着他自己的一本书。

他偶尔会向我吐露心声，似乎把我当作他的继承者。当然，这种看法是无稽之谈——他给予我很多，但是有些东西不在给予之列。作为他当前宠爱的，与总督不无关系的学生，让我不由得想他选学生或许不是为了应对诸如年龄、时间、不可避免的头脑迟钝以及对不朽的幻想等问题。

他过去常常提起自己对末日的看法，是一种鼓舞人心的安慰之辞，和他想法相同的同事有很多，尤其是那些储存有好酒或能出入大学酒窖的人。

"末日之年并不特别让我担心。我这样想并不是说在最初知道希尔达不能生育时不难过；我想的是基因表现出返祖的必然性。总的来说，我很高兴，人不能为永远没有希望得到的儿孙们而难过。地球注定是要灭亡的。最终太阳会爆炸或者变冷，只需微微一抖，这个宇宙中无足轻重的微粒就会烟消云散。如果人类注定要灭亡，那么普遍的不育就和其他的方式一样是毫无痛苦的。别忘了，还有个人补偿。在过去的60年里，我们对着社会上最无知、最愚蠢、最自私的一代人溜须拍马，曲意逢迎。现在，在我们生命中剩下的这些时日中，我们将不用再忍受这些年轻人的粗野，再也不会听到他们的吵闹声、重击声和计算机制作出来的、翻来倒去的所谓音乐声，再也不用忍受他们的暴力和伪装成理想主义的自我中心主义。我的上帝，我们甚至终于可以省去圣诞节，那简直就是一年一度让父母愧疚、让小青年贪婪的狂欢节。我坚持认为我的生活将会很舒服，而且当生活再也不能舒服的时候，我将就着一瓶红葡萄酒吞下我了此一生的药片。"

贾帕斯的这种舒舒服服颐养天年的计划在那个时候是很多人都有的。当时罕还没有掌权，人们正害怕社会秩序会完全崩溃。从城市里——对他来说，就是从克拉伦登广场——搬到小小的乡村房子或农舍里，有绿树环绕，有园子种粮食，附近有小溪，水加热后就可以喝，有可用的壁炉和备用的木柴，有足以维持好几年的、精心挑选的罐装食品，有放着药和注射器的药柜，最重要的是要有结实的门和锁，以防止不太谨慎的人有一天会觊觎他们的劳作成果。可是这几年，贾斯珀有点入魔了。木制仓库已经换成了砖建的，还安上了带遥控器的金属门。园子周围高墙壁立，地窖门也上了锁。

通常我过去的时候铁大门是为我开着的，我可以推门进去，然后把车停在短短的车道上。今天下午大门紧闭，于是我按响了门铃。贾斯珀过来给我开门。让我不由得大吃一惊的是，才一个月，他变化竟然那么大。他身体依然挺直，脚步依然坚定，可当他走近的时候，我看见他脸上的皮肤紧紧地贴在骨骼上，肤色更加灰白，深陷的眼睛里焦虑更重，几乎到了不可遏制的程度。这是我以前没有见过的。人变老不可避免，但过程不是连续的。有好多年属于平稳期，朋友和熟人的脸似乎没有什么变化。然后时间加速，一周之内人就变了样。在我看来，贾斯珀在短短六个多星期里似乎老了十岁。

我跟随他走进宽敞的客厅。客厅位于房子后部，透过落地窗，外面的阳台和花园一览无余。这里和他的书房一样，四壁全是书架。和以往一样，客厅很整洁，家具、书籍以及装饰物都井然有序。可是平生第一次，我还是注意到了一些疏忽的迹象：窗户上有污迹，地毯上有面包屑，壁炉架上落着薄薄的一层灰。壁炉里放着一个电取暖炉，可是房间里很冷。贾斯珀递给我一杯酒。正值下午三点钟左右，不是我最喜欢喝酒的时候，但是我还是接了过来。我看见边桌上放的酒瓶比我上次来要多很多。贾斯珀是我所认识的为数不多的无论什么时候什么事都要喝点酒的人。

希尔达坐在电暖炉旁，开襟衫耷拉在肩膀上。她盯着前方，没有招呼我，甚至连看都没有看一眼。我跟她打招呼，她也只是微微点点头，没有其他表示。她的变化比贾斯珀还大。多年来，她在我眼里一直都是一个样子：身体瘦削挺直，中间有三个对褶的花呢裙子裁剪考究，高领的衬衫是丝绸的，外面是一件羊绒开襟衫，浓密的灰白头发纹丝不乱，梳成一个精致的大大的圆发髻。现在，她的开襟衫的前片从肩膀上耷拉下来，上面还有残留的饭粒；贴身衬衣松垮地垂着，很邋遢的样子；下面的鞋子也不干净；头发一缕一缕地散着；脸板着，满脸的不欢喜。因为和先前来时太过不同，我心里不由得想她到底是怎么了。她不可能是得了老年痴呆症，因为从

20世纪90年代以来，这种病在很大程度上已经得到了控制。不过还有其他类型的老年病，即便我们的科学在年老问题上费尽神思也无能为力。或许她只是老了、累了，只是受够了自己的死亡。我觉得人老了退隐到一个属于自己的世界里是有好处的，不过如果觉得这个世界是地狱的话就另当别论了。

我不明白自己为什么被叫过来，不过我也没有直接问。还是贾斯珀先开腔："我想和你商量点事。我正考虑搬回牛津。最近总督的一次电视讲话让我下了决心。看得出来，最终所有人都要搬进城里，这样可以集中提供设施和服务。总督说想待在边远地区的人也可以留下，但是他不能保证供应电和开车用的汽油。我们这里已经被孤立了。"

我问："希尔达怎么看？"

贾斯珀甚至都没有费劲去看她一眼。"希尔达根本不会反对。照顾家的人是我。如果我都能接受的话，我们就应该搬家。我曾想过这样对我们两个都有好处——我说的是你和我——如果我搬到圣约翰街和你一起住的话。你真的不需要那么大的房子。顶层空间很大，可以隔离成一个独立的住处。当然，这种改装的钱由我来付。"

这个主意吓住了我。我很希望当时自己掩饰住了不情不愿的情绪。我有一会儿没有说话，装作在考虑这个主意，然后说："我觉得房子并不适合你。你会怀念花园。再说，上下楼梯对希尔达来说是个困难。"

一阵沉默。过了一会儿贾斯珀说："我想着你听说过'寂灭',也就是老年人大批的自杀,对吧?"

"只是在报纸上或者是在电视上看到过一点。"

我想起一幅画面,现在想起来应该是电视上唯一播放的一次:全身白色衣服的老人们被用轮椅或被人搀扶着送到低低的驳船一样的轮船上,高亢悠扬的歌声响起,船慢慢地驶离,没入薄暮中。画面拍摄得很巧妙,整个场景很祥和、很诱人。

我说:"我对结群死亡不感兴趣。自杀和性一样都是很私密的事情。如果人想自杀,随手都是办法。所以,为什么不在自家床上舒舒服服地死呢?我宁愿用匕首了结自己。"

贾斯珀说:"哦,我说不清楚。有人就喜欢大张旗鼓地搞这种仪式。世界各地到处都是,方式不同而已。我猜想人多、仪式隆重是一种安慰。这些老人的后人可以因此从政府那里拿津贴。数量可不小,对吧?是的,我觉得很有吸引力。希尔达有一天说起了这个。"

我认为这是不可能的。我能想象出我所认识的希尔达会怎么看这种牺牲与情感的公开展示。她曾经辉煌过,是一位令人敬畏的学者。人们都说她比她丈夫更聪明,维护起丈夫来口齿伶俐,很有杀伤力。结婚后她唯爱是从,上课次数变少,发表的作品也减少,才能减退,性情大变。

在走之前，我说："你也许可以寻求额外的帮助。为什么不申请要两个旅居者呢？你肯定够资格。"

他否定了这种想法："我不想家里有陌生人，尤其是旅居者。我不相信他们。要他们来无异于给自家找难受。这些人大多数都不知道一天要干些什么。让他们干些有人监督的活，如修路、清理下水道、收垃圾，是可以的。"

我说："家政人员都是经过仔细挑选的。"

"或许是吧，可我就是不想用他们。"

我设法没做任何承诺就成功脱身。在开车回牛津的路上我还在想着如何阻挠贾斯珀的计划。他一直都是我行我素的人。30年来我接受过特别辅导，享受过丰盛的晚餐，白得过电影票和歌剧票，从他身上获益很多。账单姗姗来迟，但现在已经放到面前。和人共住圣约翰街，独居状态被打破，而且还要对一位不太好相处的老人负担起越来越多的责任，一想起这些，我就非常抵触。我欠贾斯珀很多，但是我不欠他这个。

开车回城的路上，我看见牛津大学考试学院前排起长队，有一百码长，秩序很好。人们穿着考究，都是老人或中年人，而且女人比男人多。他们安静地等待着，很有耐心，心照不宣的样子。他们的期盼有所克制，没有惯常排队人的那种焦灼，似乎人人都会有票，都能进去，而且乐观地相信节目值得等待。有一阵子我怎么都不明白，过了一会儿才想起来：福音传教士罗西·麦克卢尔来伦敦了。我本来看一眼就该知道——广告已经是铺天盖地。罗西推销救赎，这可是一种一直供不应求而且没有任何成本的商品。她做得很好，是当前最成功的一位电视人。在末日之年到来的最初两年里，我们有咆哮的罗杰和他的搭档苏比·山姆。罗杰现在在电视节目中还有追随者。他当年是天生的、具有强大说服力的演讲者，现在依然如此。他块头很大，长着白胡子，有意识地把自己塑造成《旧约全书》中的先知形象。罗杰声音洪亮，一口北爱尔兰口音倒是增加了他说的话的权威性，警世话语说起来滔滔不绝。姑且不论是否为原创，他要传达的意思很简单：不育是上帝对人的忤逆和罪恶的惩罚，只有悔改才能平复他正当的不满。悔改最好的表示就是给咆哮的罗杰的活动进行慷慨捐助。他自己从来不提钱，这是苏比·山姆的事情。最开始时他们非常有影响，他们在金斯敦山校园的大房子是他们成功的有力证明。在末日之年之后的五年里，咆哮的罗杰的提倡还是有一定作用的，因为他对很多现象都会进行谴责，如城市暴力，老年妇女受到攻击和强奸，孩子受到性骚扰，婚姻降为与金钱相关的合约，离婚成为常事，欺诈大行其道，性本能倒错，等等。他捧着翻旧了的《旧约全书》，读着里面的片段。可是他说教的有效期很短。在一个性厌倦的世界里谴责性放纵，在再也不会有孩子的时候谴责对儿童的性虐待，在城市里只剩下温顺的老人时抨击城市暴力，这些都很难吸引人。罗杰从来没有谴责过"末日一代"的暴力与自私；他有着很好的自我保护意识。

现在罗杰人气下滑，我们有了罗西·麦克卢尔。甜美的罗西已经盛行起来。她发家于阿拉巴马州，2019年离开美国，原因可能是她提倡的快乐主义在美国已经供给过度，没有市场了。在罗西眼里福音并不复杂：上帝是爱，一切都因爱而合理。她重新翻出披头士乐队（20世纪60年代一群利物浦年轻人组成的乐队）的一首老歌——《你所需要的只是爱》。她在集会前放的是这首节奏轻松、引人入胜的歌，而不是圣歌。末日不在未来而在现在，信仰上帝的人天年享尽，正在一个接一个地被收进天国。罗西尤其强调来世的快乐。和所有福音传道者一样，她认为，如果一个人不能同时考虑他人身处地狱的恐惧，那么他在想到自己的天堂时所带来的满足感是微乎其微的。不过，在罗西的描述中，地狱与其说是一个折磨人的地方，不如说是一个类似低等旅馆的处所：就算里面不缺热水，但是管理不善，设施不全，很不舒适，要自己洗餐具，而且里面的旅客互不相容却又要永世彼此忍受。她还同样强调天国的快乐，"上帝那里有很多公寓"。她向追随者保证不同的公寓满足不同的品位，分属不同的美德等级，无上的幸福只属于那些被上帝选中的极少数人。但是所有听从罗西爱的召唤的人都可以有一个舒适的去处兼永久的度假胜地，供应吃喝，阳光充足，有性愉悦。在罗西的哲学中没有邪恶。最坏的指责源于人们因为不懂爱的规律而犯了错。解除痛苦要用麻醉药和阿司匹林，消除孤独要用上帝的关怀，减轻失亲之痛要用再团聚。任何人都不应该过度自我否定，因为充满爱心的上帝所希望的是他所有的孩子都快乐。

罗西的重点在于对现世身体的放纵与满足。在传道时，罗西免不了要给出一些美好的暗示，通常是在场面很壮观的时候：一百多人的唱诗班，全都一身白色衣服，闪光灯照耀，吹奏乐队和福音音乐为他们伴奏。集会的人群加入进来，唱着、笑着、喊叫着，像发狂的扯线木偶一般挥动手臂。罗西本人每次聚会都要更换至少三次华丽的服饰。罗西宣称，爱，你们所需要的只有爱。任何人一定都有爱的对象。爱的对象没必要是一个人，可以是一个动物———一只猫、一只狗，可以是一座花园、一朵花、一棵树。整个自然界是一个整体，由爱联结起来，由爱来支撑，由爱来救赎。人们也许会猜想罗西从来没有见过猫叼老鼠。在集会结束时，幸福的皈依者们通常都会互相拥抱，满怀热情地往捐赠箱里投钱，丝毫不不做他想。

在20世纪90年代中期，有名的教堂，尤其是英国的教堂，都从信奉罪恶与救赎转而接受不太坚定的信条———共同社会责任与具有情感关怀的人文主义的结合体。罗西更是推进一步，切实取消三位一体神中的圣子和他的十字架，代之以光辉灿烂的金黄太阳（很像维多利亚时期酒馆的耀眼标志）。这种替换标志很快流行起来。即便在我这种不信奉她的人看来，十字架表明官僚主义的野蛮作风以及人不可避免残忍性的污点，从来就不是一个让人感觉舒服的标志。

第八章

星期天早上九点半之前，西奥开始出发，穿过波特草坪往宾塞走。他答应过朱利安，践行诺言是事关自尊心的大事。不过他心里明白这样做还有一个难以估摸的原因。他们知道他是谁、在什么地方找到他。见见他们，麻烦这一次，让这一切都过去，也比在未来几个月里每次去教堂或者是去室内市场时都尴尬地怕遇见朱利安好些。阳光灿烂，空气冷而干燥，天空湛蓝，没有一丝云彩。着了晨霜的草地在脚下唰唰作响。小河如一条缎带，微波皱起，映照着天空。过桥的时候，西奥停了下来，往桥下看，一群鸭子和两只鹅大张着嘴巴，大声叫着游了过来，很是热闹，就好像依然有孩子给它们投面包屑，然后假装害怕它们吵吵闹闹强行乞食，尖叫着跑开。小村庄已经废弃。宽阔的绿地右侧仅有的几座农舍依然挺立着，但是多数窗户都已经用木板封起来。有的地方木板已经碎裂，玻璃已经被打烂，透过缝隙和烂洞，西奥可以瞥见里面的情形：墙纸剥落，曾经用心选择的带花图案已经烂成碎片，成为以往生活脆弱、短暂的证明。有的屋顶上石板已经开始错位，露出腐烂的房梁。院子里杂草丛生，已经齐肩高。

因为顾客人数骤减，西奥所知道的佩客酒馆早就关闭。他曾经最喜欢在星期天早晨穿过波特草坪去宾塞散步，最后来到酒馆。在他看来，现在自己像是以前的魂灵一样在小村庄中穿行，用不再熟悉的眼光看着有半英里长的窄窄街道。街两旁种着栗子树，从宾塞往西北一直通向圣玛格丽特教堂。他试图回忆上一次走这条路的情形。是在七年前，还是十年前？他想不起当时的情形，也想不起和谁一起，如果有的话。这条街已经变了。栗子树依然挺立，枝干互相交错遮蔽着街道。街道已经变窄，成了一条小路，遍地是腐朽的落叶，路面上野生白蜡木和接骨木长得很繁盛，枝藤缠绕。他知道，当地市政已经划出要清理的道路，可是那些搞清扫的人在逐渐减少。老人太弱无法胜任。中年人则太忙，肩负着养活国家大部分人口的重任。年轻人对保护乡村环境毫不在意。为什么要保护将属于他们取之不竭的东西呢？他们将很快继承一个世界：山地没有人居住，河流没有污染，森林不断扩展，港湾遭到废弃。他们很少在乡村出现，因此似乎是害怕乡村。尤其是森林已经成为满是威胁的地方，很多人都不敢走进去，里面大树枝干交错，阴翳蔽日，他们害怕万一忘记来时的路，就再也无法重见天日。不仅仅年轻人是这样子。越来越多的人都在寻找同类，在没有慎重考虑或者是政府强制之前已经开始离开人烟稀少的村庄，搬到指定的城市区域。总督已经承诺给这些地方供应水和电，尽可能一直供到末日来临。

他记忆中位于教堂右侧花园里的独栋房子还在。让西奥吃惊的是，它里面已经有人。窗户都拉上窗帘，烟囱里冒出细细的烟柱。走道左侧有人清理掉及膝高的野草，整理出一块菜园子。几根枯萎的豆角秧还悬挂在做支架的棍子上，还有不太整齐的一行行卷心菜和发黄的、已经采收过半的甘蓝。上大学的时候，这座教堂和房子曾有闹市区少有的宁静，却被M40号公路无休止的喧嚣破坏了，他记得自己曾为此感到遗憾。现在那种令人心烦的喧嚣声几乎听不到了，房子似乎被无尽的安静包裹起来。

门突然打开，西奥的思绪被打断。一个穿着褪色教袍的老人突然出现，沿着小路磕磕绊绊地走过来，大声抱怨着，像是驱赶不听话的牲口一样挥舞着胳膊，声音颤颤地喊道："没有礼拜，今天没有礼拜。我十一点的时候有一次洗礼。"

西奥说："我不是来做礼拜的，我只是来看看。"

"他们都是来看看的，或者是这么说的。不过我十一点的时候要用洗礼盘。那个时候所有的人都要出去。除了参加洗礼的人之外，所有的人都要出去。"

"我没想过要待到那么晚。你是教区牧师吗？"

那个人走上前来盯着西奥看，眼神犀利可怕。西奥从来没有见过这么老的人，撑在头骨上的皮如薄纸般，皱皱的，就像是死亡正迫不及待地要收走他。

这个老人说:"上星期三这里举行了一次黑弥撒,整整唱了叫了一夜。这样是不对的,我阻止不了,但我并不赞成这样做。而且他们结束后不清理现场——地板上到处是血、羽毛和酒,还有黑色的蜡烛油,你弄不掉,你知道很不好弄。全由我一个人来做,他们也不想想。这样不公平,这样做不对。"

西奥说:"你为什么不把教堂锁上?"

老人说的话深不可测。"因为他们拿走了钥匙,这就是原因。而且我知道是谁拿走的。是的,我知道。"说着转过身,趔趄地朝房子走去,口中嘟囔不止,走到门口时转过身来最后警告了一句:"十一点钟的时候出去。除非你是来做洗礼的。所有的人在十一点钟都得出去。"

西奥朝教堂走去。教堂是一座很小的石头房子。和它矮矮的双钟塔楼在一起,它看起来就像一座带一个烟囱柱的普通石头房。教堂院落像早就撂荒的田地,杂草丛生。草长得很高但不茂盛,似乎已经枯干。常春藤已经攀爬到墓碑上,遮蔽住上面的名字。野草丛中有圣弗丽德丝维德女修道院的洗礼池,曾经是朝拜的圣地。现在的朝拜者很难找到这个地方。教堂很明显有人来过。走廊的两侧各有一个陶瓷瓶,里面各种着一棵单株玫瑰。玫瑰的枝干光秃秃的,上面挂着几个瘪瘪的经冬的花苞。

朱利安正在走廊上等他。她的手没有伸出来,也没有笑,只是说:"谢谢你来,我们都在这儿。"说着推开门。西奥跟着她走进屋里。里面光线暗淡，一股焚香味扑面而来，还夹杂着一种更浓烈的气味。30年前他第一次来这里的时候，这里有着无尽的祥和，似乎能听到空气中回荡着早已被遗忘的素歌歌声，回荡着老的教规和绝望的祈祷声。那个时候他被迷住了。一切都不复存在。曾经这里的安静比喧闹更有意义，而现在只是一座石头建筑，仅此而已。

西奥原先想着这群人在等自己，在昏暗简单空荡荡的教堂里一起站着或坐着。可是他发现他们是分开的，在教堂各处走动着，就像起了争议或心里不踏实，想独自待着似的。总共四个人，三个男人，还有一个站在圣坛旁的高个女人。西奥和朱利安进来的时候他们都静悄悄地聚拢过来，站在过道上，迎着他。

即便是在他们走过来之前，西奥已经毫不怀疑地判断出谁是朱利安的丈夫兼领导，他似乎是有意冲着自己来的。两人站定，就像是两个对手在彼此掂量着。两人都没有笑，也没有伸出手。

对方的肤色很暗，帅气的脸上阴沉沉的，眼窝很深，眼睛明亮，眼神焦躁多疑，眉毛如刷子刷出来的，很浓很直，衬得颧骨很凸出。重重的眼皮上支棱着几根黑色毛发，把眼睫毛和眉毛连接起来。耳朵大而凸出，耳垂尖尖的，和硬挺的嘴巴、紧闭的下巴有一种古怪的不协调。这不是一个内心宁静、平和处事的人。他为什么要平和呢？他与"末日一代"虽仅有几岁之差，却没有他们的与众不同和特权。他这一代人和"末日一代"一样一直被观察着、研究着、宠爱着、纵容着，并备受保护，为的是等他们长大成人的时候可以生出备受期望的精子以繁育后代。这一代人注定要失败，对养育他们的父母，对投入很多、精心呵护他们并寄予厚望的同类来说，他们注定让人失望。

这个男人开口说话了，声音比西奥预想的要高些，很刺耳，带着一种他辨识不出的口音。他没有等朱利安介绍就说："你没有必要知道我们的姓氏。我们只称呼名字。我叫罗尔夫，55岁，是这里的头头。朱利安是我妻子。他们是玛丽亚姆、卢克，还有加斯科因。加斯科因是他的名字，是1990年他奶奶选的，没有谁知道为什么起这样的名字。玛丽亚姆曾经是一位助产士。卢克是一位牧师。你没有必要知道我们现在是干什么的。"

那个女人是唯一走上前来握住西奥手的一位。她是黑人，或许是牙买加人，是这群人中年纪最大的。西奥猜想她比自己都大，或许有五十半或快六十岁的样子。她的头发微卷，很短，梳得很高，里面夹杂着白发。黑白头发对比很分明，就像是她头上撒了白粉，兼有神圣和装饰的意味。她个子很高，体型优雅，一张修长的脸上五官很精致，咖啡色的皮肤上几乎没有皱纹，与头发中的白发不大相符。她穿着修身的黑色裤子，裤脚掖进靴子里，上身是高领棕色运动衫，外面是羊皮短上衣。和三个男人穿着粗糙耐用的乡下衣服相比起来，她有一种几近异域的情调，很优雅。她使劲地握了握西奥的手，扫了他一眼，算是打招呼。她的眼神好奇中带着些幽默，似乎他们串通一气，早就是同谋者了。

那个叫加斯科因的男孩子——他不小于30岁，看上去却像一个男孩子——第一眼看上去没什么特异的地方。他个子不高，几近矮胖，留着短发，长着一张圆圆的和气的脸，眼睛大大的，鼻子扁平——就是一张孩子的脸，随着岁月在成长，但是本质性的神情并没有改变：那是他扒着童车第一眼看世界的神情，天真，充满迷惑，而现在世界在他眼睛里依然是奇怪的（但还不至于不友好）。

那个叫卢克的男人（西奥记得朱利安曾说过是一位牧师）比加斯科因年龄大，可能有40岁。他个子很高，脸色苍白，神情敏感，身体虚弱，手很大，很凸出，手腕很细，好像小的时候长得太快用尽了气力，直至长大再也没能强壮起来。他头发颜色很浅，像丝绸般搭在高高的额头上；灰色的眼睛很大，很温和。与罗尔夫的深肤色和阳刚气比起来，他很孱弱，看起来不像是一位参与密谋的人。他冲西奥微微一笑，忧郁的脸稍微皱了皱，但没有说话。

罗尔夫说："朱利安给你解释过我们为什么同意见你了。"他这话听起来像是西奥求着要见他们似的。

"你们想利用我对英国总督的影响。我要告诉你们我没有什么影响。我放弃了做他顾问的任命，也就放弃了施加影响的权力。我会听听你们要说的话，但是我认为自己影响不了英国议会和总督。这是从来没有过的事情，也是我辞职的部分原因。"

罗尔夫说："你是他表弟，是他唯一活着的亲人。你们或多或少算是一起长大的。有人说你是英国唯一一个他肯听话的人。"

"这话不对。"西奥辩解道，"你们是一种什么样的组织？你们经常在这个教堂里聚会吗？你们是什么宗教组织吗？"

玛丽亚姆做了回答："不，正如罗尔夫所说的，卢克是一个牧师，尽管他不是全职的，也没有教区。朱利安和他是基督徒，剩下的人都不是。我们在教堂里聚会是因为这里可以来，是对外开放的，不用花钱，而且里面通常没人。至少我们选中的几个都是这样子。我们或许会放弃这个。开始有其他的人来这里了。"

罗尔夫打断她，声音很不耐烦地强调道："宗教和基督教跟这件事没有关系。任何关系都没有！"

玛丽亚姆似乎没有听见他的话，继续说："各种各样古怪的人都在教堂里聚集，我们只是其中的一群。没有人问过我们任何问题。如果有人问的话，我们就说是克兰麦[1]俱乐部。聚会是为了阅读和学习《英国国教祈祷书》。"

加斯科因说："这是我们的掩护。"他说话时带着满足，像是一个孩子窥到了大人的些许秘密一样。

西奥转身对着他说："是吗？那么如果国家安全警察让你们背诵基督降临节第一个星期日的短祷文，你们该怎么回答？"看着加斯科因因为不解而满脸尴尬，他又加了一句，"这算不上个掩护。"

---

[1] 克兰麦：1489-1556，英国改革教会的首任坎特伯雷大主教。

朱利安很平静地说："你或许不同情我们，但是没有必要鄙视我们。这个掩护不是要让国家安全警察相信的。如果他们开始注意我们，什么掩护都保护不了我们。他们十分钟之内就能把我们瓦解。这个我们知道。掩护只是给我们一个理由，一个定期在教堂见面的说辞。我们不会到处宣扬，只是在人问起或者必要时有个说法。"

加斯科因说："我知道那种祷告词叫作短祷文。刚才你问的那段你自己知道吗？"他并非在找茬，只是感兴趣。

西奥回答："我是在这本旧书的陪伴下长大的。我小时候妈妈带我去的那个教堂也许是最后一座使用这本书的教堂。我是一位历史学家。我对维多利亚时期的教堂、礼拜仪式和早已不用的祈祷形式很感兴趣。"

罗尔夫不耐烦地说："说的这些全是不相关的。正如朱利安所说，如果国家安全警察盯上了我们，也不会浪费时间问我们这些古老的问题。只要你不出卖我们，我们目前还没有什么危险。到目前为止我们都做过什么？除了说说，什么都没有做。我们中的两个认为，在我们采取行动之前或许应该向你的表哥英国总督呼吁一下。"

玛丽亚姆说："是我们三个。占到大多数。我和卢克、朱利安看法一致。我认为值得一试。"

罗尔夫又一次打断她："让你来并不是我的主意。我对你有一说一。我没有理由相信你，我甚至都没觉得需要你。"

西奥回应他说："同样，我也没有想着要来，这么说我们想法相同。你们想让我给总督说，你们自己为什么不去？"

"因为他不会听。他或许会听你的。"

"如果我同意见他，而且他也愿意听听，你们打算让我对他说什么？"

这个问题问得很不合时宜，他们似乎很窘迫，面面相觑，好像在决定由谁先说。

回话的是罗尔夫："总督在掌权之前是通过选举上去的，但是那是15年前的事情了。从那时起再也没有进行过选举。他声称按人民的意愿管理国家，但是他是一个暴君，一个专制者。"

西奥不无讽刺地说："给他传这种话的人应该是一个很勇敢的人。"

加斯科因说："近卫步兵第一团成为他的私人军队。他们是对着他宣誓的。他们不再为国家服务，而是为他服务。他没有权力使用这个名字。我爷爷曾在该团当过列兵，他说这个团是英国军队里最好的团。"

罗尔夫没有接他的话茬："不用等大选，他也可以有所作为。他可以结束精子检测。检测耗费时间，让人颜面尽失，而且根本没有希望。他可以让地方和区域议会自己选议长。最起码这是民主的第一步。"

卢克说："不仅仅是精子检测，他还应该停止强制性的妇科检查，这样的检查让女人丢尽颜面。我们还希望他停止'寂灭'，我知道那些老人都是自愿的，也有可能刚开始时是自愿的，或许现在还有这种情况。但是如果我们给他们希望，他们还会愿意死吗？"

西奥差点问道："什么希望？"

这个时候朱利安接过话茬："我们希望对旅居者做些什么。法律禁止我们的'末日一代'移居国外，你认为这样做合适吗？我们从不太富裕的国家输入'末日一代'和其他年代的人，让他们替我们做脏活，清理下水道，清理垃圾，照看生活不能自理的人和老人。"

西奥回答说："他们急于过来，大概是因为他们在这里可以过上更好的生活。"

朱利安说："他们来是为了吃的。可是等他们老了，年龄限制是60岁，对吧？无论他们愿意与否都要被遣送回去。"

"这种不幸他们自己的国家可以解决。他们可以从更好地管理好自己的事情入手。不管怎么说，这种人的数量并不大。有名额限制，接受有着严格的控制。"

"不仅仅有名额限制，还有很严格的要求。他们的身体要强壮、健康，没有犯罪记录。我们要最好的，然后在不再需要的时候把他们赶走。谁接受他们？不是那些最需要他们的人，是议会和他们的朋友。这些外国人在这里的时候谁来照看他们？他们为一点点施舍而工作，住在临时住所里，而且女人和男人要分开。我们甚至不给他们市民身份。这是一种合法的奴役。"

西奥说:"我认为你们不会就旅居者问题或者'寂灭'问题发动一场革命。人们没有足够的关注。"

朱利安说:"我们想帮助他们来关注。"

"他们为什么要关注?他们生活在一个将要毁灭的地球上,没有任何希望。他们想要的是安全、舒适和快乐。英国总督能承诺前两个,比多数外国政府设法去做的还要多。"

罗尔夫一直在听着他们争论,没有说话。现在他突然说:"英国的总督,是个什么样的人?他是哪种人?你应该知道,你和他一起长大。"

"那也不能说我知道他在想什么。"

"所有的权力,在这个国家比任何人都大的权力,全都在他手上。他很享受这些吗?"

"或许吧。他似乎并不急于撒手。"接着又加了一句,"如果你想要民主,可以重新启动地方议会。民主从这里开始。"

罗尔夫说:"民主也在这里结束。总督就是通过这个层次实施控制的。你见过我们的地方议长雷吉·蒂姆斯代尔吗?他70岁,性格暴躁,整天战战兢兢,当议长是因为可以得到双份石油津贴,可以得到两个外国'末日一代'的人照看他大得出奇的仓库,在他不能自理的时候替他擦屁股。他不用参加'寂灭'。"

"他是选举上去的。他们都是经过选举的。"

"由谁选举的？你投票了吗？谁在乎？有人干这份工作人们求之不得。你知道其中原委。不经过区议会的批准不能任命地方议会的议长。而区议会议长必须通过大区议会的批准，而大区的议长必须通过英格兰议长的批准。总督从上到下控制着选举，你们必须知道这点。他还控制着苏格兰和威尔士。每个地方都有自己的议长。但是他们是由谁任命的？罕·里皮亚特会称呼自己为大不列颠总督，只是对他来说，这个头衔的吸引力可不那么浪漫。"

这话还是有些见解的，西奥心里不由得想。他想起罕曾经说过的话："我几乎说不上是'首相'。我不想占用其他人的头衔，尤其是这种负有传统和责任的头衔。人们可能会期望我每五年举行一次选举。我也不是'护国公'。上一位就不合格，几乎说不上成功。'总督'这个头衔就很好。至于大不列颠和北爱尔兰总督呢？这个头衔几乎没有我所追求的浪漫含义。"

朱利安说："依靠地方议会，我们不会有什么结果。你住在牛津，你和其他所有人一样都是公民。你肯定读过他们在开过会后张贴出来的东西，都是他们讨论过的东西。如维护高尔夫球场和保龄球场地，俱乐部设施是否够用，对工作分配、汽油津贴以及雇佣旅居者申请的决定，对当地业余唱诗班进行视听，想上小提琴课的人是否足够多到值得议会雇用一位全职的专业人员，等等。有时候还会讨论街道治安，并非真有需要，因为遣送到罪犯流放地的威胁对潜在的窃贼还是有震慑力的。"

卢克轻声说:"保护、舒适和快乐。还应该有更多的东西。"

"这就是人们所在乎的和想要的。议会还应该提供什么?"

"同情、正义和爱。"

"没有哪个政府会关注爱,从来没有一个国家能做到。"

朱利安说:"可是政府可以关注公正。"

罗尔夫不耐烦地说:"公正、同情和爱,这些全是些说辞。我们现在正在讨论的是权力。总督是一位伪装成民主领导的独裁者。我们应该让他对人民的意愿负责。"

西奥接过话茬:"哈,人民的意愿。听起来很不错。就眼下来说,人民的意愿似乎就是得到保护、舒服和快乐。"心里却不由得想:我知道什么惹着你了——是罕对这种权力的享受,而不是他使用权力的方法。他不由得怀疑这个小小的组织缺乏真正的凝聚力和共同的目标。加斯科因因为滥用近卫步兵第一团的名号而愤怒,玛丽亚姆的动机目前还不明确,朱利安和卢克出于宗教理想主义,罗尔夫则是因为嫉妒和野心。作为一个历史学家,像他们这样的人他可以找到很多。

朱利安说:"玛丽亚姆,给他讲讲你弟弟的事情吧。给他讲讲亨利。不过,在你开始之前咱们坐下吧。"

于是他们在凳子上坐定,因为玛丽亚姆的声音很低,个个往前探着腰仔细听着。西奥心里不由得想,这样子很像是一群不情愿的祈祷者聚集在一起。

"18个月前亨利被遣送到岛上，抢劫加暴力犯罪。并没怎么用暴力，不是真正的暴力。他抢了一位'末日一代'的女孩并推了她一把。只不过是推了一把，可是女孩倒在了地上。她对法院说亨利在她倒地时踢了她的肋部。这不是真话。我并不是指亨利没有推她。从小的时候起，他就过得不痛快，老惹麻烦。可是他没有踢那个'末日一代'的女孩，她倒下时也没有踢。他抓了她的包，推了她一下，然后就跑了。这事发生在伦敦，快到午夜的时候。他跑过兰仆林大街拐角时，迎头撞上了国家安全警察。他这一辈子运气都不好。"

"你去法庭了吗？"

"我和我妈妈，我们两个都去了。我父亲两年前就死了。我们给亨利找了一个律师——还给律师钱——可是他是真的不上心。拿了我们的钱却什么都不干。我们看得出来，对于亨利应该被遣送到岛上去的起诉，他是赞同的。毕竟，他抢的是一个'末日一代'。这对他很不利。还有，他是黑人。"

罗尔夫不耐烦地打断她："别扯那些种族歧视的废话。判他刑是因为他那一推，而不是他的肤色。除了对人实施暴力犯罪或第二次实施入室盗窃之外，人不可能被遣送到流放地。亨利没有犯入室盗窃罪，但是偷过两次东西。"

玛丽亚姆解释道："是在商店偷东西。并非真的很糟糕，他偷了一条围巾给妈妈过生日，还偷了一块巧克力。不过那都是他小时候的事情。看在上帝的份上，罗尔夫，他那时才12岁。都是20年前的事情了。"

西奥说："如果他把受害者击倒，无论踢她与否都是暴力犯罪。"

"可是他没有。他把她推开，她倒了。不是故意推的。"

"陪审团肯定有不同的看法。"

"没有陪审团。让人们陪审是很难的事情，你懂的。人们不感兴趣，也没人会麻烦他们。他是在一种新的审判形式下被判刑的，当时只有一个法官和两个治安官。他们有权力把人遣送到岛上去。而且是终身判决。不存在什么豁免，人一旦去了那里，终身不得离岛。只为并非有意的一推，他被判处在那个地狱里终身服役。这要了我妈妈的命。亨利是她唯一的儿子，而且她知道自己再也见不到他了。之后她变得心灰意冷。不过我很高兴她去世了。至少她不知道那些发生在他身上的最糟糕的事情。"

她定定地看着西奥，坦言道："你看，而我确实知道那些事。他回家了。"

"你的意思是说他从岛上逃回来了？我觉得这是不可能的事情。"

"亨利做到了。他找到一只破破烂烂的小船，是安全部队给犯人清理出这座岛的时候忽略掉的。不值得带走的船他们都烧掉，只有这一个他们没有看见或忽略了。或许他们认为太破了不会有用。

亨利的手一直都很巧。他偷偷地把船修补好，并造了两把桨。后来，四个星期之前，那天是一月三日，他等到天黑，出发了。"

"这太过草率了。"

"不是的，这是经过考虑的。他知道他要么能上岸，要么会淹死，就算淹死也比待在岛上强。他回家了，他回来了。我住在——嗯，不要在意我住在哪里。我住在村庄边上的一个小屋里。他是半夜以后到的。那天我干活很累，就想着早点上床。身体很累可是心里不平静。于是进屋后我就给自己泡了一杯茶，然后坐在椅子上睡着了。大约睡了有二十分钟就醒了，想着该上床了。这种情况你也懂的。人累过了头都这样子。脱衣服都嫌费劲。

"那天晚上很黑，没有星星，而且起风了。通常舒舒服服地窝在家里的时候，我喜欢听风的声音，可是那天晚上却不行。风声听着不舒服，在烟囱里嘶嘶叫着、哀号着，很吓人。我听着蓝调音乐，家里的黑狗卧在我的肩膀上，心里不由得想起死去的妈妈和永远不会回来的亨利。我想着最好还是不要去想这些，上床去睡觉。就在这时，我听到有人敲门。有门铃，那人却没有用。也只是敲了两次，声音很微弱，但是我能听到。我过去从门洞里往外看，什么也看不着，一片漆黑。这个时候已经过了午夜，我不知道这么晚了谁会来找我，但还是拿下门链，打开了门。一个黑影瘫倒在墙边。他敲了两次门，再也没有了力气，昏了过去。我设法把他拽了进来，把他弄醒。我给他喝了些汤和白兰地，一个小时之后他才会说话。他想说，我就让他说，把他抱在怀里。"

西奥不由得问："他进来时是什么状况？"

回答的是罗尔夫："脏兮兮的，散发着臭味，身上有血，瘦得不成样子。他是从坎伯兰海岸走回来的。"

玛丽亚姆接着讲："我给他洗了洗，把脚包扎好，设法让他上了床。他吓得不敢一个人睡，于是我就和衣躺在他身边。我睡不着。这个时候他开始讲话。说了有一个小时。我没有说什么，只是抱着他听着。后来，他终于安静下来。我知道他睡着了。我躺在那儿，抱着他，听着他的呼吸声、喃喃声。有时候他会呻吟一声，然后突然尖叫着坐起来。我都设法安慰他，就像他是一个孩子一样。然后他又睡着了。我躺在他身边，想着他讲的遭遇而默默地流着泪。哦，我还很愤怒。我怒火中烧，就像胸口有一块燃烧着的煤块一样。

"这个岛是活人的地狱。去那里的人几乎全都死了，剩下的都是恶魔。那里吃不饱。我知道他们有种子、谷物、机械，可是这些人多数都是城市里的犯罪者，根本不习惯于种庄稼，也不习惯干活。所有储存的食物已经吃光，园子里和田里已经光秃秃的。这个时候，人死了也会被吃掉。我发誓是这样，有这种事。岛屿被一群强壮的罪犯控制着。他们很残忍，并以此为乐。他们打人，折磨人，没有人能阻止他们，没有人看见。那些温和的、有所顾忌的、不该去那里的人根本活不长。有的女人的情况是最糟糕的。亨利给我讲了一些事情，我说不了，可是我永远都不会忘记。

"第二天早上他们来抓他。他们没有破门而入，没有弄出很大的动静。他们只是静悄悄地围住房子，然后敲门。"

西奥不由得问："他们是谁？"

"六个近卫步兵第一团的人和六个国家安全警察。一个精疲力竭的人，他们动用十二个人来抓。国家安全警察最糟糕。我觉得他们是'末日一代'的人。起初他们没有对我说什么，只是上楼把亨利拖了下来。亨利看见他们的时候尖叫了一声。我永远都忘不了那一声尖叫。永远，永远……这个时候他们盯上了我，但是一位长官，是近卫步兵第一团的人，告诉他们不用动我。他说：'她是他的姐姐，他自然要来这里。她没有办法，只能帮助他。'"

朱利安插话道："我们事后想着这个长官肯定有一个姐姐。他知道姐姐永远不会让他失望，永远都会支持他。"

罗尔夫不耐烦地说："要不他就是觉得可以略施恩惠，让玛丽亚姆这样或那样地给以回报。"

玛丽亚姆摇摇头。"不，不像是这回事。他只是想表示一下同情心。我问他会怎样对待亨利。他没有回答，但是该团的一个士兵说：'你想怎么着？但是你会拿到他的骨灰。'就是这位国家安全警察的队长告诉我说他们本可以在他上岸的时候抓住他。他们尾随着他从坎伯兰一直到牛津。我想，部分是想看看他要去哪里，部分是因为想等到他感觉安全的时候再逮捕他。"

罗尔夫很气愤地说："就是这种精心设计的残忍让他们感觉额外刺激。"

"一个星期之后包裹到了。很重，像是两磅白糖，而且形状也一样。它用棕色的纸包着，上面有一个打印的标签。里面是一个塑料袋子，袋子里装着白色的粉末。看起来像是肥料，跟亨利没有任何关系。包裹里只有一个打印的条子，没有签名，上面写着'试图逃跑被处死'。其他什么都没有。我在院子里挖了一个坑。我现在还记得那天下着雨，我把白色的粉末倒进坑里时，似乎整个院子都在哭泣。可是我没有哭。亨利的痛苦结束了。怎么着都比送回岛上强。"

罗尔夫说："当然不会把他送回去。他们不想让人知道岛上是可以逃离的。而在现在，逃离变得更加不可能。他们将会启动对海岸的巡逻。"

朱利安碰了碰西奥的胳膊，与他正脸相对："他们不能这样对人。无论这些人做了什么、是什么，他们都不能这样对待。我们要阻止这样的事情。"

西奥回答说："存在社会罪恶，这是显而易见的。可是相对于世界其他地方发生的事情来说，这些罪恶什么都算不上。这要看这个国家作为一个健全的政府准备容忍什么，付出什么样的代价。"

朱利安问："你说的健全的政府是指什么？"

"良好的社会秩序，高层没有腐败，没有对战争和犯罪的恐惧，财富和资源合理公平分配，关注个人生活。"

卢克接过话茬："那么我们的政府就不是一个健全的政府。"

"在一定的情形之下，也许我们拥有最好的政府。建立罪犯流放地有着广泛的民众支持。没有哪个政府会在民众表达意愿之前就有所作为。"

朱利安说："那么说，我们必须要改变民众意愿。我们必须改变民众。"

西奥笑了："哦，这就是你们脑子里想的反抗吗？不是改变制度，而是改变人心和思想。你们是所有革命者中最最危险的那一类，或者说将会是最危险的——如果你们能够抓住那最渺茫的方式走出第一步，抓住那最渺茫的成功机会的话。"

朱利安反问一句，似乎对他的话很感兴趣："你将会怎么走出第一步？"

"我不会走出第一步。历史告诉我这样做的人会有什么后果。你脖子上的链子就是很好的说明。"

朱利安伸出残疾的左手，触碰了一下十字架。与肿胀的手在一起的时候，这个护身符看起来那么小、那么不堪一击。

罗尔夫说道："人总能为不作为找到借口。事实是总督把大不列颠当作自己的属地进行管理。近卫步兵第一团是他的私人武装，国家安全警察是他个人的间谍和刽子手。"

"你没有证据。"

"谁杀死了玛丽亚姆的弟弟？把他处死是按照正常的程序还是秘密进行的？我们想要的是真正的民主。"

"在你的领导下吗？"

"我会做得比他好。"

"我想这也正是他从上一任首相手里接过权力时心里想的。"

朱利安说："这么说你不会见总督了？"

罗尔夫插话说："他当然不会。他从来就没想过要去。让他过来就是浪费时间。毫无意义，愚蠢，而且太危险。"

西奥很平静地说："我没有说过不去见他。可是我总不能只告诉他一些传闻吧，而且我还不能告诉他我是在哪里从谁那里得到的消息。在我给你们答复之前我要看一次'寂灭'。下一次在什么时候举行？有人知道吗？"

朱利安作了回答："他们已经不再做宣传，不过当然了，消息还是会提前传开。这个星期三在索思沃尔德有一场女性的'寂灭'，还有三天时间，在索思沃尔德市北面的码头。你知道这个城市吗？在洛斯托夫特市南大约八英里处。"

"不是太方便的地方。"

罗尔夫说："对你来说不方便，但是对他们来说很方便。没有铁路，所以不会有太多的人。路途遥远，人们会想值不值得费汽油过去，看奶奶穿着白色睡衣在《求主同住》的歌声中离去。哦，只有一条公路可以到达。他们可以控制参加的人数，进行密切监视。

如果出现麻烦，他们会找到责任人。"

朱利安问道："我们等要多长时间？"

"看了'寂灭'之后我会很快决定是否要见总督。我们最好等上一个星期再安排见面。"

罗尔夫说："往后推两个星期。如果你去见总督的话，他们或许会盯上你的。"

朱利安问道："你怎么让我们知道你是否决定见他？"

"在我看了'寂灭'之后会留下回复。你们知道普西巷的塑像博物馆吗？"

罗尔夫说："不知道。"

卢克迫不及待地说："我知道。它属于阿什莫林博物馆，展示的都是希腊和罗马塑像的石膏模型和大理石复制品。上学的时候，我们都要在艺术课上被带到那里。我已经好多年没有去过那里。我甚至不知道阿什莫林博物馆还会开馆。"

西奥解释说："这个博物馆没有要关闭的特殊原因。并不需要太多的管理。几个上了年纪的学者偶尔会过去。开放时间在外面的通知栏上。"

罗尔夫怀疑地问："为什么是那里？"

"因为我喜欢偶尔过去，管理员也习惯看到我。因为那里有很多可以藏东西的地方。最主要是因为对我来说方便，没有其他的原因。"

卢克说："你会把回复放在哪里？"

"第一层，右手墙边，在狄阿多美诺斯头部塑像的下面。塑像编号是C38，你可以在半身像上看到。如果你们记不住这个名字，你们或许可以记住这个编号。如果不能的话，可以记下来。"

朱利安说："编号是卢克的年龄。这就很容易了。我们要把塑像抬起来吗？"

"并不是一个全身塑像，只是一个头部。你们不用搬动它。在塑像底部和支架之间有一个很窄的缝。我会把决定写在一张卡片上。上面不会有过多信息，只有简单的'去'或'不去'。你们可以给我打电话，不过毫无疑问你们会觉得那样不明智。"

罗尔夫说："我们从来没有想过打电话。即便是还没有动手，我们还是有正常的预防措施的。所有人都知道电话受监控。"

朱利安又问："如果你的决定是'去'，而且总督也答应见你，你什么时候让我们知道他说的话、他答应要做的事？"

罗尔夫插话道："最好搁置至少两个星期。星期三去见他，即在看完'寂灭'之后的十四天。在牛津任何地方我到时候都可以步行过去见你。开阔的地方也许是最好的。"

西奥回应他道："开阔的地方通过双筒望远镜可以看到。两个人，在公园、草地或大学校园中间，很明显是在碰头，会引起他们注意。公共建筑是安全的。我和朱利安在皮特里斯博物馆见面。"

罗尔夫说："看样子你很喜欢博物馆。"

"博物馆有一种优势，人们可以在那里合法逗留。"

罗尔夫说："那我十二点钟在皮特里斯博物馆见你。"

"不是你去，是朱利安。你们第一次是利用朱利安接触我。今天也是朱利安把我带到这里来的。看了'寂灭'两个星期之后的星期三我去皮特里斯博物馆，时间是中午，我希望她一个人来。"

西奥告别他们，离开教堂的时候正好快到十一点钟。他在走廊里站了一会儿，看了一眼手表，然后抬眼看着外面没有修整的墓地。这件事不会有结果，很令人尴尬，他真希望自己没有过来。玛丽亚姆的故事打动了他，尽管他不愿意承认。他希望自己从来没听说过这个故事。他们会期望他做什么？谁又能做些什么？现在一切都太迟了。他不相信这个组织有什么危险。他们对一些方面的关注几近偏执。他当时还希望暂时地推脱一下责任，希望未来几个月里都不会有"寂灭"。星期三对他来说不是个好日子。意味着要在短时间内重新整理日记。他已经三年没有见过罕。如果再次见面，以有所求的身份出现是很让人不愉快和没颜面的。他生这个组织的气，同样也生自己的气。他或许可以把他们当作一群业余的不满者而鄙视，但是他们却利用了自己，派了一个他们认为他难以拒绝的人来。他为什么会难以拒绝呢？这个问题他现在还不想去探究。他会去看"寂灭"，因为他已经答应过，而且要在塑像博物馆里给他们留下口信。他希望回复只有一句"不去"。这是合情合理的。

参加洗礼的人正沿路走过来。开门的那个老人现在穿着一件法袍，正小声吆喝着，鼓励着把人往这边领。有两个中年女人和两个年龄更大的男人。男人们穿着严肃的蓝色套装。女人们穿着冬天的外套，戴着很不协调的、装饰有花的帽子。每个女人怀里都抱着一个白色的襁褓，她们都裹着围巾，下面露出蕾丝边带皱褶的洗礼袍。西奥设法超过他们，眼睛很巧妙地避开。可是两位女人几乎挡住他的道，似笑非笑，精神错乱的样子，把襁褓往前一伸，等着他赞美。两只小猫，戴着有系绳的帽子，耳朵耷拉着，样子很滑稽又很可爱。小猫的眼睛大张着，满眼的疑惑，似乎对襁褓的限制很着急。他怀疑猫们是否让人下了药，后来觉得这些猫或许从生下来就像孩子那样被养着、抚爱着、携带着，已经习惯。他还想知道牧师会怎样。无论那些牧师是任命的还是沽名钓誉者——这种人太多了——所主持的都不是一个正统的仪式。英国的教堂不再有共同的信条或共同的礼拜仪式，很是不统一，人们都不知道该信哪个教派。不过他还是怀疑给动物洗礼是否受到鼓励。新任大主教把自己描述成一位基督教的理性主义者。如果婴孩洗礼依然有可能，西奥怀疑她会出于惶恐而禁止婴孩洗礼。但是她不可能控制住所有教堂里发生的事情。猫咪们大概不喜欢冷水浇头，但是也不会有人反对。这是早上愚蠢行为最贴切的结论所在。西奥离开了，精神抖擞地走向理智，走向空空无人的、他称之为家的地方。

第九章

在"寂灭"仪式的那天早晨，西奥醒来时觉得心里有说不清楚的不安和沉重，还没有到焦虑的程度，却总也散不去，让人情绪低落，就像刚做过的梦，没有记住却让人不爽。后来，等到他伸手去摁电灯开关的时候，他才想起来今天是什么日子。长这么大他一直有一个习惯，对于不愿做的事情总要设计出一些小的乐趣来缓冲一下。通常他会这样精心设计自己的日程安排：提前在一家好的酒馆里吃午餐，去参观一个很有意思的教堂，绕道去一个很有吸引力的村庄。可是结局和目的都是死亡的行程不可能有缓冲的余地。他最好尽快赶到那里，看看自己承诺要看的东西，然后回来，告诉朱利安他和这个组织什么都做不了，然后尝试着把这整个不想要、不想做的事情都清理出大脑。这就意味着不能走有趣的路线，即走贝德福德、剑桥和斯托马基特，而要取道M40号和M25号公路，然后由A12号公路往东北到萨福克郡海边。这条路近些，用的时间较短，很无趣，不过话说回来他也没想着享受这个行程。

不过他一路很顺利。A12公路的状况比他想象中好很多，因为东海岸的港口现在几乎已经废弃不用。他时间把握得很好，正好在两点之前到达入海口的布莱斯伯格。正在退潮，从芦苇和泥滩望过去，长长的海岸线就像一条丝质围巾，时隐时现的太阳在布莱斯伯格教堂的玻璃上照出一片金色。

西奥上一次来这里是27年前。当时他和海伦娜来索思沃尔德的天鹅酒店过周末，娜塔莉只有六个月大。那个时候他们只买得起一辆二手的福特车。娜塔莉的移动睡床被牢牢地固定在后座上，后备厢里塞满孩子的随身用品：大包的一次性尿布，瓶子，消毒用具，成罐的婴儿食品。他们到达布莱斯伯格的时候娜塔莉哭闹起来。海伦娜说孩子是饿了，应该立刻喂奶，挨不到旅馆了。为什么不能到布莱斯伯格的白鹿酒店停一下？旅店主人肯定有热奶的用具。他们可以在酒店里吃午餐，她可以喂娜塔莉。可是他发现停车场已经停满，而且他很不喜欢因为海伦娜和孩子的要求而打乱行程。他坚持要求继续往前再走几英里到索思沃尔德，可是被不客气地拒绝了。海伦娜想安抚孩子，可是怎么也安抚不了，几乎没有心情瞄一眼波光粼粼的水面，看一眼芦苇丛中如雄伟的船一般的大教堂。那个周末从一开始就带有惯常的怨气，后来又加上得不到完全发泄的怒气。这些当然是他的错。他宁愿伤害妻子的感情，不让女儿喝奶，也不愿麻烦一家全是陌生人的酒店。他多么希望想起死去的孩子时能有一段记忆没有被内疚和悔恨沾染。

几乎是冲动之下，他决定在这家酒店吃午饭。今天停车场里只有他的车。房子不高，房顶用椽子搭建，屋子里他印象中黑色的烧木头的壁炉被一个两根管的电热炉取代。他是唯一的顾客。上了年纪的酒店老板给他上了一份当地啤酒。啤酒味道很棒，可是提供的唯一饭食是馅饼，原先就做好的，老板放在微波炉里热了一下。前路艰辛，这点吃食准备是不够的。

西奥循着记忆拐上索思沃尔德路。在冬日的天空下，萨福克郡的乡村皱缩着，光秃秃的，看起来没有变化。不过公路本身状况已经恶化，开车行走在上面磕磕绊绊，险象环生，像越野车赛一样。可是在到达雷登郊区的时候，他看见一小群旅居者和一个监工，看样子是要修整路面。当西奥放慢速度很小心地从他们身边经过的时候，一张张黑色的面孔抬起，瞟了他一眼。他们的出现让西奥惊讶。索思沃尔德并不是通过批准划定的未来人口聚集区，为什么修路显得这么重要？

西奥驶过防风树隔离带和圣费利切学校的操场和楼房。校门口一个巨大的木板表明这里现在是东萨福克郡手工艺中心。应该只在夏季后的周末开放，因为他在宽阔的、未修整的草地上看不到一个人影。他驶过海湾桥，进入一个小小的城镇。刷了漆的房子似乎处于饱食之后的恍惚睡梦中。30年前这里的居民主要是老人：上了岁数的士兵在遛狗，饱经风霜眼睛却依然明亮的退休夫妇胳膊挽着胳膊沿着海滨散步。所有的激情已经耗尽，出现一种井然的宁静气氛。现在这里几乎被废弃。皇冠大酒店外面的凳子上肩并肩坐着两个老人，眼睛盯着远方，棕色的、粗糙的双手握着拐杖的手柄。

西奥决定把车停在天鹅酒店的院子里，喝杯咖啡，然后再去北部海滩。可是酒馆门锁着。正当他朝着车子往回走的时候，一个系着花围裙的中年女子从侧房走出来，并随手锁上了门。

西奥问她："我想喝杯咖啡。这个酒店是永久性地关闭吗？"

这个女子长相甜美，只是很紧张的样子，回答问话前四下里看看："只有今天关门，先生。为了表示敬意。今天有'寂灭'，你知道的，或许你并不知道。"

西奥说："不，我知道。"

西奥想打破压在楼房和街道上深重的孤立感，于是又说："我30年前来过这里。没有什么大变化。"

女人把一只手搭在车窗上，说："噢，不过先生，已经变了，变了。不过天鹅还是一家旅店。当然，顾客不多，现在人们都在搬离。你知道，计划好要搬离的。到最后政府不会给我们提供电和服务。人们往伊普斯威奇和诺里奇搬。"为什么这么着急呢？西奥不由得烦躁地想。罕肯定会让这个地方再存在20年的。

最后西奥把汽车停在三一街尽头的一小块绿地上，然后沿着悬崖顶的小径往码头走去。

浅白色的天空下，泥灰色的大海懒洋洋地涌动着，天际处微微亮，好像变幻莫测的太阳要再次喷薄而出。再往上，漂浮着大片的深灰色和黑色的云块，像半拉开的帷幕。他下方三十英尺的地方，波浪似乎为沙子和卵石所负累，扬起又无可避免地耗尽力气碎掉，留下斑驳痕迹。滨海大道的栏杆曾经是白色的，很素净，现在已经锈迹斑斑，有的地方已经破裂。大道和海滩小屋之间的坡地草坪看样子已经很多年没有修剪过。往下方看，曾经是一长排亮闪闪的木头屋子，它们面朝大海，都有可爱滑稽的名字，像玩具娃娃的房子一样漆成鲜艳的颜色。现在那排屋子却像腐朽的牙床缺失了牙齿一样有着间隙。剩下的屋子也是摇摇欲坠，漆面脱落，很不牢靠地立在打到浅滩里的木桩上，等着下一次暴风雨把它们卷扫而去。在西奥的脚下，干草已经及腰高，中间点缀着干种子荚，在微风中时不时地颤动着。而风在东海岸从来没有彻底缺席过。

很明显登船的地点不在码头上，他们特意搭建了与码头并行的木头架子。他能看见远处有两艘低低的小船，甲板上装饰着花环；码头尽头有一小群人，西奥觉得其中有些像是穿着制服。他前方大约八十码的地方，三辆长途客车沿着海滨大道开过来。他走近的时候，乘客已经开始下车。首先下来的是一小群乐队人员，个个穿着红色的夹克和黑色的裤子。他们聚成一小群，散乱地站在那里聊天。阳光照在他们的黄铜乐器上，闪着光亮。其中一个开玩笑似的给近旁的人一捶。于是有一阵子他们假装动起了手。后来厌倦了这种玩闹，于是点上烟，盯着大海看。这个时候下来的是老年人，有的不用搀扶就下来了，有的则由护士搀扶着。其中一辆客车的行李舱打开，很多辆轮椅被拽了出来。最后，身体最为孱弱的老人在搀扶下从车上下来，坐进轮椅中。

西奥保持着距离，看着。佝偻着的人组成的稀薄人流沿着小路顺坡而下，缓慢移动。小路把悬崖一分为二，伸向滨海大道低处的海滩小屋。西奥突然意识到将要发生什么。那些人用小木屋让老妇人们把衣服换成白色的睡袍。这些小木屋多少年来一直回响着孩子们的笑声，他将近三十年来都没有想起过这些屋子的名称，现在却不邀自来：皮特的家、海景、浪花别墅、快乐小屋。那些愚蠢的、家人共度的欢乐假期！他抓住生锈的栏杆站在悬崖顶上，看着两两为伴的老妇人们在搀扶下拾阶而上，走进小木屋中。乐队人员一直在观望着，但没有任何演奏。现在他们在一起讨论片刻，踩灭香烟，拿起乐器，往悬崖下走。他们排成一排站定，等待着。寂静几近怪异。在西奥的身后是一排维多利亚风格的房子，装有百叶窗，空荡荡的，挺立着，似乎是快乐时光的破损记忆。他下面的海滩上空无一人，只有海鸥的鸣叫声搅动着寂静。

现在老妇人们正被搀扶着从木屋里下来，排成一队。她们都穿着长长的白色袍衣（或许是睡衣），围着像是羊毛围巾和白色披肩的东西，这些是刺骨的风中必要的保暖物件。他很高兴自己穿的花呢外套很暖和。每一个老妇人手里都捧着一束花，看起来就像是一群不太整齐的伴娘。西奥很想知道是谁把花准备好，把小屋的门打开，把要穿的睡衣叠放好。整件事看起来像是偶然的、自发的，但肯定是经过精心安排的。他还第一次注意到海滨大道较低处的小屋已经修整过，新刷了漆。

当队伍沿着较低处的海滨大道往码头走的时候，乐队开始演奏。当第一声铜管乐声刺破寂静，西奥感觉到一种愤怒，一种深重的遗憾。他们演奏的是欢快的乐曲，是西奥祖父母时代的曲子，是关于二战的歌曲。西奥能听出来，可是一时却想不起名字。慢慢地他想起了其中的一些：《再见，黑鹂鸟》《谁偷走了我的女孩》《越过彩虹之处》。老妇人们走近码头，乐曲起了变化，西奥听出圣歌的曲调：《与主同住》。第一首圣歌演奏完之后，曲调再次发生变化，下方传来的歌声烦躁得像是海鸟发出的嗷嗷声。西奥听出来是老妇人们开始唱歌了。他看见有几个老妇人随着音乐还扭动起来，扯着她们白色的裙子笨拙地转动着。西奥不由得想她们可能服了药。

西奥赶上队伍中的最后一对老人，然后跟着她们朝码头走去。这个时候下面的场景一览无余。大约只有二十人聚在一边，有的可能是亲戚或朋友，但是多数是国家安全警察。西奥不由得想，那两艘低低的小船可能曾经是驳船。只有船身还在，只是上面已经安装了好几排凳子。每一艘船上都有两个士兵。老妇人上去的时候，士兵会弯下腰，像是给老人铐上脚镣或是加上负重。机动船停在码头旁边，让这些人的计划彰显无遗。一旦在岸上看不到了，这些士兵会敲掉塞子，登上机动船返回岸上。岸上的乐队还在演奏着，这一次是埃尔加的《英勇的猎人》。歌声已经停止，除了一波又一波浪打碎石的声音以及微风偶尔传来的轻轻的命令声外，西奥什么都听不到。

西奥对自己说看得已经够多了。现在完全有理由回到车上。除了疯狂地开车离开这个只对他言说着无助、腐朽、空寂和死亡的小镇之外，他什么都不想做。可是他已经答应朱利安要看一场"寂灭"，意味着他要一直看到船从视线里消失。似乎是要强化自己的意图，西奥沿着水泥台阶离开海滨大道的高处，朝海滩走去。没有人过来命令他走开。在这场可怕的仪式里，一小撮的官员、护士、士兵，甚至是乐队人员都各司其职，似乎根本没有人注意到他的存在。

突然起了骚动。一个在搀扶下登上近处那艘船的老妇人突然尖叫一声，拼命地甩着胳膊。搀扶她的护士吃了一惊，在她还没有做出反应之前，老妇人已经从登船码头跳进水里，挣扎着往岸上游。西奥下意识地甩掉笨重的外套，冲着她跑了过去，脚踩着沙砾和碎石，冰冷的海水噬咬着他的脚踝骨。现在老妇人离他只有大约二十码远，他清清楚楚地看见了她：白发散乱，睡袍紧紧地裹在身上，下垂的胸部来回摆动着，胳膊上的皮肤皱巴巴的。一个猛烈的海浪把她的睡衣从肩膀上扯下来，西奥看见她的乳房像巨大的水母一样摆动着。老妇人还在尖叫，像受了刑的动物一样高亢、尖厉。他几乎一下子就认出了她。她是希尔达·帕尔默-史密斯。在海浪的猛烈冲击中，西奥挣扎着向她游去，朝着她伸出双手。

就在这时出现了状况。西奥伸出去的手快要抓住她的手腕了，一个士兵从码头跳进水里，用枪托狠狠地砸她的脑侧。她身体前倾倒在海水里，胳膊旋转着。海水被染红，但是很快下一个海浪过来，把她吞没，扬起，然后退去，只留下她四肢张开躺在泡沫中。她想爬起来，可是士兵又是一击。西奥这个时候已经够到了她，抓住她的一只手。几乎同时，他感觉肩膀被人抓住，接着被人推开。西奥听见一个声音，语气低沉、平静，毋庸置疑却很温和："别管，先生，别管。"

又一个浪头扑过来，比上一次还大，吞没了希尔达，扑倒了西奥。海浪退去，西奥挣扎着站起来，再去看希尔达，只见她四肢展开，睡衣皱缩到她细瘦的腿上面，下面的身体全部暴露出来。西奥不由得呻吟一声，再一次摇摇晃晃地朝她走去。可是这一次他脑侧也挨了一击，于是倒下了。他感觉到脸擦着坚硬的碎石，闻到了咸海水的刺鼻味道，感觉耳朵上也挨了一击。西奥的手在乱石中扒拉着，想要抓住什么东西，可是身下的沙子和卵石都被海潮带走，接着另一波海浪打在他身上。西奥感觉自己被拖回深水区。朦胧的意识中，西奥觉得自己要淹死了，于是想抬起头，想吸口气。就在这时候第三个浪潮打来，把他的身体高高扬起，摔在沙滩上的乱石间。

不过这些人也没打算把他淹死。西奥这时候浑身湿透，冻得直打战，干呕着。他感觉有人架着自己的肩膀，把自己拖出海水，就像拖一个孩子一样毫不费力。他脸朝下，就这样被人拖着往岸上拖。西奥能感觉到自己的鞋头划过湿湿的沙地，感觉卵石拖拽着自己沉甸甸的裤腿。他的胳膊毫无气力地耷拉着，指关节被岸边的大石块擦过、磨破。整个过程中他都能闻到海滩强烈的海水气味，听到海浪有规律的重击。这个时候拖拽停止，他被重重地扔在松软干燥的沙地上。他感到外套被扔在了身上，朦朦胧胧地感觉一个黑色的影子从他身边走过，然后就只剩下他一个人。

西奥尝试抬起头。第一次感觉到抽痛，就像有一个活物在头骨里搏动一样。他努力想抬起头，可是每一次头部也只是无力地摆来摆去，最后又一头重重地栽进沙子里。第三次的时候，他终于把头抬起几英寸高，睁开双眼。眼皮子上结着重重的一层沙，脸上和嘴里也都是。丝丝缕缕的粘滑海草缠绕着他的手指，撕扯着他的头发。他觉得自己像是一个从水墓里被拽出来的人，死亡的信物还带在身上。在他还没有丧失意识之前的这一刻，他看见自己处在两座海滩小屋的间隙中。小屋建在低低的木桩上，地板下面度假人所留下来的杂物早已被人遗忘，半掩在肮脏的沙土里：闪闪发光的银色纸，一个老塑料瓶，腐烂的帆布片，碎裂掉的折叠椅骨架，孩子用的破损的铲子。西奥痛苦地慢慢爬近屋子，伸出一只手，似乎抓住了屋子就抓住了安全与宁静。可是因为用劲太大，西奥不由得闭上疼痛的双眼，呻吟一声昏了过去。

等西奥醒来时，第一感觉是天已经完全黑下来了。他翻过身，看见天上微微地闪着几颗星星，看见海面上暗淡的光亮。他想起了自己所处的位置以及所发生的事情。他的头依然疼痛，不过现在只是钝钝地、持续地痛。他用手摸头，摸到一个如鸡蛋大的肿块，不过似乎没有太大的伤害。他不知道时间，也不可能看清楚手表上的指针。他揉着发麻的腿，把外套上的沙子抖落掉，然后穿上，趔趄地朝海边走去，跪下来，洗了把脸。水刺骨的冷。现在海水平静了许多，在善变的月光下一片朦胧。在他面前微微起伏的海面一望无垠，空无一物。他不由得想起了那些一排排被船骨固定住的淹死的老人，想起了她们的白发随着潮汐优雅地起伏着。返回到沙滩小屋后，他在一处台阶上休息了几分钟，恢复一下气力。他检查了上衣口袋，钱包已经完全湿透，不过至少没有丢，里面的东西一样不少。

西奥沿着台阶朝海滨大道走去。只有几个街灯亮着，不过足够他看清楚表盘上的指针——七点钟。他已经昏迷（后来应该是睡着了）将近四个小时。走到三一街的时候他看见自己的汽车还在，不由得舒了一口气，可是看不到有其他人的迹象。他不由得犹豫地站在那里。他开始颤抖，很想喝热汤和酒。就目前的状态，一想起要开车回牛津他不由得心惊胆战，可是离开索思沃尔德的决心和饥渴几乎一样迫切。正当他站在那里犹豫的时候听见了关门声，不由得转过身来。一个牵着一只小狗的女人从绿地前的维多利亚式连栋房屋中走了出来。这是唯一一栋可以看见光亮的房子，而且他还注意到一层的窗户上有大幅的告示，上面写着"住宿餐饮"。

西奥冲动之下朝那个女人走过去，问道："抱歉，我出了事。身上全都湿了。今天晚上开车回家不大合适。你这里有空位吗？我是法隆，西奥·法隆。"

女人比西奥想象中的年龄大，脸圆圆的，饱经风吹日晒，如被抽去空气的气球一样起着微小的褶子，眼睛亮晶晶的，嘴很小，很雅致，曾经应该很漂亮。当西奥俯身看她的时候，她正忙不迭地用力嚼着什么，似乎还在品味着刚结束餐饭的余味。

女人似乎并不惊讶，更好的是似乎并没有被他的请求吓住。她说话的声音很好听："我要叫克洛伊来值晚班，如果你肯等的话，我有空房。这里还有一块专门给狗留出来的地方。我们很小心不去破坏沙滩。妈妈们过去总是抱怨沙滩不干净不适合孩子们玩——老习惯还保留着。我这里晚餐可选，你要吃吗？"

女人抬头看着西奥。西奥第一次看见她明亮的眼睛里有一丝焦虑。西奥说自己很想吃晚餐。

女人三分钟后又回来了。西奥跟着她走进窄窄的厅堂，然后进入靠后的一个客厅。客厅很小，几乎完全封闭起来，里面塞满老式的家具。在他印象里里面有褪色的印花棉布，有摆满小小的瓷制动物的壁炉架，低矮的炉前椅子上有拼缝的靠垫，有镶在银色框架中的照片，还有薰衣草的香味。在他眼里，这里似乎是个圣所，贴着带花壁纸的墙壁圈起来的是安全和舒适，而这些是他焦虑紧张的童年所缺乏的东西。

女人说："恐怕今天晚上冰箱里的东西不多，不过我可以给你提供汤和煎蛋卷。"

"这样已经很好了。"

"汤不是自制的，不过，我会用两种罐装食品混合起来，再加上一点什么，切碎的香芹或者是洋葱，多些趣味。我认为你会觉得很好吃。你想在餐厅里吃还是在这个客厅里坐在火炉前吃？这里你会感觉暖和些。"

"我想在这里吃。"

西奥在低矮的带按钮的椅子上坐定，把双腿伸到前面的电暖炉前，看着蒸汽从裤子上冒出，裤子一点点变干。食物很快送过来，首先是热汤——有蘑菇和鸡块，还撒了香芹。汤很烫，不过出乎意料很好喝，搭配的卷饼和黄油很新鲜。接着女人送过来一份香草煎蛋卷，并问西奥是否要喝茶、咖啡还是可可饮料。西奥想喝酒，可看样子并不在提供之列。于是他要了茶。女人离开，留下他一人喝着，整个晚餐过程中再也没有出现。

西奥吃完的时候，女人再次现身，好像她一直等在门口似的。女人说："我把你安排在后面的屋子里。这间房子听不到海潮声，有时这也挺好的。不要担心床是否暖和，在这方面我尤其用心。我已经在床上放了两个暖瓶子。如果你觉得太热的话，可以把瓶子踢出来。我已经把浸入式加热器打开，因此如果你想洗澡的话会有很多热水。"

由于好几个小时趴在湿湿的沙地上，西奥的胳膊和腿都很疼。对四肢舒展地躺在热水里向往不已。不过，饥饿和口渴刚解决，困意就袭来，放洗澡水都嫌麻烦。

西奥说:"如果可以的话,我明天早上洗。"

房间位于二楼,正如她所承诺的在整栋楼的后部。西奥进来时,女人站在他身边说:"恐怕没有足够大的睡衣供你穿。不过,有一件很旧的便袍你可以用。便袍过去是我丈夫的。"

女人对西奥没有带自己的衣物似乎并不惊讶也不担心。电暖炉放在离维多利亚式壁炉很近的地方。女人弯腰关掉电源,然后离去。西奥这会儿才明白她收取的费用中并不包括整夜的取暖费用。不过,他也不需要。女人刚一关上门西奥就脱掉衣服,拉过被褥钻了进去,温暖,舒服,然后就没有了知觉。

第二天的早餐西奥是在一楼的餐厅里吃的。餐厅在房子的前部。里面放了五张桌子,每张上面都铺着素净的白色桌布,摆着一小瓶人工花。不过,没有其他的客人。

客厅里空荡荡的,提供的想象空间大于实物,不由得让西奥想起他与父母度过的最后一个假期。那时候他十一岁,一家人在布莱顿过周末。当时住在一个提供住宿和早餐的旅馆里。旅馆位于一个面朝肯普镇的悬崖顶。似乎每天都下雨,在他的记忆中假期是湿湿的雨衣味道,是他们三个人蜷缩在避雨处看外面灰色的波动中的大海,是在街上走着找便宜的娱乐场所一直走到六点半,然后返回旅店吃晚餐。他们当时吃饭的屋子与眼前的相仿。一家人不习惯有人站在桌边伺候,尴尬地坐着,没人说话,很耐心地等着,一直到女老板端着满满的放着肉和两种蔬菜的托盘进来,气氛才缓和下来。

整个假期他心里都满怀愤恨，感觉无聊。他第一次觉得他的父母在生活中乐趣是那样少，而他作为家中的独子，给家贡献的快乐少之又少。

女人给西奥端上丰盛的早餐，有腌肉、鸡蛋和炸土豆。她既想看西奥享用早餐又知道他喜欢一个人吃饭，神情既急切又有点为难。西奥很快吃完早餐，急着离开。

付钱的时候，西奥对女人说："感谢你收留我这个没有同伴、没有随身包裹的男人。有的人可能会不愿意这样做。"

"噢，不用，见到你时我根本就不奇怪，我没什么可担心的。你是我祈祷来的人。"

"我以前从未听说过自己是祈祷来的人。"

"哦，可你这次就是。我现在已经四个月没有给客人供应过早餐和住宿了，于是觉得自己很无用。人老的时候没有比感觉自己无用更糟糕的事情了。于是我向上帝祈祷，让他指引我该怎么做，支撑下去是否还有意义。就这样上帝把你送过来。我总能发现，不知你发现没有，当人真正有麻烦、有难处，感觉承受不住的时候，只要祈祷，上帝就会回应。"

"我没有发现，"西奥说着，排出一些硬币，"没有发现过，我没有经历过这种事。"

好像没有听见他说的话一样，女人自说自话："当然，我知道最终我将不得不放弃。小镇在慢慢死亡。我们并不是计划中的人口聚集区。因此新近退休的人再也不会来这里了，而年轻人在离开。不过我们不会有问题。总督已经答应每个人终老时都有人照顾。我希望自己能搬到诺里奇的一个小公寓里去。"

西奥心里不由得想：她的上帝给了她想要的过夜旅客，可是她却要向总督要生活必需品。冲动之下，他问道："你看了昨天这里举行的'寂灭'了吗？"

"'寂灭'？"

"在这里举行。船就在码头。"

女人声音坚定地说："我认为你肯定搞错了，法隆先生。没有什么'寂灭'。索思沃尔德没有这种事情。"

西奥感觉女人说完这话后急于让他离开，而他也正要走，于是再次向她表示感谢。女人没有告诉他名字，他也没有问过。他想说："我住得很舒服。我肯定会回来和你度过一个短短的假期。"可是他知道自己再也不会回来，而她的善意所应该得到的远不止他这一个随意的谎言。

第十章

第二天早上西奥在一张明信片上写上"去"字，然后很小心地把纸精致地叠起来，用拇指压压折痕。一笔一画写这个字的时候似乎有一种不祥的感觉，他想象不出是什么，似乎是一种远比承诺见罕更大的承诺。

十点刚过，西奥沿着鹅卵石路面的普西街朝博物馆走去。只有一个管理员在值班，和通常一样，坐在博物馆门口对面的一张木头桌子旁。这位管理员上了年纪，睡得很沉。他的右胳膊蜷缩在桌子上方，谢了顶的头布满斑点，支在胳膊上，灰色的头发根根直竖。他的左手看起来很干瘪，斑驳的手皮如肮脏的手套一样，将手骨松散地拢在一起。左手边是一本打开的平装书，是柏拉图的《泰阿泰德篇》。他可能是位学者，自愿轮值，保证博物馆对外开放而不拿报酬。他的存在，睡着也好，醒着也好，都无关紧要，没有谁会为展示柜中数量微乎其微的大奖牌去冒被遣送到流放岛的危险，谁又能，或者是会想要把庞大的"撒马发亚的胜利雕塑"和"萨莫色雷斯的胜利女神"抱走呢？

西奥一直喜爱读历史书，是罕介绍他来塑像博物馆的。当时罕轻手轻脚地走进来，就像有一个新的玩具室而急于炫耀宝贝的孩子般充满了快乐的期盼。西奥也被迷住了。即便是在博物馆里他们的爱好也不一样。罕最喜欢一楼早期古典主义男子塑像那毫无表情的严肃面孔。西奥更喜欢以较为柔和、流畅的希腊风线条雕塑为主的地下展厅。西奥发现，什么都没有改变。在高高的窗户透进来的光亮中，各种雕像成排站立着，像是已故文明的密密堆积起来的无用之物：无胳膊的躯干上脸色庄重、嘴唇傲气侧露，戴了头箍的额头上方梳理得很雅致的卷发；没有眼睛的诸神秘不示人地微笑着，就像是他们知晓比冰冷四肢传达出的欺人信息更为深刻的真相——文明起起落落，只有人存留下来。

就西奥所知，罕离开大学以后再也没有来过这座博物馆。不过对西奥来说，这里已经成了他多年来的避难所。在娜塔莉死去和搬到圣约翰街后的那些可怕岁月里，这里给他提供了躲避妻子悲伤与怨愤的方便去处。他可以坐在其中的一把坚硬而实用的椅子上读书或思考，周围一派宁静气氛，很少被人说话声打扰。有时候会碰上成群的学生或者是个别的学生进到博物馆来，这个时候他就会合上书本离开。博物馆给他提供了一种特殊的气氛，不过前提是他一个人。

在做自己要做的事情之前，西奥在博物馆转了一圈。部分是因为一种有点迷信的感觉：在这种静谧和空旷中自己也应该像个随意的游客；部分是因为自己需要重新看看曾经的快乐所在，看看这些雕塑是否依然能触动内心——公元前4世纪雅典一位年轻母亲的墓碑、抱着襁褓中婴儿的仆人、一个小女孩带着鸽子的墓碑……痛苦跨越将近三千年的距离在言说着。西奥看着，想着，回忆着。

等他再次来到一层的时候发现管理员还在睡觉。狄阿多美诺斯的头部还在一楼展厅的老地方，可是看见这个雕塑的时候，西奥并没有像二十三年前初次见到时那么激动。现在的快乐是超脱的、理性的；而二十三年前他曾用手指抚过雕塑的额头，摸过从鼻子到喉部的线条，心里充满了敬畏和激动。在那些令人陶醉的时日里，伟大的艺术总能在他身上激发出这些感情。

西奥从口袋里拿出折叠好的明信片，塞在这座大理石雕像的基座和支架之间，露出一点点的边缘，只有眼光尖且有意的人才能发现。无论罗尔夫派谁过来取，都可以借用一个手指尖、一个硬币或者是铅笔取出来。西奥不害怕其他人会发现，即便是发现了，上面的字也说明不了什么。在检查纸片的边缘确保可以看见的时候，他再次感觉到了在宾塞教堂里第一次感觉到的那种烦躁和尴尬。不过现在那种卷入荒唐无果的事情中的不情愿感没有那么强烈了。希尔达在浪潮中翻动的半裸身体，细细的哀号的人流，枪击打在骨头上的碎裂声。所有这些给哪怕是最幼稚的游戏都加上了尊严和严肃的色彩。他只要一闭上眼睛，就能再次听到砸落下来的海浪的碎裂声，以及海浪退去时悠长的叹息声。

自己在选择观众角色时有尊严和安全，可是面对着一些令人憎恶的事情时，人除了走上舞台别无他选。他会去见罕。他曾挨过精心考量之后的击打，他的身体曾像讨嫌的尸体一样被人在海滩上拖动、丢弃，这是他记忆中的屈辱。他去见罕的动机与其说是出于因"寂灭"而生的恐惧和愤怒，不如说是出于个人的屈辱，是吗？

在经过桌子往门口走的时候，上了年纪的管理员惊醒，坐了起来。或许是脚步声刺醒了他半睡的大脑，使他警觉到自己玩忽职守。他第一眼瞥见西奥时，眼神中满是一种几近恐惧的害怕。就是这个时候，西奥认出了他。他叫迪格比·尤尔，是牛津墨顿学院的一位退休古典文学教师。

西奥打招呼："先生，见到你很高兴。你还好吗？"

后一句问话似乎增加了尤尔的紧张。很显眼的是，他的右手开始不自主地击打着桌面，嘴里说着："噢，很好，是的，非常好，谢谢你，法隆。我现在过得很好。我都是自己做事，你知道的。我住在伊夫雷路的租住房里，不过我过得很好。我自己做所有的事情。女房东不太好相处——不过，她也有自己的难处——可是我绝对不会麻烦她。我任何人都不麻烦。"

西奥不由得想，他这是害怕什么呀。害怕密报给国家安全警察，说这里又有一位公民已经成了他人的累赘？西奥的感官似乎已经变得不可思议的敏感。他可以闻到他身上消毒剂微弱的刺激性气味，看见他下巴和胡茬上的肥皂沫，注意到半英寸长的衬衫袖口从他破旧的夹克中露出，虽然很干净却没有熨烫过。这个时候西奥想起来自己本可以说："如果你住的地方不舒服的话，可以和我住在圣约翰街，那里地方很大，我现在是一个人，有人一起住我会非常高兴。"

可是他毋庸置疑地告诉自己：那样不是给人快乐，这种提议在他人眼里有冒昧和显摆之嫌。而且楼梯成为他免除善意责任的方便借口，老人应付不了楼梯。希尔达就曾被认为应付不了楼梯。不过希尔达已经死了。

尤尔此时还在说话："我每周只过来两次，周一和周五，你知道的。我今天是替一位同事值班，干一些有用的事情真好，而且我喜欢这种宁静。这里和任何一座牛津大楼的宁静都不一样。"

西奥不由得想，或许他会在这里坐在桌子旁静悄悄地死去。他还有更好的去处吗？这个时候他脑子不由浮现出一幅幅场景：这位老人依然坐在桌子旁，最后一位管理员锁上博物馆的门并插上门闩。岁月无声，绵延不尽。在那些视而不见的大理石眼睛的注视下，孱弱的肉体最终干瘪或腐烂。

第十一章

2021年2月9日，星期二

今天是三年来我第一次见到罕。约定见面没有费什么事，不过出现在视频上的人并不是罕，而是他的助手，一位近卫步兵第一团的中士。罕有男卫兵，有男厨师，有男司机，有一小撮专属武装，甚至从一开始在总督的庭院里就没有女秘书、女私人助理、女管家或女厨师。我过去曾想过这样做是为了避免性丑闻，还是因为罕所要求的是男人式的忠诚：等级森严，毋庸置疑，毫无情感。

他派一辆车来接我。我告诉那位近卫步兵第一团的中士说我更愿意自己开车去伦敦，可是对方只是不动声色地下通牒："总督会派车和司机。司机九点半到。"

我莫名其妙地希望司机是我做罕的顾问时专用的司机乔治。我喜欢乔治。他长着一张快乐迷人的脸庞，耳朵凸出，嘴巴大，鼻子很宽，有点向上翘。他很少说话，除非我挑起话头。我怀疑所有的司机都有这种禁忌。可是他身上散发出——或许我乐于这样想——一种亲善的，甚至是赞许的神情，这让我们的旅程很省心、无忧，成了议会会议上的灰心丧气感和家里的痛苦之间的小插曲。来的司机比他要瘦些，穿着新制服，聪明中有些咄咄逼人，与我相逢的视线中没有任何流露，更没有不喜欢的神情。

我说："乔治不再开车了吗？"

"乔治死了，先生。死于A4公路上的一次车祸。我叫哈吉斯，来回两趟都由我来开车。"

乔治是一位技能熟练、一丝不苟的司机，很难想象他会卷入一场致命的车祸中。不过我没有再问下去。有些经历告诉我好奇不会得到满足，过多追问并非明智之举。

预想将要进行的会面，或者是猜想经过三年的沉寂之后，罕会怎样对待自己都是毫无意义的。尽管我们并非在愤怒与怨恨中分道扬镳，这在他看来也是不该发生的，我不知道是否也是不可原谅的。他习惯于得到想要的一切，他想让我在他身边，而我却违背了他。不过现在他同意见我。不到一个小时的时间里，我将知道他是否想要将这种叛离持续下去。我不知道他是否会把此事通知给议会其他成员。我不期望，也不想见他们，我的那种生活已经结束。可是在车平稳到几乎毫无声息地驶向伦敦的时候，我还是想起了他们。

他们总共四个人。马丁·乌尔沃顿，负责工业和生产；哈里特·马伍德负责卫生、科学和娱乐；菲利希亚·兰金负责国内事务，包括住房和交通，职责有点繁杂；卡尔·依格班茨是司法和国家安全部部长。这种职责划分更多是出于方便分配工作而不是绝对权威的界定。至少在我参加议会时，没有谁受到"不得插手另一个人的管辖范围"这种限制。决议是按照多数票决的方式由议会全体成员集体通过的。而作为罕的顾问，我无缘参与。我现在不由得想，我难以忍受自己的职位是因为这种羞辱性的排斥，而不是因为意识到自己不起作用吗？影响无法替代权力。

马丁·乌尔沃顿对罕的用处以及他在议会中的职位毋庸置疑，或许在我逃离之后还有所加强。他是罕最为亲近的一位议员，或许与他最为接近朋友关系。他们曾在同一军团当过中尉。乌尔沃顿是罕任命的首批议会成员。工业和生产部是职责最重的一个部门，包括农业、食品、电力以及劳动力管理。在一个以高智力闻名的议会里，乌尔沃顿的任命最初让我很惊讶。不过他并不愚蠢，在英国军队中早在20世纪90年代之前就不再以愚蠢为荣。乌尔沃顿务实，具有非智力性的悟性和做艰苦工作的卓越能力，极其胜任其职位。他在议会上很少说话，不过他的贡献一直都很到位、很明智。他绝对忠诚于罕。在会议期间，他是唯一一个会涂鸦的人。我一直在想，涂鸦是有轻微压力的表现，是一种保持双手繁忙的需要，是有效避免与他人视线相逢的权宜之计。马丁的涂鸦很奇特，他给人的印象是不想浪费时间。他用一半脑子在听，在纸上画阵线，调兵遣将，同时还能画出纤毫毕现的士兵，士兵通常穿的都是拿破仑战争中的军装。离开时他会把纸留在桌子上，我不由得为他绘画的技巧和细节精到而惊叹。我很喜欢他，因为他总是彬彬有礼，对我的在场没有表现出一丝的愤恨。我对气氛敏感到了病态的程度，认为自己在其他所有人身上都感觉到了愤恨。但是我从来没有觉得自己了解他，而且我思忖他是否曾经想过要尽力了解我。如果总督想让我出现，对他来说已经足够。他身材中等稍高，长着浅色的卷发和一张感觉敏锐的很有美感的脸。这张脸让我不由自主地想起20世纪30年代的电影明星莱斯利·霍华德。这种相像一旦发觉就会自我强化，使他在我眼里兼具鉴别力和富有戏剧性的表现力，而这些与他本质性的务实是相左的。

跟菲利希亚·兰金在一起我从来没有感觉自在过。如果罕想要一位既是年轻女性又是出名律师的同事的话，他有很多不太刻薄的人可供选择。我从来都没弄懂他为什么要选菲利希亚。她长得与众不同。在电视上和拍照时她一如既往地只露半边脸或侧面，这样看来，她给人一种冷静而传统的美丽：具有古典美的骨骼结构，高扬的眉毛，往后梳成一个发髻的金色头发。从正脸看的话，这种匀称的美感瞬间消失。就像她的头是由两个截然不同的部分组成，分开来各有魅力，可是放到一起却不和谐，而且在某些特定的光照条件下几近扭曲。她的右眼比左眼大，额头微微凸起，右耳朵比左耳朵大。但她的眼睛确实与众不同，大大的，虹膜是清一色灰。我过去常常想，被这样一种壮观的美所欺骗是一种什么样的感觉。开议会的时候我很难从她身上移开眼睛。她会猛回头，抓我个正着，毫不掩饰地轻蔑地瞟我一眼，我则赶紧把眼神避开。我现在还在纳闷，自己对她外貌的病态关注在多大程度上助长了我们对彼此的反感。

哈里特·马伍德六十八岁，是其中年纪最大的，负责卫生、科学和娱乐。不过从我第一次参加议会起我就很清楚她的主要职能是什么，而且全国人民都很清楚。哈里特在这些人中扮演富有智慧的老妇人角色，是所有人的祖母，让人安心，给人安慰，让人依赖，秉承着自己过时的行为标准，想当然地认为所有的子孙都会遵照执行。当她在电视屏幕上现身解释最新指示的时候，让人很难不相信一切都是为了达成最好的结果。她可以使一份提倡集体自杀的法律听起来天经地义，我怀疑全国有半数的人都会立刻遵照实行。自信、权威、亲切，这就是年纪所带来的智慧。在"末日之年"到来之前她曾是一所女子公立学校的校长，教学是她的热情所在。即便作为校长，她还坚持在预科学院教学。不过，她想教的是年轻人。我退而求其次，在成人教育中谋得一份工作，给无聊的中年人讲授通俗历史和更为通俗的文学课程，在她是很鄙夷不屑的。年轻时她倾注在教学上的能量与热情现在都倾注到了议会上。他们就是她的学生、她的孩子，推而广之，整个国家都是她的学生和孩子。我认为自己知道罕看中她什么，而且我还认为她极端危险。

肯费心思研究议会四人个性的人会毫不犹豫地说卡尔·依格班茨是其中枢人物，会说正是有他那谢顶的头颅，议会这个把国家团结起来的、紧密一致的组织才能制定出英明的计划和管理措施，会说没有他的管理才能，英国总督将会失势。这种有关权势者的言说广为流传，卡尔或许还曾推波助澜。尽管我并不相信这些说法，他也不受公众意见影响。他的信条很简单：有些事情人无能为力，试图改变只是浪费时间，而有些事情是应该改变的，而决定一旦做出，变革就应该毫无耽搁、毫不心慈手软地推行下去。他是议会中最为阴险的一位，而且是总督之下最有权势的一位。

直到谢菲德公园交叉口的时候我才和司机说了一句话。我身体前倾，敲了敲隔在我们两个之间的玻璃说："如果可以的话，我想让车穿过海德公园，然后走宪法山和鸟笼道。"

司机肩膀都没动一下，声音中不带一点情绪地说："先生，您说的线路是总督交代过的。"

我们从王宫前驶过。王宫的窗户关闭着，旗杆上没有旗帜，岗亭里空无一人，大门紧闭，落了锁。圣詹姆斯公园比我上次看见的时候更加荒芜。这是议会规定应该正常维持的诸多公园中的一座，远处有一群正在干活的身影，穿着旅居者们特有的棕黄色工作服，在捡拾垃圾和修整空荡荡的花床边缘。一轮冬日的太阳照在湖面上，两只羽毛明艳的鸳鸯格外显眼。树下是上周薄薄的积雪，我不无兴趣却也不太激动地发现，近处有一片白色，是新下的雪。

议会广场上车流量很小，威斯敏斯特宫的大门关着。曾经每年国王都要在这里召集国会，参会人员由地区或地方议会选出。现在，再没有法案被讨论，没有立法被通过，英国处于英格兰议会的统治之下。国会的正式功能是进行商讨、做出提议、接受信息并给予建议。议会中的五个人都要亲自对全国人民做被媒体称之为年度报告的述职。会期只有一个月，日程由议会决定。讨论的议题皆无关紧要。拥有三分之二以上票数的决议将被送往英格兰议会，由他们再次决定是否通过。这种体制有一种好处是简单，给民众一种民主的幻象。而这样的民众不再有精力去想由谁或者是怎样来统治，只要他们能得到总督所承诺的一切：免于恐惧的自由、免于贫困的自由和免于无聊的自由。

在"末日之年"之后的最初几年里，国王（依然未加冕）曾按照古老的大张旗鼓的方式召开国会，可是所经街道几乎空无一人。作为连续和传统的强有力的标志，国王成了古老而无用的纪念品，只能让我们想起失去了什么。现在国王依然召开国会，不过不再大张旗鼓，而是穿着普通西装，进出伦敦都悄无声息。

我依然记得在我辞职的前一周和罕的一次对话：

"你为什么不给国王加冕？我认为你急于维持正常秩序。"

"加冕有什么意义？人们不感兴趣。加冕仪式花费巨大，毫无意义，人们会不满的。"

"我们几乎没听说过国王。他在哪里，被软禁在屋子里吗？"

罕发出了惯有的笑声："不是软禁在屋子里。如果你愿意的话，可以说是软禁在王宫或城堡里，他生活得相当舒服。无论如何我不认为坎特伯雷大主教会同意给他加冕。"

我记得我当时的回答。"意料之中。你在任命玛格丽特·莎莉汉姆为坎特伯雷大主教的时候知道她是一位狂热的共和人士。"

在公园的围栏内，沿着草地排队走来一群苦修者。他们腰部以上赤裸着，在寒冷的二月里除了黄色的腰布和赤脚穿着的凉拖鞋之外几乎身无一物。他们手里拿着打着重重的结的绳子，边走边鞭挞着已经流血的后背。即便是隔着车窗，我依然能听见皮绳子带出的哨声以及绳子打在裸露的皮肤上发出的重击声。我看着司机的后脑勺：帽子下面露出黑色的头发，修剪得一丝不苟，呈半月形，领口上面有一颗痣。无言的行程中多数时候我都在心绪不平地盯着这颗痣看。

现在，我想听他说点什么，于是开口道："我原先认为这种公共场合的夸张行为已经被列为非法。"

"先生，只有在公路上或人行道上是非法的。我想他们认为有权利在公园里走动。"

我不由得又问："你觉得这种行为缺乏礼数吗？我觉得这就是苦修遭禁止的原因。人们不喜欢看见血。"

"先生，我觉得很滑稽。如果上帝存在，而且认为已经有了足够的子民的话，他不会因为一群毫无希望的人穿着黄色衣服在公园里哀号行走而改变主意。"

"你相信上帝吗？你相信上帝存在吗？"

我们现在已经行驶到老外交部的门口。在下车为我打开车门之前，司机四下里看了看，然后盯着我的脸说："先生，或许上帝的试验是大错特错的。或许上帝受到了阻碍，看到乱糟糟的一切不知该如何捋顺。或许上帝压根就没想捋顺。或许上帝只剩下最后一次干预的权力，于是他这样做了。无论上帝是谁，无论上帝是什么，我都希望他在自己的地狱中挨火烧。"

他语气中充满强烈的怨恨，然后恢复冰冷的、不为所动的表情。他以立正的姿势站好，为我打开车门。

第十二章

当值的近卫步兵团士兵西奥认识。他对西奥打招呼："早上好，先生。"还微微笑着，就像没有三年的时间流逝，而西奥有权进入，坐在指定的位置上。另一个士兵西奥不认识，走过来给西奥行了一个礼。然后两人一起沿着华丽的楼梯上去。

罕没有把唐宁街10号作为办公室兼住宅，而是选中俯瞰圣詹姆斯公园的古老的外交部和联邦事务部大楼。顶层是他的私人住所。据西奥所知，罕在这里的生活简单，有序而且舒服，而这些需要强大的财力和人力支撑。大楼靠前的房间25年前曾是外交部长的寓所，从搬进来那天起就成了罕的办公室和议会会议室。

士兵没有敲门，直接打开门，大声宣报西奥的到来。

西奥发现自己面对的不是罕一个人，而是整个议会成员。他们仍围着那个西奥熟悉的椭圆形会议桌坐着，不过都坐在桌子一侧，而且挨得比通常紧。罕坐在桌子中间，两侧坐着菲利希亚和哈里特，最边上的是马丁，卡尔则坐在罕右侧。一个空椅子放在正对着罕的地方。这种精心设置的安排很明显是给西奥下马威，而且确实瞬间达到了目的。西奥站在门口的时候下意识地犹豫了一下，心中不由得涌起烦躁和尴尬。他知道这些逃不过那五双虎视眈眈的眼睛。不过惊讶很快转为一股愤怒，而且这种愤怒很有用。他们已经掌握了主动权，没有理由守着不用。

罕的手很轻松地放在桌子上，手指弯曲着。西奥看见了那枚戒指，不由得一惊，他认识这枚戒指，而且知道罕是故意想要他认出的，他并没有有意隐藏。那枚戴在罕左手第三个手指上的戒指是加冕戒指，是英格兰皇家的婚戒，多颗钻石簇拥着一颗蓝宝石，一个红宝石的十字镶于上方。罕低头看着戒指，微笑着说："是哈里特的主意。如果不知道是真的话，会觉得很俗艳。民众需要这种小玩意。不要担心，我不会让玛格丽特·莎莉汉姆在威斯敏斯特教堂给我举行涂油的神圣仪式。我怀疑自己能否保持该有的严肃把整个程序走完。她戴着主教法冠的样子很滑稽。你在想曾经有一段时间我没有戴这个戒指。"

西奥说："那段时间你觉得没有必要戴。"他本来还想再加一句："你没有必要对我说这是哈里特的主意。"

罕示意西奥坐到空椅子上。西奥坐下后说："我要求的是和英格兰总督进行一次私人会面，而且我很清楚自己为的就是这个。我不是来申请一份工作的，也不是来进行口试的。"

罕说："自我们上一次见面或谈话以来，已经过去三年。我们认为你或许想见见——菲利希亚，你会怎么说？——老朋友，老同志或者是老同事？"

菲利希亚说："我想说是老熟人。在法隆先生担任总督顾问期间，我从来都弄不懂他的具体作用。而且在他离开的三年时间里也没有弄得更清楚。"

正在涂鸦的乌尔沃顿抬起头。议会成员肯定坐了有一段时间了，他已经画出了一个连的步兵。他说："从来没有明确过。总督要他，对我来说已经足够。在我的记忆中，他没有做过多大贡献，不过也没有大碍。"

罕嘴角一扬，可是眼里并没有笑意。"都是过去的事情。欢迎回来。说说你要说的话吧。这里大家都是朋友。"这些司空见惯的话从他嘴里说出来有一种威胁感。

西奥无意兜圈子，说："上个星期三我去看了索思沃尔德的'寂灭'。我所见的无异于谋杀。有一半参与者看样子被下了药，而那些知道情况的并不愿意过去。我看见女人们被拽到船上，上了枷锁。有一个被棍棒殴打致死。我们现在像对待不想要的动物那样对待我们的老人吗？这种谋杀集会就是议会所说的安全、安慰和快乐吗？这种死亡有尊严吗？我来这里是因为我认为你们应该知道在议会的名义下都在发生些什么。"

西奥心里对自己说："我言辞太过激烈。还没有真正开始就让他们反感了。要平静下来。"

菲利希亚说："那次'寂灭'组织有问题。事情失去了控制。我已经要求做出汇报。有可能有些卫兵越权了。"

西奥说："有人越权了。难道这不是一直都有的理由吗？如果这些老人愿意死的话，为什么我们要用全副武装的士兵和脚镣？"

菲利希亚毫不掩饰她的不耐烦，再次解释道："那次'寂灭'组织出了问题。对那些责任人已经采取了相应措施。议会已经知道了你的想法，你合理的、确实也值得赞赏的想法。这样够了吗？"

罕似乎没有听见她的话，说："轮到我的时候，我会舒舒服服躺在自家床上服下可以致死的药片，我更喜欢自己来做这一切。我从来没有弄明白'寂灭'的意义，尽管你似乎很热心，菲利希亚。"

菲利希亚说："一开始都是自发的。苏塞克斯大约有20名80岁的老人决定组织包车到东伯恩，然后手拉手从海滨崖头上跳下去。之后就成了一种潮流。后来一两个地方议会认为应该为了适应这种明显的需求，进行适当的组织。从悬崖上跳下去对老人们来说可能是一种容易的解决方法，可是要有人做清理尸体这种不怎么令人愉快的工作。而且我相信，跳下去的人中有一两个还会再撑一段时间。整个事情乱糟糟的，令人很不满意。把他们都拉到海里很明显更为合理。"

哈里特身体前倾，语调很有说服力，说的话也很合理："人们需要这种仪式，而且他们想离开人世时有人陪伴。总督，你有力量独自死去，可是多数人感觉死去时有人握着自己的手是一种安慰。"

西奥说："在我眼前死去的那个女人除了短暂地碰到我之外并没有握到任何人的手。只有手枪砸了她的头。"

乌尔沃顿在忙着画画，连头都没有抬，喃喃说道："我们都将孤独地死去。我们应该像忍受出生一样忍受死亡。生和死都是无法与人分享的经历。"

哈里特·马伍德把头扭向西奥。"'寂灭'当然是完全自愿的。有专门的保护措施。他们要签一份协议——一式两份，对吧，菲利希亚？"

菲利希亚简明扼要地说："一式三份。一份给地方议会，一份给最亲近的亲属以便他们领取抚恤金，一份由老人自己持有，在上船的时候要收集起来，以备报送给统计和人口办公室。"

罕说："正如你们所见，菲利希亚已经控制住了一切。西奥，就这些吗？"

"不是。还有罪犯流放地。你们知道那里正在发生的一切吗？谋杀、挨饿，法律和秩序完全崩溃。"

罕说："我们知道。问题是，你是怎么知道的？"

西奥没有回答他，不过他警觉地意识到罕的反问是一个很明显的警告。

菲利希亚说："我似乎记得在我们开会讨论建立罪犯流放地的

时候，你在场，尽管你的职责并不明确。你除了维护常住人口的利益之外并没有表示反对。而我们已经提出在大陆上重新安置这些人口。他们已经被安置下来，过得很舒服，好处良多，就住在为他们选择的地方。没有人抱怨。"

"我当时认为流放地会得到正确的管理，认为会提供正常生活所需要的基本必需品。"

"他们都有。住处、水和种植庄稼用的种子。"

"我当时还认为流放地有警察和管理人员。即便是在19世纪，罪犯被遣送到澳大利亚的时候，那里也有总督，有的开明，有的严厉，但都会对维持和平和秩序负起责任。殖民地并没有任由强壮者和最凶残的人摆布。"

菲利希亚说："他们没有吗？仁者见仁，智者见智吧。不过我们现在面临的境况不同。你知道惩罚体制的逻辑。如果有人选择攻击、抢劫、恐吓、虐待和剥削他人的话，就让他们和这样的人生活在一起。如果他们想要的是这样的一种社会，那么就给他们。如果他们身上还有美德的话，他们会合理组织起来，彼此和谐相处。如果没有的话，他们的社会就会陷入一片混乱，而这样的社会正是他们强加给其他人的。选择完全取决于他们。"

哈里特插话说："刚才说到雇用管理者和监狱官员维持秩序，你去哪里找这样的人？你是来毛遂自荐的吗？如果你不愿意去，谁会愿意？人们已经无法承受更多的罪犯和犯罪行为。今天的他们没打算在恐惧中过日子。你出生于1971年，对吧？你肯定记得20世纪90年代的情形：女人们在自己的城市里也不敢在大街上走动，性犯罪和暴力犯罪增加，老人们自己把自己关在公寓里——有的在自己家里被烧死，醉酒的小流氓破坏了城镇的宁静，小孩子和大孩子一样危险。如果不安昂贵的防盗铃和铁丝网的话，谁家的财产都不安全。我们想尽一切办法防止人们犯罪，也在监狱中用尽了各种治疗方法和各种所谓的训练手段。残忍和严厉根本不起作用，仁慈与宽大也一样。现在既然到了末日时代，人们对我们说'适可而止吧'。牧师、精神病医生、心理学家和犯罪学家——都没有找到答案。我们所保证的是免于恐惧、免于穷困和免于厌倦。没有免于恐惧的自由，其他自由都是无稽之谈。"

罕说："不过，老制度并非完全没有好处，对吧？警察有很好的薪水。中产阶级从中获利不少。审查官、社会工作者、地方官员、法官以及法院工作人员，获利的各个行业都仰仗违法者存活。菲利希亚，你的这个行业做得尤其好，运用代价高昂的法律技巧给人们定罪，从而提供申诉的机会，让同事从推翻既有裁定中获得满足感。但现在，鼓励犯罪是我们负担不起的纵容，我们甚至无力给中产阶级的自由分子提供舒服的住处。不过，我认为罪犯流放地并不是你最后的一项要求。"

西奥说："在对待旅居者方面也有人担心。我们把他们像农奴一样引进，把他们当作奴隶对待。为什么要有名额限定？如果他们愿意来，就让他们来。如果他们想离开，就让他们走。"

乌尔沃顿最初的两行骑兵已经画完，昂首阔步地排在纸的顶部。他抬起头说："你不会在建议我们对移民不限制吧？还记得20世纪90年代欧洲发生的事情吗？人们厌倦了不断涌入的人群。他们迁出国的自然优势不比我们差。这些人懦弱、懒惰、愚蠢，竟然允许自己接受几十年的不当管理；他们想要接管、获得数世纪以来通过智慧、勤劳和勇气赢来的利益，急于想成为这种文明的一部分，却事与愿违地贬低和破坏它。"

西奥心里不由得想：现在，他们连说话都一个样了。不过，无论是谁说话，说的都是罕的心声。于是说："我们不是在谈论历史。我们并不缺乏资源，不缺乏工作，不缺乏住房。世界正在消亡，人口正在减少，限制移民可说不上是宽宏大量的政策。"

罕说："限制人口从来都不是宽宏大量的做法。宽宏大量是个人的美德，不是政府的美德。在别人的钱、别人的安全和未来上政府才会宽宏大量。"

接下来说话的是卡尔·依格班茨，这是他第一次开口。他坐在西奥见他坐过很多次的位置上，身体稍微前倾，两个拳头紧紧握着，拳口并排朝下放在桌子上，好像在隐藏有必要让议会成员知道他拥有的某种宝物，还像是要玩一种儿童游戏：张开一个手掌，然后张开另一个，展示被转移的分币。他看着——下面的话可能他都听厌了——谢了顶的脑袋光光的，黑色的眼睛亮亮的，像一个和蔼版的列宁。他不喜欢受领结和衣领的束缚，总是穿着浅黄色的亚麻套装，更突出了与列宁的相像。不过现在他截然不同。西奥第一眼就看出来他病得很厉害，或许已经临近死亡。头骨凸显，外面的皮肤撑得紧紧的，瘦骨嶙峋的脖颈像乌龟一样从衬衫里伸出，斑驳的皮肤像患了黄疸似的。西奥以前看见过这种表情。只是眼睛没有变化，在眼眶里闪着一小点精悍的光芒。不过他开口说话时声音如以往一样洪亮。好像他所有剩下来的力气都集中在他的脑子和声音中，动听，洪亮，言说着思想。

　　"你是一个历史学家。你知道为了确保国家、宗派、宗教甚至是家庭的存活，历史上都曾有过什么样的罪恶。人在做向善或是向恶的一切时不但知道人是历史性地形成的，生命是短暂的、不确定的和不真实的，而且还知道国家、种族和部落拥有未来。除了一些傻子和盲信者之外，那种希望现在已经消失。如果人不知道自己的历史，其重要感就会削弱；没有了对未来的希望，人则会变成野兽。在世界上各个国家中我们都看到了那种希望的丧失，看见了我们对物质世界和我们星球的关心不再，看见了科学和发明的终结，所有对科学的努力都只被用在延长生命或增加人生舒适和快乐的部分。我们在短暂混乱的租期中会留下怎样的东西有什么关系吗？20世纪90年代的集体移民、大规模国内动乱、宗教和部落战争现在已经被普遍的混乱代替：庄稼没有人播种，没有人收获，动物没有人照管，饥饿，内战，弱肉强食。古老的神秘仪式，古老的迷信，甚至活人祭献死灰复燃，有时甚至是大规模的。因为有坐在这张桌子旁的五个人，尤其是因为英国总督，这个国家才很大程度地躲过了这些普遍的大灾难。我们有一套从国家级议会到地方议会的体制，为那些依然在乎的人保留着民主的遗迹。我们对劳动力有着人性化的导向，重视个人的愿望和才能，即便是在没有后嗣继承劳动果实的情况下也能保证人们继续工作下去。消费、获取以及满足现实需要不可避免，不过我们有稳定的货币和低通货膨胀率。我们有计划来确保那些足够幸运，可以生活在这个多民族大家庭——我们称之为英国——的最后一代人有储存起来的食物，有必需的药物、光源、水和电。与这些成就比起来，这个国家还会在乎有些旅居者不满意，有些老人选择结群死去，罪犯流放地不太平吗？"

哈里特说："你没有参与这些决定，对吧？放弃责任然后在对他人的努力结果不满意的时候抱怨，这称不上是高尚。你自己决定辞职，还记得吗？总之，你们搞历史的人喜欢生活在过去，为什么不待在那儿呢？"

菲利希亚说："回头过日子当然是他最拿手的。即便是杀死自己的孩子时，他都是往后倒的车。"

这句评价带来一片沉寂，短暂而压抑。西奥接下来是这样说的："我并没有否认你们所取得的成就。可是如果你们进行一些改革的话，真的会损害到你们向民众所承诺的良好秩序、舒适以及保护吗？废除'寂灭'。如果人们想自杀的话——而且我也认为这是一种理性的终结方式——那么就给他们发放必要的致死药片，但不要劝诱和强迫。派军队进驻流放地，在一定程度上恢复那里的秩序。废除强制性的精子检测和对健康女性的常规检查，这些让人丧失尊严，再说一直都没有效果。关闭国家色情商店。把旅居者当人对待，而不是当作奴隶。这些对你们来说都易如反掌。总督不用签一个字就能做到。这就是我所要求的。"

罕说："对这个议会来说，你似乎要求过多了。如果你是议会成员——你本可以围桌而坐——你的关注对我们来说会更有分量。你的地位和英国其他国民的地位没有差别。你想要结果，却对达成结果的方式视而不见。你想要花园美丽却要求粪肥的气味不能飘进你挑剔的鼻孔里。"

罕站起来，议会的其他成员也一个一个地跟着站起来。但是他并没有伸出手。没有任何声音，西奥发现领他进来的那位士兵已经朝自己走来，就像是接到了某种神秘的信号。他几乎预料到了有手会来摁住自己的肩膀。但是他终究没有说话，跟着士兵走出议会会议室。

第十三章

车在等着。司机一看见西奥就下车打开车门。突然,罕来到西奥的身边,对哈吉斯说:"往广场开,在维多利亚女王塑像前等我们。"然后转身对西奥说:"我们在公园里走走。我去拿外套,等着。"

他不到一分钟就回来了,穿着那件熟悉的花呢外套,这是他在室外电视拍摄的时候一直穿的,微微收腰,两个摄政式样的肩饰,在21世纪初期曾一度流行过的样式,价格不菲。衣服已有些岁月,可他依然保留着。

西奥还能记起罕当初定做这件衣服时他们的对话:"你疯了,花那么多钱买一件外套。"

"会撑一辈子的。"

"你撑不了。潮流也不会永远一个样。"

"我不在乎潮流。没有其他人穿的时候我倒会更喜欢。"

现在没有其他人在穿了。

他们穿过马路进入公园。罕说："你今天过来很不明智。我能保护你和那些你结交的人的能力是有限度的。"

"我认为自己不需要保护。我是一个向民主选出的英国总督进行咨询的自由公民。我为什么需要你的或者是什么人的保护？"

罕没有回答。冲动之下西奥脱口而出："你为什么要做这个？你想要这份工作到底是为什么？"心里不由得想，这是只有他可以，或者说只有他敢问的一个问题。

罕不语，眯缝着眼睛，紧紧地盯着湖面，好像是他人看不见的什么东西突然激起了他的兴趣。可是西奥心里很清楚他没有必要犹豫。这肯定是一个他平时想得足够多的问题。这个时候罕转过身来，继续往前走着，说："起初是因为我认为自己喜欢。我想说的是，权力。可是事情并非仅此而已。我永远无法忍受看着别人把我知道我能做好的事情做糟糕。最初的五年过去之后我发现自己不是那么喜欢了，可是为时已晚。必须有人来做这个，而想做这个的只有围着桌子坐的那四个。你更喜欢菲利希亚、哈里特、马丁还是卡尔？卡尔可以的，但是他要死了。另外三个连议会都团结不起来，更不要说团结整个国家了。"

"那么这就是原因了。无趣的公共责任？"

"你听说过有人放弃权力吗，真正的权力？"

"有的人会。"

"你见过这样的行尸走肉吗？不过也不是权力，并非完全是。

我来告诉你真正的原因。我并没有觉得无趣。怎么说我现在的状况都可以,但我从来没有觉得无聊过。"

他们在沉寂中沿着湖边继续走着。过了一会儿罕说:"基督徒相信末日审判已经来临,只不过是他们的上帝在一个一个地把他们收走,而不是神奇地驾着光辉的祥云降临人世。用这种方式天堂就可以对进入的人进行控制。这样也更容易处理那些穿白色长袍的救赎者。我喜欢想象上帝很关心后勤工作。不过他们已经放弃了听最后一个孩童笑声的幻想。"

西奥没有吭声。接下来罕语气平静地说:"这些人是谁?你最好告诉我。"

"没有什么人。"

"你在议会会议室里说的所有乱糟糟的东西,你不会是自己想到这些的。我并不是说你没有能力想到,你能做到的远不止这些。可是你三年都没有操过心,而且以前你也不怎么上心。你受人指使。"

"确实没有其他人。即便是在牛津,我也是生活在现实世界里。我在收银机前排队,我购物,我坐公交车,我倾听。人们有时候会和我说说话。不是我刻意在意的什么人,而是普通人们。我只是和陌生人进行了交流。"

"什么样的陌生人?你的学生?"

"不是学生。不是特指某些人。"

"很奇怪你现在这么有人缘。你过去总是裹着一种不可见的膜，沉浸在自己的私密中，不受外界影响。你什么时候见到这些神秘的陌生人，问问他们能否把我的工作做得比我做得好？如果能的话，让他们过来，当面与我交谈。你不是一个特别有说服力的信使。如果我们不得不关掉牛津的成人教育学校，那将是一个遗憾。如果学校成了煽动性言论的核心的话，关闭不可避免。"

"你不会真想这么做。"

"这是菲利希亚会说的话。"

"你是从什么时候开始留意菲利希亚的？"

罕微笑着，是那种惯常的耽于过往的微笑："你没错，当然了。我不怎么留意菲利希亚。"

他们走过横架在湖面上的桥，停了下来，盯着英国皇宫看。这里一切都没有变化，是伦敦能奉出的最激动人心的风景：富有英国味道却不乏异国情调，隔着水光潋滟的湖面看，帝国的皇宫隐没在树影中，优雅而辉煌。西奥想起来在成为议会议员一周后的一天，自己曾在这个地方逗留过，看的是同样的风景，罕穿着同样的外套。他可以想起当时他们所说的每一句话，清晰得就像刚刚说过一样。

"你应该放弃强制性精子检测。这有损人的尊严，况且已经做了二十多年却毫无成效。不管怎么说，你只检查选中的健康男性。其他人怎么办？"

"如果这些人可以生育，那么祝他们好运。不过鉴于检测设备有限，我们还是仅限于健康的和道德上符合标准的人吧。"

"这么说你不仅考虑健康，还考虑品德？"

"你可以这么说，是的。如果我们有选择的话，有犯罪记录和家人有违规记录的人都不允许生育。"

"这么说刑法是品德的界定标准？"

"还能有别的标准吗？国家不能看进人的心里去。好吧，如果勉强可以的话，我们会忽略小的不轨行为。不过，为什么要让愚蠢、鲁莽和粗暴的人生育呢？"

"这么说在你的新世界里悔过的贼将无容身之处？"

"人们可以为他的忏悔喝彩而没有必要想着让他生育。不过，西奥，想想看，这种事情怎么会发生。我们只是为了计划而计划，假装人类有一个未来。现在有多少人真正相信我们会找到存活的精子？"

"假设你发现了一位具有攻击性的精神病患者的精子能繁育后代，你会用吗？"

"当然会。如果他是唯一的希望，我们就会使用。我们将接受所能得到的一切。可是妈妈们则要精心挑选，要健康、聪明，没有犯罪记录。我们将通过人工繁殖的方式排除精神病。"

"还有各种色情场所。真的有必要吗？"

"你不是必须要进这些场所的。色情场所一直都存在着。"

"国家容忍其存在但不公开支持。"

"没有多大的区别。对于没有希望的人们来说又有什么伤害呢？没有什么能这样让身体忙着，让脑子闲着的事情了。"

西奥说："但是建立这些场所的真正目的并非如此，是吧？"

"很明显不是。如果不交媾，人就不可能生出后代。一旦人们都不交媾，我们可真要遭难了。"

这个时候他们开始慢慢前行。为了打破如影相随的沉寂，西奥问道："你经常回乌尔谷吗？"

"那个活人的坟墓？那个地方让我害怕。我过去偶尔礼节性地过去看看我妈妈。我五年没回去了。现在还没人死在乌尔谷。那个地方所需要的是用炸弹来一个'寂灭'。很奇怪，不是吗？几乎所有的现代医学研究都致力于改善老年人的健康状况，延长人的寿命，于是我们的老人更多了，而不是减少。延长是为了什么？我们给老人们药物提高他们的短时记忆，改善情绪，增强食欲。他们不需要任何东西让自己入眠，他们的工作似乎就是睡眠。我纳闷，在这漫长的半清醒状态中，那些老人的脑子里都在想些什么。我想着是各种回忆、各种祈祷。"

西奥说："一种祈祷。'保佑我看到我的孩子们的孩子，保佑以色列和平。'你妈妈去世前认出你了吗？"

"不幸的是，她认出来了。"

"你曾经对我说过你父亲恨她。"

"我想不出为什么。我现在想着当时这么说是想吓吓你，或者说是想打动你。即便是小的时候，你都不容易被打动。我所成就的一切，上大学、当兵、当上总督，没有一样能真正打动你，对吧？我父母相处得还可以。我父亲是个同性恋，当然了。你难道没有发现？我小的时候曾非常在乎这个，现在似乎都无关紧要了。他为什么不能按自己所愿生活呢？我一直都是这样活着。当然，这也解释了他们的婚姻状况。他需要尊重，需要一个儿子，于是他选择了一个女人。这个女人为得到乌尔谷、准男爵以及一个头衔而目眩神迷，从而不会在发现自己所得仅限于这些时有所抱怨。"

"你父亲从来没有接近过我。"

罕大笑起来："你真是个自大的人，西奥。你不是他喜欢的类型，而且他非常传统。兔子不吃窝边草。再说了，他有斯科韦尔。他出车祸的时候斯科韦尔就在车里。我设法把这一切很有效地掩盖过去——我想着，算是出于一种孝心吧。我不在乎谁会知道，可是他会在乎。我不是一个称职的儿子。那样做是因为我欠他的。"

罕突然转了话题："我们不可能是这个世界上的最后两个人。那是'末日一代'的特权，上帝会帮助他们。但是如果我们两个人是的话，你觉得我们应该做些什么？"

"喝酒。向黑暗致敬并记住光明。喊出一连串的人名，然后朝我们自己开枪。"

"什么人的名字？"

"米开朗基罗、列奥纳多·达·芬奇、莎士比亚、巴赫、莫扎特、贝多芬、耶稣基督……"

"应该全喊凡人的名字，不该有各种神、预言家以及狂热者。我希望时间是在仲夏时节，酒是红葡萄酒，地方选在乌尔谷的小桥上。"

"毕竟我们是英国人，既然如此，我们就应该喊着普洛斯彼罗[1]的台词终结生命。"

"希望我们不会老到记不住台词，不会在酒喝完的时候无力到握不住枪。"

他们现在已经到了湖泊的尽头。在广场上的维多利亚女王塑像前，车正在等着。司机站在车旁，双腿分开，双臂交叉，一双眼睛从帽檐下盯着他们。这是一种监狱长的站姿，也可以说是刽子手的站姿。西奥把帽子想象成一顶黑色的骷髅帽，司机的旁边放着面具和斧头。

这个时候他听见罕开腔了，在道别："告诉你的朋友们，无论他们是谁，要明智些。如果他们做不到明智，那么就让他们谨慎些。我不是一位暴君，但我也说不上仁慈。无论需要做什么，我都会在所不辞。"

他看着西奥。在这非同寻常的一刻里，西奥看见他的眼睛里现出渴望理解的神情。接着罕又重复道："告诉他们，西奥。该做的事情我会在所不辞。"

---

[1] 普洛斯彼罗：莎士比亚戏剧《暴风雨》中的人物。

第十四章

　　西奥发现自己仍不习惯穿过空荡荡的圣吉尔斯。记忆中，在他最初来到牛津的日子里，榆树下是一排排紧密停放的小汽车，路上车流不息，等着过马路的他会越等越泄气。比起那些更容易让人想起的、较为顺遂或有着重大意义的记忆，这些记忆似乎根基更为牢固。他发现来到路边时自己依然会下意识地停下，看到路上空荡荡依然做不到不惊讶。左顾右盼中西奥迅速穿过宽宽的街道，他取道"羊羔和鹿尾酒吧"旁边的鹅卵石小胡同，朝博物馆走去。门关着，有一阵子他害怕博物馆也没有开馆，不由得为自己没有打个电话而烦躁。可是他一扭门把手，门就打开了，而且里面的木门半开着。西奥走进了这座由玻璃和钢铁建成的方形的巨大建筑。

　　里面很冷，似乎比外面街上还要冷。除了一位上了年纪的女人之外，里面空无一人。这个女人围着条带图案的羊毛围巾，戴着帽子，裹得很严实，只有一双眼睛露在外面。她站在柜台后面。西奥发现展示的明信片还是那几样：图上有恐龙、珠宝以及蝴蝶，还有柱子上雕刻清晰的大写字母，有这座维多利亚时期大教堂的创建人约翰·拉斯金和亨利·奥克金爵士的照片（时间是1874年，两人坐在一起）以及神情敏感忧伤的本杰明·伍德沃德的照片。西奥一言不发，看着由一系列铁打的柱子支起来的硕大的屋顶，看着拱门之间连接处的装饰物优雅地绵延，有叶子，有花，有果，有树，有灌木丛。可是他知道，这种不熟悉的、难平的心绪更多的是担忧而不是快乐，与其说与这座房子有关，不如说与他将要和朱利安见面有关。他尝试着控制自己的情绪，把精力集中在铁制作品的创意和质量上，放在雕刻的精妙上。毕竟，这属于他的时期。这些表现了维多利亚时代的自信、热忱；表现出对知识、对技艺、对艺术的尊重；表现了人的一生可以和他们身处的自然世界和谐相处的信念。在过去的三年里，他没有来过博物馆，不过一切都没有改变。确实，自从他作为一名大学生第一次踏进这里以来，一切都没有改变，只是没有了那个靠着柱子（他记得是这样子）的通知：既有对孩子们的欢迎又不乏训诫——在他的印象里，这些都是徒劳——告诫他们不要到处跑，不要闹出声响。拇指硕大带钩的恐龙依然摆在显眼位置。看着它，西奥仿佛再次回到金斯顿小学。兰德布鲁克夫人在黑板上固定住一张恐龙的图画，并解释说这种身体笨重、脑袋小小的庞然大物四肢发达、大脑简单，因此无法适应变化而灭绝。即使还是十年级学生，西奥已经发现这种解释很没有说服力。长着小小脑袋的恐龙已经存活了好几亿年；比智人存活的时间都长。

西奥穿过主展厅最远处的拱门，进入皮特里斯博物馆。这里是世界上最大的民族学收藏地之一。展品摆放很紧密，很难看出来她是否已经等在这里，或许就站在12米高的图腾柱旁边。不过他停下来时并没有听见过来的脚步声。绝对的寂静。他知道只有他一个人，但是也知道她会来的。

皮特里斯博物馆似乎比他最后一次过来的时候还要拥挤。在凌乱的展示柜里，模型船、面具、象牙、串珠、护身符以及献纳物似乎都在无声地亮着相，以引起他的注意。他在展示柜间行走着，最后终于在曾经最喜欢的展品前停下来。展品的标签现在褪了色，变成了棕色，上面的字体已经很难辨识。展品是用抹香鲸的23颗牙齿经过弯曲和抛光而串成的一条项链。1874年萨克姆堡国王把这条项链送给詹姆斯·卡尔弗特教士。后来教士的重孙子——一位在二战早期受伤死亡的飞行员——把这条项链捐赠给博物馆。在上大学的时候，西奥曾对斐济雕刻者的双手与这位英年早逝的飞行员之间奇怪的关联非常着迷。现在那种感觉再次回来。他再一次幻想着呈献的仪式：国王坐在宝座上接受这份奇特的贡品，周围是身围草裙的勇士们和神情庄严的传教士。西奥的祖父也参加过1939—1945年的战争。他也在英国皇家空军服役，开着一架布伦海姆轰炸机，在突袭德累斯顿的时候被击落身亡。读大学的时候，西奥总是为时间的神秘性而着迷，还喜欢幻想，就是这种着迷使自己和早已去世、尸骨埋在地球另一面的国王之间产生了些许关联。

就在这个时候，西奥听见了脚步声。他环顾四周，等着，直到朱利安走到自己身边。她没有戴帽子，穿着带衬垫的夹克衫和裤子。她一张嘴，呼出来的气息立刻升腾成小小的薄雾流。

"很抱歉来晚了。我骑自行车过来，爆胎了。你见他了吗？"

两人并没有打招呼，他知道对她来说自己只是一个送信的。他从展示柜旁走开，她跟着，左顾右盼。他不由得想，她这样子是想给人一种印象：尽管屋子里空荡荡的，他们两个也是偶然相遇。这并没有说服力，他很奇怪她为什么要费这个劲。

西奥说："我见他了。我见了所有的议会成员。后来我单独见了总督。我没做什么有用的事；或许还做了不该做的事。他知道有人在促成我去见他。现在如果你们要继续计划的话，他已经接到了警告。"

"你给他解释'寂灭'、旅居者的待遇以及流放地所发生的事情了吗？"

"这是你要求我做的，我都照做了。我没有想到自己能做好，也确实没有做好。我知道他。哦，他或许会进行一些变革，不过他并没有承诺。他或许会关闭现有的色情店，而且会逐步地放松对强制性精子检查的要求。不管怎么说，这是浪费时间。而且我怀疑他是否能在全国范围内让实验室技术员坚持更长的时间。有一半的技术员已经不再上心。去年我错过两次检查，但没有一次被发现。关于'寂灭'，除了确保将来组织得更好之外，我认为他不会采取任何措施。"

"那么罪犯流放地呢？"

"没有任何结果。他不会浪费人员和资源来平息这个岛屿。他为什么要这样做？建立流放地或许是他做过的最受欢迎的一件事。"

"那么关于旅居者的待遇呢？给他们完全的公民权、体面的生活，以及留下来的机会？"

"这些对他似乎无关紧要，相比之下，他有更重要的事情：维持不列颠良好的秩序，确保这个民族有尊严地消逝。"

朱利安说："尊严？如果对他人的尊严毫不关心的话，怎么会有尊严？"

他们现在已经走到巨大的图腾柱前。西奥用手抚过柱子。朱利安连看都没看，说："那么说我们应该做那些能做的事情。"

"你们什么都做不了，到最后只会被人杀害或送往流放岛——如果总督和议会如你们所想的那样残忍。正如玛丽亚姆告诉你的，死都比去流放岛好。"

朱利安开腔了，似乎在设想着很严肃的一个计划："或许，如果有几个人，一群朋友，故意让政府把他们遣送到流放岛，他们就可以做些什么来改变岛上情况。还有一种情况是，如果我们自愿提出去那里，总督为什么要阻止我们，为什么要在乎？即便是一小撮人，只要他们带着爱去那里，就可以有所帮助。"

西奥自己都能感觉到自己声音中的轻蔑："像南美洲的传教士那样，在那些野蛮人面前举着基督的十字架，和他们一样，让自己在海滩上遭受屠杀？你没有读过历史书吗？做出那种愚蠢行为只有两种原因。一种是渴望殉道。这方面没有什么新意，如果所奉行的宗教这样教给你的话。我一直把这看成是不健康的行为，兼有受虐狂和耽于色情的倾向。不过，我知道这对某些人很有吸引力。有新意的地方在于，你的殉道不会被人们纪念，甚至不会被人们注意到。在未来七十多年里，这种行为连有价值的可能性都不会有，因为地球上再也没有一个人来赋予它价值，没有人会在路边为牛津新的殉道者设立圣祠。第二种原因较为不光彩，罕对此有很好的理解。如果你们成功了，得到的权力是多么令人心醉啊！岛上的人们得到安抚，暴力得到平息，人们播种和收获庄稼，照顾病人，各个教堂里都做起了周日礼拜，救赎者亲吻着让这一切成为可能的活圣人的手。那个时候你就会知道英国总督在每一个清醒时刻所感受到的东西，知道他享受的是什么，知道什么是他无法离开的。在你们小小王国中的绝对权力。我能看到这种权力的吸引力，不过这种情况不会发生。"

他们没有说话，站了有一小会儿。后来西奥很平静地说："放手吧。不要把剩下的时光浪费在不可能成功，也不会有结果的事情上。情况会好起来。在未来15年里——其实只是弹指一瞬间——90%生活在英国的人将会超过80岁。向恶的能量再也不会比向善的能量多。想想英国将会是什么样子。高大的楼房里空荡荡、静悄悄的；道路没有人修整，两旁的树篱肆意生长。剩下的人为了获得安慰和保护集聚在一起；文明早已停止进程；最终没有了电与光亮。储存的蜡烛会燃尽，很快最后一根蜡烛也在摇曳、熄灭。所有这些难道不能使流放岛上所发生的一切相形见绌吗？"

朱利安说："如果我们要死，可以像个人，而不是像魔鬼那样死去。再见，谢谢你见了总督。"

可是西奥还要再努力一下。于是说："我想象不出装备如此之少的一个组织和国家机器对抗会是什么样子。你们没有钱，没有资源，没有号召力，没有民众支持。你们甚至没有一致的反抗动机。玛丽亚姆是为了给弟弟复仇。加斯科因很明显是因为总督把近卫步兵第一团据为己有。卢克是出于某种朦胧的基督教理想主义，心中向往同情、正义和爱这些空洞概念。罗尔夫甚至没有合理的道德动机。他的动机就是野心。他憎恨、觊觎总督的绝对权力。你参与其中是因为你嫁给了罗尔夫。为了满足自己的野心，他把你拉进这样可怕的危险中。他不能强迫你。离开他。逃出他的控制。"

朱利安平静地说："我不能不和他生活在一起。我不能离开他。而且你错了，原因不是那样的。我和他们在一起是因为这是我必须做的事情。"

"是的，因为罗尔夫想让你去做。"

"不，是因为上帝让我这样做。"

西奥感觉很挫败，直想拿头撞图腾柱。

"如果你相信上帝存在，那么你就会相信他给了你脑子和智力。用用脑子。我觉得你很傲气，不会让自己成为这样一个傻子。"

可是朱利安不为这些信手拈来的奉承之辞所动，而是说："世界改变不是因为人们利己，而是因为男男女女都打算自欺欺人。再见，法隆先生。感谢你所作出的努力。"说完，她转过身，没有和西奥握手。西奥眼睁睁地看着她离去。

她并没有要求西奥不要背叛他们。她没有必要这么说，但是西奥还是为这些话没有说出来而高兴。他不会做出任何承诺。他不相信罕会纵容滥用酷刑，但是对他来说酷刑的威胁已经足够。平生第一次，他忽然想到也许自己因为一些最天真的理由而错误判断了罕——西奥不敢相信一个非常聪明的男人，一个兼有幽默与魅力的男人，一个他称之为朋友的人会是一个魔鬼。或许需要学学历史的人不是朱利安，而是他自己。

第十五章

这个组织没有等上多长时间。在西奥与朱利安见面的两个星期后的一天，他下楼吃早餐，发现门垫上散落的邮件中有一张叠起来的纸。印刷字前面是一条像鲱鱼一样的小鱼，画得很精准。像是小孩子的画作；费了不少劲。西奥读着下面的信息，心中的遗憾略带怒气：

致英国民众：

我们再也不能无视社会上的罪恶行径。如果我们人类注定要灭亡，那么我们至少要作为自由的男人和女人，而不是魔鬼那样死去。我们向英国的总督提出如下要求：

1.召集一次全民大选并把你的政策向公众展示。

2.给旅居者完全的人权，包括住在自己的家，接亲属过来，以及在服务合同结束后留在英国的权利。

3.取消"寂灭"。

4.停止往罪犯流放地遣送罪犯并确保已经在流放地的人们能过上平和、有尊严的生活。

5.停止强制性精子检查和对健康女性的检查并关闭公共色情店。

五条鱼

他眼前的话简单、合理，显示出基本的人道。他不由得纳闷，自己为什么那么肯定这些话出自朱利安呢？不过，这些话不会起作用。这五条鱼在建议什么？是要人们到地方议会去游行示威，是要人们进攻老外交部大楼？这群人没有组织，没有权力基础，没有钱，没有明显的活动计划。他们最多只能希望唤醒人们去思考，激起不满，鼓励男人们不去参加下一次的精子检测，鼓励女人拒绝下一次身体检查。这会有什么区别吗？随着希望的丧失，检查越来越敷衍了事。

纸张的质量不好，印刷得也不专业。或许他们在某个教堂地下室或在偏僻但仍然能够到达的森林小屋里藏有一台印刷机。但是，如果国家安全局开始追捕他们的话，这个秘密又能维持多长时间？

西奥又一次读了五条要求。第一条不大可能引起罕的担心。大选花费巨大，引起混乱，国民不大会答应。但是如果他进行大选，无论是否有人胆敢与他对抗，他都会得到大多数民众的支持，从而巩固自己的权力。西奥不由得问自己，如果依然是罕的顾问，其

154

他的要求自己又能做到多少。他知道答案。那个时候他手里没有权力，现在"五条鱼"手里也没有权力。如果没有"末日之年"，这些都是男人们会为之做准备，奋斗甚至受苦的目标。但是如果没有"末日之年"，也不会存在这份罪恶。为了一个更为公正、更富有同情心的社会去斗争、受苦甚至是去死都曾是情理中事。但是在一个没有未来的世界里，这样做是行不通的。而且很快"正义""同情""社会""斗争""罪恶"这些字眼将会在空荡荡的空气中回响，再也没有人听到。朱利安会说哪怕使一个旅居者免受不公正的待遇或阻止一位罪犯被遣送到流放地，那么所做的这些斗争、所遭受的这些苦都是值得的。可是无论"五条鱼"做什么，这些情况都不会出现。因为这不在他们的能力之内。重读五项要求后，西奥感觉到最初的同情心逐渐消失。他告诉自己，多数男人和女人，即那些不能繁衍后代的人类骡子，无比坚韧地背负着痛苦和遗憾的重负，好像他们可以鼓起勇气，获得精心设计的补偿性快乐，从而沉浸在个人小小的虚荣中，彼此礼貌相待，并用同样的方式对待遇到的旅居者。"五条鱼"有什么权利把英雄品德这样的重负压在这些坚忍而无依无靠的人身上？西奥把这张纸拿到厕所，仔细地撕成小块，扔在马桶里冲走。当纸片被吸住，打着旋被冲走的时候，西奥希望再也不要与这几个手无寸铁的可怜人共有这种激情与愚蠢。

第十六章

2021年3月6日，星期六

今天早餐后海伦娜打电话过来，邀请我喝茶并看看玛蒂尔达的小猫咪们。五天前海伦娜曾寄给我一张明信片，说小猫咪们已经安全生下来。但是我没有被邀请参加出生宴会。我不知道是否有宴会，抑或他们把猫咪出生当成自家人的狂欢，把它当作迟来的庆祝和巩固他们新生活的共有经历。即便是这样他们也不大可能放弃普遍认可的责任——让朋友见证生命奇迹的机会。通常最多会邀请六个人观看，只是观看的距离是精心划定的，为的是不惹着或打扰刚生过猫咪的母亲。之后，如果一切顺遂的话，将会有庆祝宴会，通常有香槟酒。一窝猫咪的到来并非没有被悲伤所沾染。关于有繁殖力的家养动物的规定很清楚并得到严格执行。玛蒂尔达现在将被实施绝育术，海伦娜和鲁伯特可以从一窝猫咪中选一只母的养着。还有一种选择是玛蒂尔达可以再生一窝，但是除了一只雄猫之外其他的猫咪都要被无痛苦地处死。

接过海伦娜的电话之后，我打开收音机收听八点钟的新闻。听到日期播报，我才突然意识到今天海伦娜为鲁伯特而离开我已经整整一年了。或许，今天是我首次造访他们家的最好日子。我写的是他们的"家"而不是"房子"，因为我知道海伦娜会这样描述：共享的爱，共同的洗洗涮涮，绝对的诚实，平衡的饮食，崭新的、卫生的厨房，每周两次卫生的性生活，等等，从而使北牛津一栋稀松平常的住宅有了庄严和神圣的味道。我想知道他们的性生活情况，心里不由得谴责自己的淫邪，但同时又告诉自己这种好奇心是自然的，也是可接受的。毕竟，我曾经像了解自己的身体那样了解鲁伯特现在正在享受（或许无法享受到）的身体。一段失败的婚姻是对肉欲最为羞耻的短暂认可。情人们可以探究所爱之人身体的曲曲弯弯、沟沟壑壑，可以一起达到难以言表的癫狂高峰，可是当爱与欲望最终逝去，却只剩下财产争议、律师账单和杂物室的杂七杂八。当曾经精心挑选、装修、满怀热情与希望住进去的房子变成一座监狱，当脸上写满不耐烦和憎恨，当不再有欲望的身体在毫无情感、不再痴迷的眼睛注视下千疮百孔的时候，这一切显得多么微不足道啊！我不知道海伦娜是否和鲁伯特说起过我们两个床上的事情。我想象着她说过，我还不至于要求她会比我所知道的更为自控或雅致。海伦娜精心养成的体面形象中有些许粗俗，我想象得出她会这样对鲁伯特说：

"西奥认为自己很擅长做爱，但是那些都是技巧性的，让人觉得他是从一本性学手册中学来的。而且他从来不和我说话，那种真正的说话。我可以是任何一位女人。"

我能想象出这些是因为我知道这些话不无道理。即便是不把我杀死了她唯一的孩子计算在内，我对她的伤害也远大于她对我的伤害。我为什么要娶她？我娶她是因为她是校长的女儿，有那种威望；因为她也取得了历史学位，我认为我们有着共同的学术兴趣；因为我发现她身体有吸引力，以致让我准备不足的心认为，这就算不是爱，也最接近我所能想到的爱的状态。虽然校长真的是一位很华而不实的人，海伦娜迫不及待地要离开他，成为校长的女婿所带来的烦恼也多于快乐。海伦娜根本没有什么学术兴趣。牛津接受她是因为他是大学校长的女儿，而且通过刻苦学习和大量的昂贵的辅导，她通过了所必需的三门考试，这样一来，牛津就有理由录取她，而通常情况下牛津是不会这样做的。性吸引力？还好，这个持续得更长些，不过同样受着递减规律的支配，直到最后我杀死娜塔莉。没有什么比孩子的死更有效地说明失败婚姻的空荡无物，而且这是不可能自欺欺人的。

我不知道海伦娜和鲁伯特在一起是否运气会好些。如果他们享受彼此之间的性生活，那么他们就属于幸运的少数之列。性已经成为人感官快乐中最无关紧要的方面。随着怀孕恐惧的永久性消失，避孕必备的药片、橡胶套和排卵计算都没有了必要，人们会认为性从此获得了解放，可以产生新的富于想象的快感。而事实恰恰相反。即便是那些通常不想要孩子的男人和女人也需要确保在他们想要孩子的时候能够要，这是显而易见的。完全与生育隔开的性已经成了几乎毫无意义的杂耍。女人们抱怨越来越多，把高潮形容为痛苦：身体有抽搐却没有快感。在女性杂志中，大量的篇幅专注于这种现象。在20世纪80年代和90年代，女人变得越来越挑剔，越来越不能容忍男人，几个世纪压抑起来的愤怒终于有了势不可挡的正当理由。不能给她们孩子的男性甚至给不了她们快乐。性依然是共有的安慰，却很少是共有的神魂颠倒。政府资助建立色情店，文学描写越来越露骨，所有刺激欲望的招术都使尽，却没有一样起作用。尽管不太常见，男人和女人依然结婚，仪式更加简单，而且通常是跟同性结婚。人们依然会坠入爱河，或者自称坠入爱河。人们疯狂地寻找着那个人以共同面对不可避免的终结与腐朽，期望伴侣的年龄最好小些，至少和自己同岁。我们需要肉体响应，需要手拉手、唇对唇所带来的安慰，但我们读着以前时代的爱情诗时，心中充满好奇。

今天下午沿着华顿街走着的时候，我感觉到对于再次见到海伦娜并没有特别的不情愿。而且想到玛蒂尔达的时候心里充满了期待与快乐。在登记的"可繁殖家养动物证书"上，我是共同主人，当然可以向动物收养法庭申请共同监护权或者是探视权。可是我不愿意让自己经受那种耻辱。有些动物监护官司打得很激烈，花费巨大，闹得沸沸扬扬，我可不想增加这种案件数量。我知道我已经失去了玛蒂尔达，因为玛蒂尔达和所有的猫咪一样，背信弃义，向慕舒适，现在已经把我忘掉。

见到玛蒂尔达的时候我很难做到不欺骗自己。她卧在篮子里，两只滑顺如白鼠的小猫咪正轻轻地拽动着她的乳头。她盯着我，蓝色的眼睛里毫无表情，粗声大气地喵了一声，似乎要撼动篮子。我伸出手摸了摸她光滑的头。

我嘴里问道："一切都还好吗？"

"噢，很好。当然了，从开始生的时候起，我们就把兽医叫过来。不过医生说他很少见到过比这更顺利的生产。他带走两只小猫。我们还在想这两个中留哪个。"

房子很小，地处郊区，是半独立式的砖建别墅，建筑上没有突出的特点，主要优势在于后花园有长长的斜坡直通运河。多数家具和所有的地毯看起来都是崭新的。我怀疑都是海伦娜选的。她把情人以往的生活、朋友、俱乐部以及光棍生活的安慰物品，连同与房子一起继承过来的家具和照片全部扔掉。她兴趣盎然地给鲁伯特营造着一个家——我敢说这话是她曾经说过的——而他也像拥有新屋子的孩子一样舒适地接受着这一切。到处都是新刷的油漆味。客厅——牛津这种样式的房子都是如此——后墙被移除掉，辟出一个大的房间，前有凸窗，后有直通玻璃游廊的落地窗。刷白的客厅里，一面墙上挂着一排鲁伯特所设计的皮书套作品，每一幅都用白木框镶嵌着。总共有十二张，我不知道是海伦娜还是鲁伯特的主意。不管是谁的主意，我都有理由表示不喜欢和轻蔑。我想停下来仔细看看画作，可是这意味着要发表看法，而我什么都不想说。但是即使在经过时那么浮光掠影的一瞥我已经明白这些画作的强大力量。鲁伯特并非凡俗画家，这些关于他才能的任性展示进一步确认了我已经知晓的一切。

我们在温室里喝着茶，点心很丰盛：三明治、家制烤饼、水果蛋糕，都是用垫着新浆过的衬布的托盘端上来的，上面还放着小小的配套用的纸巾。我脑子里涌现出来的词是"雅致"。我认出来托盘衬布是海伦娜在即将离开我之前一直在绣的那块。因此，这件精心绘图、绣制的针线活是她并非贞洁的嫁妆的一部分。这雅致的餐点——我对这个不无轻蔑的形容词念念不忘——是为了向我说明，对欣赏她才能的男人来说，她是多么好的一位妻子吗？我很清楚鲁伯特对这些欣赏有加。他几乎是沐浴在她母性的关爱中。或许作为艺术家，他认为这些关心都是他应该得到的。在春天和秋天的时候，温室里应该很暖和。即便是现在，只开着一个电暖气，里面已经是非常舒服温暖。透过玻璃我可以朦朦胧胧地看见他们曾在花园里忙碌过的痕迹：看起来像是新修的篱笆上靠着一排茎干直挺的玫瑰苗，根团用粗布盖着，安全、舒适、愉快。罕和他的议员们会大加赞许的。

喝完茶后，鲁伯特起身去了客厅。很快折回来，递给我一份小册子。我一眼就认出来。这和"五条鱼"通过门缝塞进我屋子里的一模一样。我假装没有见过,读得很仔细。鲁伯特似乎在等着某种反应。我什么都没表现出来,于是他说:"他们冒着风险挨家挨户地送。"

我说出了自己知道肯定会发生的事情,只是生气为什么心里明白却不能管住自己的嘴。

"他们不可能那样子做。这根本算不上是教区杂志,对吧?这是由一个男人或女人独自干的,或许会骑着自行车,或许是步行,在周围没有人的时候把单页往住户家里塞,在公交车亭子里留几份,往停靠着的汽车的雨刮器下掖一份。"

海伦娜说:"但是这样依然有危险,对吧?或者说如果国家安全局决意要追捕他们的话就会有危险。"

鲁伯特说:"我认为他们不会费这种劲。没有谁会把这个当回事。"

我问:"你呢?"

毕竟,他把宣传页留了下来。这句话问得很尖锐,超出我的预期,也让他措手不及。他瞟了一眼海伦娜,犹豫着。我不知道他们对这件事是否起过争议。或许是第一次争吵。不过我很乐观。如果他们吵架了,在初次和解的欢乐气氛中宣传页现在肯定已经被毁掉。

鲁伯特说:"我确实想过是否应该趁着给猫咪注册,向地方议会汇报一下。后来决定不汇报。我不知道他们会做些什么——我说的是地方议会。"

"只会上报国家安全警察，并以藏有煽动性材料为由将你逮捕。"

"哦，这点我们还真不知道。我们只是不想让当官的认为我们支持这件事。"

"街道里别的人有宣传页吗？"

"没有人说起过，我们也不想问。"

海伦娜说："这些不是议会会有所动作的事情。没有人想让罪犯流放地关闭。"

鲁伯特依然拿着宣传页，似乎不知道怎么处置，嘴里说："另一方面，我的确听到过旅居者露宿营的传闻。而且我认为，既然他们来了，我们就应该公正地对待。"

海伦娜激动地说："他们在这里得到的待遇比回家得到的要好。他们很高兴能过来。没有人强迫他们。而且建议关闭罪犯流放地很荒唐。"

这才是她担心的，我不由得想。是犯罪和暴力在威胁着这座小小的房子，带刺绣的托盘布，舒适的客厅，带玻璃墙的温室，以及后面茂密花园的风景。她相信这一切目前没有潜在的威胁。

我于是说："他们并不是说流放岛要关闭。你可以认为他们要求的是岛上应当适当地配备警察，并且应该给罪犯合乎情理的生活。"

"可是这并非'五条鱼'的意思。宣传页上说应当停止遣送罪犯。他们想要流放岛关闭。让谁来当警察？我可不会让鲁伯特自愿申请这样的工作。罪犯可以有合乎情理的生活。这取决于他们自己。岛足够大，而且他们有食物和住处。议会肯定不会让岛上的人都撤回来。否则会有人抗议——这等于把所有的谋杀犯和强奸犯都虎放南山。布罗德莫精神病院的收容者不也在那里吗？这些人就是疯子。疯子，而且很坏。"

我注意到海伦娜用的词是收容者，而不是病人。我接过话茬："他们当中最坏的肯定已经年老到无法制造危险的程度。"

海伦娜大声说："可是有些还不到五十岁，而且他们每年都在往那里送新人。去年超过两千人，是吧？"她头扭向鲁伯特，"亲爱的，我认为我们应该把这个撕掉。放着这个没有用。我们什么都做不了。无论他们是谁，都没有权利印刷这样的东西。这只会让人们担心。"

鲁伯特说："我去厕所把它冲走。"

鲁伯特走了，海伦娜脸扭向我："所有这些你都不相信，西奥，是吧？"

"我相信流放岛上的生活是非常不愉快的。"

她很固执地又说了一遍："哦，这取决于他们自己，对吧？"

我们没有再提宣传页。十分钟之后，我最后一次去看了玛蒂尔达——这是海伦娜要求的，也是玛蒂尔达所能容忍的——然后我起身离开。对此次造访我并不难过。来这里不仅仅是要看看玛蒂尔达，我们短暂的相遇是痛苦的而非快乐的。未竟之事现在可以放下了。海伦娜很幸福，甚至看起来更年轻、更漂亮。她的白皙、苗条和漂亮曾被我称赞为美，现在则已经成熟，成为淡定的优雅。我不能诚实地说自己为她感到高兴。对那些我们曾经伤害过的人我们很难做到宽宏大度。但是至少我不用再为她的幸福或不幸福负责任。我不特别期望再次见到他们两个中的任何一个，但是在想起他们的时候我可以做到没有痛苦和愧疚。

在即将离开的前一刻钟我对他们自给自足的家庭生活有了一种体验，不仅仅只有嘲讽和冷漠的意味。当时我起身离开去了洗手间，里面有洁净带刺绣的毛巾、新启封的香皂，便池里是泡沫丰富的蓝色消毒剂，还有一个放着各式杂物的容器。我注意到这一切，但很是不屑。在轻声返回的时候，我看见分开坐的他们两个正向对方伸出手，听见我的脚步声后，迅速地、几近愧疚地把手抽回去。这一时刻很微妙、很迅速，或许还有遗憾，让人霎时各种情绪涌上心头，却那么微弱，在我刚刚有所意识时转眼即过。可是我知道我所感受到的是嫉妒和遗憾，不是为失去的东西，而是为从来都没有得到过的东西。

第十七章

2021年3月15日，星期一

今天有两个来自国家安全警察局的人登门造访。我可以写下这些文字说明我没有被逮捕，也说明他们并没有找到日记。应该说，他们并没有搜查日记。他们什么都没有搜查。天知道，在那些对道德不足和人品缺陷感兴趣的人看来，日记是否足以成为罪证。但是来访者的思绪放在更为切实的罪行上。我说过，来的是两个人，一个年轻人，很明显属于"末日一代"——与众不同，人们总能识别出来——另一个是位长官，比我年轻些。这位长官拿着一件雨衣和一个黑色的皮公文包。他自我介绍是检察长，名叫乔治·罗林斯，和他一起来的是庭员奥利弗·卡思卡特。卡思卡特沉默寡言，举止优雅，面无表情，是典型的"末日一代"。罗林斯很健壮，动作稍显笨拙，灰白的浓密头发纹丝不乱，就像是花了高价剪修过，为的是突出脑后和头两侧的卷发。他脸上五官凸出：眼睛细细的，眼窝很深，以致无法看见他眼睛的虹膜；嘴巴细长，上嘴唇呈箭头状，尖锐如鸟嘴一般。两人都穿着便服，衣服裁剪非常得体。在其他的情况下，我也许会问问他们的衣服是否出自同一裁缝之手。

他们到的时候是十一点。我把他们领进第一层楼的客厅，然后问他们是否要喝咖啡。他们拒绝了。我领他们就座，罗林斯舒舒服服地坐在火炉旁的椅子上，卡思卡特在略微犹豫之后坐在了他对面，姿势笔挺。我坐在办公桌旁的旋转椅上，转过来面对着他们。

罗林斯说："我一个外甥女，我姐姐最小的孩子，正好是在末日一年的前一年出生。她听过你关于《维多利亚生活与时代》的谈话。她不是一个很聪明的女子，你可能不大记得她。不过，话说回来，没准你记得。马里恩·霍普克罗夫特。她说班上人很少，而且每一周人数都在减。人们没有毅力，空有满腔热情，但是很快就会厌倦，尤其是在兴趣得不到持续刺激的时候。"

几句话，他就把讲课简化成令人枯燥的演讲：学生缺乏才情，班上人数不断减少。这种手法并不微妙，但是我突然怀疑他话里有话。我说："名字很熟悉，可是我想不起来。"

"《维多利亚生活与时代》。我认为'时代'这个词是多余的。为什么不取名《维多利亚生活》呢？或者你可以采用《维多利亚时期英国的生活》。"

"课程的名称不是我选择的。"

"不是你？那太奇怪了。我本以为是你选的。我认为你应该坚持为自己的演讲选择标题。"

我没有回应。我毫不怀疑他完全知道我是为科林·西布鲁克代课。不过如果他不知道我也不会点醒他。

沉默。罗林斯和卡思卡特似乎都不觉得尴尬。过了一会儿罗林斯接下去说:"我过去认为自己应该上一种这样的成年课程。是历史,而不是文学。不过,我不会选择维多利亚时期的英国。我会再往前推进,都铎王朝。我一直痴迷于都铎王朝,尤其是伊丽莎白一世。"

我说:"那个时期有什么吸引你?暴力与辉煌,成就的荣光,诗与残忍的混合,皱领上面精明的脸庞,还是用指旋螺钉和架子支撑起来的辉煌皇宫?"

有一小会儿,他似乎在思考这个问题,然后说:"我不会说都铎王朝的残忍无与伦比,法隆先生。在那个时代,人们年纪轻轻就死去,而且我敢说多数人死于痛苦。每一个时代都有其残忍性。说起痛苦,死于癌症却无药可治是一种更为可怕的折磨,而这一直是历史上多数时期人类的命运,远远超过都铎王朝所能想出的手段。尤其是对孩子们来说。你难道不这样认为?很难看出这样做的目的,是吧?对孩子们的折磨。"

我说:"或许我们不应该认为自然有什么目的。"

就像没听到我的话似的,他接着说:"我的爷爷是一位坚信炼狱之苦的传教士——认为凡事都有一个目的,尤其是痛苦。我爷爷生不逢时,如果他生活在你的19世纪的话会更快乐些。我记得我九岁的时候有一次牙很疼，起了脓肿。我害怕牙医，没有告诉大人。有天晚上疼得睡不着觉。妈妈说等牙医一开门我们就一起过去。我躺在那儿痛苦地扭动着一直等到天亮。我爷爷过来看我。他说：'我们可以应付这个世界上的小病痛，但是却应付不了未来世界的永久性疼痛。孩子，记住这个。'他确实选对了时候。永久性的牙疼。对一位九岁的孩子来说很可怕。"

我说："对成人也是如此。"

"还好，我们已经放弃了那种信仰，除了咆哮的罗杰。他似乎依然不乏追随者。"罗林斯停了下来，似乎在回想咆哮的罗杰的轰鸣声音，然后语气丝毫没有变化地接下去说，"对某些人的行为议会很担心，说'关注'也许更合适些。"

他停下来，似乎在等着我问："什么行为？什么人？"可是我却说："半个小时多一点后我要出门。如果你的同事想搜查屋子的话现在就可以开始，趁着我们在谈话。有一两件我很珍视的小物件。一件是放在乔治亚展示柜里的茶匙；其他的是在客厅里的斯塔福德郡维多利亚时期的一两个纪念金币，都是第一版的。通常在搜查时我希望能够在场，不过对国家安全警察的正直我深信不疑。"

说完这些话，我直盯盯地看着卡思卡特的眼睛。这双眼睛甚至都没有眨巴一下。

罗林斯的话音里有些许的责备口气："不会搜查，法隆先生。你怎么会想着我们想要搜查？搜查什么？先生，你不是危险分子。

不会，这只是一次谈话，如果你喜欢的话也可以说是咨询。正如我所说，发生了一些引起议会注意的事情。我现在当然是私下里和你说的。这些事还没有被报纸、无线电和电视公之于众。"

我说："议会这样做是明智的。制造麻烦者——假设你们已经抓到他们——靠宣传过活。为什么要让他们知道这个消息？"

"确实如此。政府花了很长时间才意识到对于不喜欢的消息根本没有必要去操纵，不要公布出来就好。"

"你们没有公布出来的是什么？"

"很小的事件，本身并不重要，不过有可能是一场阴谋的征兆。最后两次'寂灭'都被中断。登船的坡道在当天早上被炸毁，就在献祭的牺牲品——或许牺牲品这个词不够恰当，咱们姑且说是献祭的殉道者吧——到达前的半小时。"

罗林斯停了一会儿，然后接着说："不过，'殉道者'这个词也许是多余的。那咱们就说在潜在的自杀者们按预定时间到达之前。这给他们带来很大的苦恼。这些恐怖主义者，无论是男人还是女人，时间掐得很好。推迟三十分钟，这些老人们就会比计划要死得更为壮观。有过电话警告——一个年轻的男性声音——可是已经太迟，除了让人群远离事发地点之外什么也做不了。"

我说："只是令人不安的不便。大约一个月前，我去看过一次'寂灭'。登船用的坡道很快就能修建好的，我本来应该能想到的。我认为这种犯罪性的破坏行为只能使'寂灭'延迟一天多。"

"正如你所说，法隆先生，是很小的不便。不过不是说没有一点影响。最近已经有太多小麻烦。接着就有了宣传页。其中有些直指旅居者的待遇问题。最后一批旅居者，年纪在六十岁或生了病的，将被强制性遣返。码头上情景很悲惨。我并不是说小麻烦的泛滥和宣传页的发放之间有联系，但不可能仅仅是巧合。在旅居者中发放政治性材料是违法的，但是我们知道这些破坏性的宣传单已经在露宿营里流传开来。其他的单页都是挨家挨户递送的，主要的不满指向旅居者的待遇、流放岛的状况、强制精子检测，以及这些他们所认为的民主化过程中的缺陷。最近的一个宣传页将所有这些不满意之处汇总起来，列出一份要求清单。你没准见过这种单子？"

他伸手去拿黑色的皮公文包，把它放在大腿上，解开锁扣。他的所作所为很像是一位慈祥的随意到访者，对来访的目的并不是特别有数。我有点希望他只是装着在纸张中间徒劳地乱翻翻，并非是想要找到那张单页。不过，出乎我意料的是他很快就找到了。

他把宣传页递给我，说："先生，你以前见过这个吗？"

我扫了一眼说："是的，我见过。几个星期之前从我的门下塞进来一份。"否认没有意义。几乎可以确定国家安全警察知道宣传页已经在圣约翰街分发开来，那么我的房子怎么会例外呢？重读之后，我把宣传页还给罗林斯。

"你知道其他收到这个的人吗？"

"就我所知，没有。不过我想象得出这种宣传页散发的范围肯定很大。我没有兴趣去过问。"

罗林斯仔细看着，好像没有见过似的，然后说："'五条鱼'。有创意但不是太聪明。我想着我们在找的是有五个人的小组织。五个朋友，五个家庭成员，五个工友，五个共谋者。没准他们是从英国议会得到的启发。这是一个很有用的数字，先生，你不这样认为吗？在任何决议中都可以确保做到少数服从多数。"我没有接话。他接下去说："'五条鱼'。我想着他们每人都有一个代号，或许与名字有关，这样方便每个人记住。不过，A可能有点难。我一下子还想不出有什么鱼的名字以A开头。或许没有一种鱼的首字母是A。我认为他们可能用B代表'bream（太阳鱼）'。C并不难，可能是'cod（鳕鱼）'或'codling（幼鳕）'。D代表'dogfish（狗鲨）'。E所代表的可能有些困难。或许我猜错了。我估计，如果不能为每一个成员都找到相对应的鱼的话，他们不会称呼自己为'五条鱼'。先生，你怎么看？我是说，作为一个推理过程来看。"

我说："很有创意。当面看到国家安全警察的思维过程非常有趣。很少有公民能享有这种机会，至少真正自由的公民是看不到的。"

这话我或许还是不说为好。罗林斯继续看着宣传页，过了一会儿说："一只鱼。画得相当好。我认为不是专业搞艺术的人，而是有设计天赋的人画的。鱼是一种基督教标志。我想知道，这有可能是一个基督徒组织吗？"他抬起头看着我，"你承认说你有一份这种宣传页，先生，可是你对此没有做任何事？你不认为你有责任进行汇报吗？"

"我用处理所有无关紧要不请自来邮件的方式来处理这份宣传页。"说完，我觉得是时候发起进攻了，于是说，"请原谅我，检察长，可是我不明白到底什么让议会不安。任何社会都有不满意的人。这个组织炸掉几个不堪一击的临时坡道，还散发了一些欠缺考虑的对政府的批评，除此之外，并没有做什么明显有害的事情。"

"先生，有的人会认为宣传页具有煽动性。"

"你可以随便说。但是你不能把这件事夸大成一个巨大的阴谋。几个对社会不满意的人通过玩这种比高尔夫危险得多的游戏而自娱自乐，肯定不会因此而调动国家安全警察的兵力。到底什么让议会不安？如果有一群不满者的话，他们肯定很年轻，至多是中年人。可是，他们的时光会溜走，我们所有人的时光都会溜走。你忘记那些数字了吗？英国议会可谓经常性地提醒我们。1996年人口是五千八百万，今年已经减少至三千六百万，而其中20%的人已经超过七十岁。我们是注定要灭亡的种族，检察长。伴随着成熟和老年，所有的热情终将退去，即便是阴谋所带来的诱人快感也一样。没有谁能真正反对英国总督。自从他掌权以来从来没有过。"

"先生，确保没人反对是我们的事情。"

"你们当然会做你们认为有必要的事情。但是我只会认真对待那些我认为本质上很严重的事情，即反对总督的权威，或许这种人就在议会内部。"

这些话有一定的风险，甚至很危险。我看到我已经让罗林斯不安起来。这正是我想要的结果。

罗林斯很自然地停了一会儿，并非有意为之，然后说："如果有这方面的任何问题，这事情就不再归我管，先生。将会有高一层机构共同处理。"

我站起身，说："英国总督是我的表哥和朋友。小的时候他对我很好，那个时候的善意是尤其珍贵的。我不再是他议会的顾问，但是这并不是说我再也不是他的表弟和朋友。如果我有阴谋反抗的证据的话，我会告诉他。检察长，我不会告诉你，我也不会和国家安全警察局联系。我会告诉那个最关心的人，英国总督。"

这当然带有表演性质，而且我们都懂的。我把他们送出去的时候没有握手或说话，并非因为我和他成了敌人。罗林斯不会让自己耽于个人憎恶，他更愿意去感受对所见过、盘问过的受害者的同情、喜爱和遗憾。我觉得自己很理解他这种人：他们是专制政权中微不足道的小官僚，很享受权力精打细算给予他们的奖赏，他们需要行走在人为的恐惧气氛中，需要知道在他们进入一个房间之前恐惧已经先期到达，而且会在他们走后如气味一样不肯散去。但是他们既没有虐待倾向也没有最终凶残起来的勇气。但是他们需要有所行动。站得远一点，看着山上的十字架对他们来说是不足够的，就像对我们多数人来说是不足够的一样。

第十八章

西奥合上日记本，把它放在桌子最上方的一个抽屉里，用钥匙锁上，然后把钥匙放进口袋里。桌子打造得很结实，抽屉很坚固，但是很难抵挡住一位专业人员有意的撬动。不过话说回来，这种事情是不大可能的。即便是发生了，西奥也已经很小心确保对罗林斯造访的记述不会成为罪证。他知道，这种自我审查是心中不安的表现。这种谨慎是很有必要的，这让他很烦躁。他写日记与其说是要记录自己的生活（为谁而记？为什么？什么生活？），不如说是一种自我放任式的习惯性探索，一种弄清楚过去岁月意义的方法：部分是发泄，部分是安慰性的确认。日记已经成了他日常生活的一部分。如果他必须审查，必须省去一些事情，如果他必须欺骗而不是还原真相的话，日记将毫无意义。

西奥回想着罗林斯和卡思卡特的造访。令他惊讶的是，当时在看见他们的时候自己竟然毫无恐惧。他们离开之后，西奥对自己的这种无畏以及应对能力很是满意。现在他想知道这种自信是否有理有据。他几乎可以丝毫不差地回忆起当时所说过的话；话语回忆一直是他的天赋之一。但是把他们意义未尽的谈话写下来却不由得让他心生焦虑，这是他在当时没有想到的。他告诉自己没有什么可害怕的。他只直接撒过一次谎，即否认知道谁收到过"五条鱼"的宣传页。如果被问起，他可以进行解释。他会说，为什么要提起前妻，让她去感受国家安全警察造访所带来的麻烦和焦虑？她或者是其他什么人收到宣传页与此根本没有特殊的关联；在这条街上，宣传页挨家挨户塞进住户。一个谎言不足以作为定罪的证据。他不可能因为一个小小的谎言而被捕。毕竟在英国仍有法律在，至少对英国人来说是这样。

西奥下楼来到客厅，在偌大的房间里不安地来回走动着。楼上楼下的房间都没有亮灯，静悄悄的，他朦朦胧胧地意识到每一间屋子里都是一种威胁。他在可以俯视外面街道的窗前站住，越过有铁铸栏杆的阳台往外望去。趁着街灯，西奥可以看见银色的雨丝在飘落，看见最下方因潮湿而变深的人行道。对面的窗帘已经拉上，石头砌成的楼房正面没有一点生命的迹象，甚至连窗帘拉上时叮当的响声都没有。沮丧如同熟悉的厚重毯子压在他身上。在愧疚、回忆以及焦虑之下，西奥几乎能嗅到死亡岁月所积累起来的污垢。自信在消逝，恐惧在增加。他告诉自己在面谈时他只想到了自己，自己的安全、自己的聪明、自己的自尊心。可是他们的主要兴趣不在他身上，他们在找朱利安和"五条鱼"。他没有透露任何消息，没有必要愧疚。但是话说回来，他们来找他，也就是说他们怀疑他知道情况。他们当然知道。议会从来没有真正相信他那次造访完全是他自己的意思。国家安全警察还会过来；下一次礼貌的遮羞布会更单薄，问题会更直白，结果会更痛苦。

除了罗林斯透露的消息之外，他们还知道些什么？他忽然想到他们还没有抓住这群人进行审问。不过也许已经抓住。他们今天来访就是因为这个吗？他们已经抓住朱利安和这群人，是为了证明他卷入的程度有多深而来的吗？他们肯定很快就能锁定玛丽亚姆。他还记得就流放岛上的情况向议会发问的时候，得到的回答是："我们知道。问题是，你是怎么知道的？"他们在找了解岛上情况的人。岛上禁止游人过去，不准信件往来，没有宣传，那个消息是怎么得到的？玛丽亚姆弟弟的逃跑会登记在案。很明显的是，就算"五条鱼"开始行动起来，他们也还没有抓住玛丽亚姆进行审问。不过或许已经审讯过。或许现在她和朱利安都在他们手上。

他的思绪转了一大圈，第一次不由得感觉到非同寻常的孤独。这不是他熟悉的一种情绪，他不愿意接受，而且对此充满憎恨。俯视着外面空荡荡的街道，他第一次希望能有个人，一个可以信任的朋友，可以让自己敞开心扉。海伦娜在离开他之前曾说过："我们住在同一座房子里，但我们却像住在同一旅店的房客或客人。我们从来没有真正谈过心。"这是心怀不满的妻子们最常见的抱怨，很乏味，却都在情理中。可是他听到后却很恼怒："谈什么？我就在这里。如果你想说的话，我洗耳恭听。"

对他来说，自己的两难处境哪怕是和她谈谈，听听她心不甘情不愿而且毫无裨益的话也是一种安慰。在恐惧、愧疚和孤独之中，西奥对朱利安、对这群人、对自己卷入其中又生出一种新的烦躁。至少他做了他们要求他做的事情。他见了英国总督，之后还提醒朱利安。毫无疑问他们会认为他有责任传话，让他们知道自己处于危险中。他们必须知道自己处于危险中。可是他怎么能告诉他们呢？他不知道他们中任何一个人的地址，不知道他们在哪里工作、干什么。如果朱利安被抓住，他唯一可以做的就是代表她与罕交涉。但是他怎么知道她什么时候被抓呢？如果他去找的话，有可能会找到这群人中的一个。但是他该如何开口才不至于让一切那么明显呢？从现在起，国家安全警察或许会开始对他进行秘密监视。除了等之外，他什么都做不了。

第十九章

2021年3月26日，星期五

自从在皮特里斯博物馆见面以来，我今天是第一次见到她。我当时正在大棚市场买奶酪，有法式羊乳干酪、丹麦青纹干酪和卡蒙贝尔干酪，数量都不多，包装很精细。当拿着包装好的奶酪离开柜台的时候，我看见了她，就在离我十几英尺的地方。她正在选水果，不像我这样因为自己日益挑剔的口味挑三拣四，而是毫不犹豫地指出自己要买的东西，敞开的帆布袋接过装得满满的快要被撑破的棕色物品袋子，圆润的橘子金黄诱人，弯弯的香蕉微微泛光，考克斯苹果呈现着独特的锈色。在我的眼里，她置身于光辉灿烂的色彩中，皮肤和头发都吸收了水果的光芒，似乎照射在她身上的并不是大棚里冰冷刺眼的灯光，而是温暖的南方的太阳。我看着她递过去一张纸币，然后又数出几个硬币，把正好的钱数递给摊主，递的时候微笑着。我看着她把宽大的帆布袋带子搭在肩膀上，重重的袋子低垂。买东西的人在我们中间来回穿梭，但是我站在那里，脚生了根，不愿意动，或许也根本动不了，心里充斥着非同寻常、毫无预料的激动，汹涌澎湃，脑海中涌动着一种荒唐的想法，想冲到鲜花摊位上，把钱塞给卖花的人，然后从花筒里抓走成束的水仙花、郁金香、温室玫瑰和百合，都塞到她的怀里，并把压在她肩膀上的袋子拿过来。这是一种不切实际的冲动，幼稚、可笑。而这是我从小都没有过的感觉。我小时候不信任也憎恨它。现在这种情感的力量非理性和破坏性的潜力让我震惊不已。

她转过身，依然没有看见我，朝着出口走去，然后走上大街。我跟着她，在星期五早上推着购物车的购物者中穿行，很不耐烦有人挡着自己的路。我告诉自己，这样就像个傻子，应该让她从视线里消失。我和她只见过四次，她每一次除了固执地要我做她要求的事情之外，对我没有表示出任何兴趣。除了知道她已经结婚之外，我对她一无所知。这种想要听她声音，想要触摸她的强烈冲动只不过是独居的中年男子情绪不稳的早期病态症候。追赶朱利安是对这种需求的默许，有损人格。我克制着自己。即便是这样，我还是在她转向大街的时候赶上了她。

我碰了碰她的肩膀，打了声招呼："早上好。"

任何的招呼似乎都流于俗套。这个起码还无伤大雅。她转过身来微笑地看着我，有一阵子我都要欺骗自己她很高兴看见我。但是她对着水果摊贩的时候也是这种微笑。

我把手放在袋子上，说："我能替你背着这个吗？"我感觉自己像个死乞白赖的小男生。

她摇了摇头说："谢谢你，不过车停得不远。"

什么车？我心里纳闷。这些水果是给谁买的？当然不是给他们两个，即罗尔夫和她买的。她是在什么机构里工作吗？但是我没有问，也知道她不会告诉我。

于是我说："你还好吧？"

她又笑了："还好，正如你所见。你呢？"

"正如你所见。"

她转过身去。这个动作很温和——她没有想着要伤害我——但是她是有意的，她想终结这一切。

我压低声音说："我想和你谈谈。不会费很长时间。有什么可以去的地方吗？"

"市场里面比这里安全些。"

她往回走。我很随意地在她旁边走着，不去看她，我们就像两个购物者。来回走动的人群时不时地会把我们两个挤在一起。进了市场后，她在一座窗口前停了下来。窗口里一位上了年纪的男人和他的助手正在卖刚出炉的水果馅饼和蛋糕。我站在她旁边，装出很有兴趣的样子看着奶酪冒泡，肉汁外渗。味道飘过来，很香很浓烈，是记忆中的味道。从我上大学时起，他们就在这里卖这种馅饼。

我站着、看着，好像是在想要买什么。然后对着她耳朵轻声说："国家安全警察找过我了——可能他们就在附近。他们在找有五个人的组织。"

她离开这家窗口，继续往前走。我跟着她。

她说："当然了。他们知道我们有五个人。这不是什么秘密。"

我站在她身边说："我不知道他们还发现或者猜出什么别的情况。现在就停下来吧。你们在做无用功。或许没有太多时间了。如果其他人不愿停止的话，你自己退出来吧。"

听到这话，她转过身来看着我。我们对视的时间很短，但是现在没有了辉煌的灯光和水果泛出的丰富光晕的映照，我在她身上发现了此前没有发现的景象：脸上写着疲惫，有点苍老、筋疲力尽的样子。

她说："请你离开吧。我们不再相见会更好些。"

她伸出手。我不顾危险地握住了，嘴里说："我不知道你姓什么。我不知道你住在哪里，到哪里能找到你。但是你知道在哪里找到我。但凡有需要就去圣约翰街找我，我随叫随到。"

然后我转过身，离开，这样我就不用看着她离开我。

现在我已经吃过晚饭，写着日记，时不时地透过小小的后窗看着远处威萨姆树林的斜坡。我已经五十岁了，却从来不知道爱上别人是什么感觉。我写下这些文字，知道这些都是真真切切的，同时也感受到了音盲者因为不能欣赏音乐所带来的不太强烈的遗憾，这是因从未体味而生的遗憾，而不是因失去而生的遗憾。但是情感有自己的天时和地利。五十岁不是一个可以接受爱情汹涌激荡的年龄，尤其是在这个注定灭亡、没有快乐的星球上，在这个人类走向灭亡、所有的欲望都消逝而去的时候。因此我要计划逃离。六十五岁以下的人不容易得到出境许可，自"末日之年"以来只有老年人可以随意出游。可是我想我不会有困难。作为总督的表弟还是有些好处的，即便我从来没有提起过这种关系。我和官方刚一接触，他们就知道这种关系。我的护照已经盖上了旅游许可的印章，我只需找个人替我上暑期的课。想着再也不用和学生共陷无聊中，心中不由得舒了一口气。我没有新知识，也没有交流的热情。我要乘坐渡轮、驾车，趁着还有通行的道路，趁着旅店里还有足够的工作人员提供差强人意的服务，趁着在城市里可以买到汽油，我要重新访问欧洲的大城市、教堂和庙宇。我要把这些都抛在脑后：在索思沃尔德所看到的一切、罕和议会，以及这座灰色的城市。这个城市里即便是石头都见证了青春、学识和爱情的短暂。我要把这一页从日记中撕掉。写这些话本身就是一种对自己的纵容。让这些文字存在是愚蠢的。我要努力忘记今天早上的承诺。承诺是在疯狂的状态下做出，我想着她不会当真。如果她当真的话，她也会发现家里是空的。

第二卷　新生

2021年10月

第二十章

九月的最后一天，西奥返回牛津，到达时正是半下午的时候。没有人试图阻止他离开，没有人欢迎他回来。屋子里气味不清新，底层的客厅潮湿，发了霉，楼上的房间没有通风。他已经告诉卡瓦纳福夫人要经常开窗，可是屋里一股酸腐味，很不好闻，就像是好多年没开过窗似的。窄窄的过厅里散落着邮件，有些薄薄的信封看起来就像是粘在地毯上一样。客厅里，长长的窗帘闭合着，阻隔住下午的阳光，像房子是死人住的似的。小石块和烟灰团从烟囱里掉了下来，好像被他无意识地踩在脚下碾碎了，散发出烟灰混着腐木的气味。在他眼前，房子本身似乎已经四分五裂。

小小的顶楼给他的感觉是异常的冷，一切都没有改变，可以看见圣巴拿巴大教堂的钟楼和已经现出早秋色韵的威萨姆森林。他在这里坐下，烦躁地翻着日记本。他记下了每天的行程，没有快乐可言，却一丝不苟。现在他像一个完成假期作业的小学生一样在挨个翻看着各个城市和风景点，这些都是他原先计划好要看的。

奥弗涅、枫丹白露、卡卡松、佛罗伦萨、威尼斯、佩鲁贾、奥尔维耶托的大教堂、拉文纳圣维塔莱圣殿的马赛克以及帕埃斯图姆的赫拉神庙。出发时他没有迫不及待的期盼，没有想着要有激动人心的经历，没有想着去人迹罕至的蛮荒之地发现和寻找新奇，没想到以这些来抵消饮食的单调和住床的坚硬不适。他按照既定计划，掏着高昂的旅费，从一座大城市赶往另一座大城市：巴黎、曼德拉、柏林、罗马。他甚至无意对年轻时初识的这些美丽和辉煌之地说再见。他还希望着能再来一次，这并非终结之旅。这是逃离之旅，而不是寻找已被遗忘的感觉的朝圣。可是他现在才知道，他最需要逃离的部分一直都留在牛津。

到八月份的时候意大利已经酷热难耐。头发灰白的老人如同移动的浓雾般在欧洲的大地上穿行。为了摆脱酷热、灰尘以及这些老人，西奥绕道来到拉韦洛，该城如鹰巢般镶嵌在碧蓝的地中海和蓝天之间。在这里他找到一家家庭经营的旅馆，价格昂贵，有一半房间都空着。剩下的日子他一直都待在这里。这里给不了他宁静，但是确实可以给他安慰和独居条件。

他最深刻的记忆来自罗马圣彼得大教堂里米开朗基罗的《圣母怜子》雕塑前的情景：一行行噼啪作响的蜡烛，跪着的女人们，有穷有富，有年轻的有老的，眼睛都紧紧盯着圣母的脸，那种期盼的痛苦让人不忍直视。他依然记得她们伸出的手臂，她们紧紧按在玻璃保护罩上的双手，那低沉连续的祈祷声，好似从一个喉咙中发出的、绵延不绝的痛苦呻吟，把整个世界的无望的期盼都给了这个冷冰冰的大理石雕塑。

他回到牛津。盛夏过后，一切都沉浸在惨白和精疲力竭中，气氛焦虑、烦躁，几近压抑。他漫步在各个空荡荡的院子里，在温和的秋日阳光中，石头染上了金色，盛夏最后的装饰品在墙的映衬下依然鲜艳，遇见的人中没有一个是他认识的。对他备受压抑和扭曲的想象力来说，似乎先前的居住者都已经被神秘地驱逐出去，陌生人则如回家的鬼魂一样在灰色的街道上行走，在校园花园的树下坐着。教师公用室里的谈话像是例行公事，有一句没一句的。同事们似乎不愿与他对视。仅有的几个意识到他离开一段时间的老师倒是问了他旅途如何，也只是出于礼貌，丝毫不感兴趣的样子。他感觉自己似乎把在异域所沾染的肮脏带了回来。他回到了自己的城市，自己熟悉的环境，却再一次感受到那种怪怪的、不熟悉的烦躁。他认为这只能称之为孤独。

第一周过后，他给海伦娜打电话。很惊讶地发现自己不仅想听听她说话，而且还希望她能邀请自己。海伦娜一样都没有满足他。她没有试图掩盖在听到他声音时的失望。玛蒂尔达无精打采，不怎么吃食。兽医已经做了检查，她正在等着兽医的电话。

西奥说："整个夏天我都没有在牛津。发生什么事情了吗？"

"发生什么事情了吗，你什么意思？什么样的事情？什么都没有发生。"

"我希望没有发生什么。出去六个月回来了，我担心情况会有所变化。"

"在牛津，情况不会发生变化。为什么要发生变化？"

"我所说的并不是牛津。而是整个国家。我离开的日子里没有得到过消息。"

"哦，没有什么消息。为什么问我呢？一些对社会不满意的人制造了麻烦，仅此而已，多数是谣传。很明显他们炸毁了登船码头，试图阻止'寂灭'。大约一个月前电视新闻广播过一些情况。播音员说有一个组织在计划着放跑犯人流放岛上的所有罪犯，还说他们或许会组织起来从岛上入侵大陆，并要废黜总督。"

西奥说："荒唐。"

"这都是鲁伯特说的。但是像这样的事情，如果不是真的话，他们也不会进行广播。这样只会让人们不安。过去的一切都是那么祥和。"

"他们知道这些不满者是谁吗？"

"我不这么认为。我觉得他们不知道。西奥，我现在得挂断电话。我在等兽医的电话。"

她没有等到西奥说再见，就放下了听筒。

在回来后第十天的清晨，西奥又开始做那个噩梦。可是这一次站在床尾用流血的残肢指着他的不是父亲，而是卢克，而且自己不是在床上，而是在车里，不是在外面的拉斯伯里路上，而是在宾塞教堂的中殿。车窗关着。他可以听见和海伦娜一样的尖叫声。罗尔夫也在场，脸色猩红，用拳头击打着汽车，咆哮着："你杀死了朱利安，你杀死了朱利安！"车前面站着卢克，一言不发地用他流血的残肢指着。西奥动弹不得，人如死一般的僵硬。他听见他们愤怒的声音："出来！出来！"可是他动弹不得。他坐在那里，隔着挡风玻璃，眼睛茫然地盯着卢克指责他的身影，等着车门被强行打开，等着他们把自己从里面拽出来，去面对他独自所犯下的恐怖罪行。

　　噩梦留下了不安的遗迹，随着日子一天天严重起来。他试图把噩梦驱赶开，可是他的生活按部就班，了无生趣，不涉外人，根本不足以填满其脑海。他告诉自己要照常行事，要现出心无牵挂的样子，并告诉自己受到了某种监视。但是没有发现被监视的迹象。他没有收到罕的任何消息，没有收到议会的任何消息，跟外界没有任何交流，没有发现自己被人跟踪。他害怕收到贾斯珀的消息，害怕他重提应该协力的话题。可是自从那次"寂灭"之后，他再没和贾斯珀联系过，贾斯珀也没有打电话过来。西奥恢复了平时的锻炼，从回来两周后的清晨开始，跑步穿过波特草坪往宾塞教堂方向去。他知道去见老牧师问问情况是很不明智的做法，而且他很难给自己解释清楚为什么去宾塞这么重要，也说不清楚自己想得到什么。他迈开惯常的大步跑过波特草坪的时候，有一阵子不由得担心自己会把国家安全警察引到这群人通常的碰面地点。等跑到宾塞教堂的时候，他发现小村庄已经空无一人，于是对自己说这群人不会继续在老地点会面。无论他们去了哪里，他都知道他们处于可怕的危险中。于是他现在和平常一样跑着步，心里各种熟悉而又矛盾的情绪激荡着：生气自己已经卷入其中；后悔自己没能把和议会的会面处理得好一些；害怕朱利安现在已经在国家安全警察手中；沮丧的是自己没有办法联系上她，找不到可以毫无顾忌地谈谈的人。

通往圣玛格丽特教堂的小巷更加凌乱，甚至比他上一次来的时候更加荒芜：头顶上交错的树干阴翳蔽日，使小巷如隧道般凶险。他跑到教堂院子的时候看见拉尸体的车停在教堂外面，两个人正抬着一个简单的松木棺材沿路过来。

西奥问："老牧师死了吗？"

其中一个看都不看他一眼地说："最好是死了吧，毕竟他躺在匣子里。"说着，这个人很熟练地把棺材往车厢里一推，砰的一声关上车门，两个人开着车就走了。

教堂的门开着。西奥走进去，里面空荡荡的，光线阴暗。这里已经有了不可阻挡的腐朽迹象。树叶通过开着的门随风飘进来，这神圣殿堂的地板上满是泥垢，还沾着血样的东西。靠背长凳上积了厚厚的一层灰。从气味判断，很明显有动物（或许是狗）进来过。在圣坛前的地板上有奇怪的印迹，有些模模糊糊的并不陌生。他很后悔来这个神圣之地，于是离开了，如释重负地随手关上厚重的门。不过他什么情报都没有得到，毫无助益。他毫无意义的小小朝圣只是加深了他的无能感和灾难逼近的感觉。

第二十一章

　　那天晚上八点半，西奥听见有人敲门。他当时正在厨房拌色拉充作晚饭，很仔细地把橄榄油和葡萄酒醋按合适的比例调和。和平常晚上一样，他要端着托盘在书房吃饭。托盘里衬着干净的台布，餐巾已经在餐桌上摆放好。羊排在烤盘里放着。红葡萄酒一个小时前已经打开盖子，在做饭的时候，他已经喝了第一杯。他挨个做着这些熟悉的动作，没有热情，也说不上有兴趣。他知道自己需要吃饭。拌色拉的时候不怕麻烦是他的习惯。即便手里做着熟悉的准备工作，他脑子里想着的也是所有这些都是无关紧要的。

　　玻璃门外面是露台，有台阶通向花园。他把玻璃门的帘子拉上，与其说是保护隐私——这是非常没有必要的——不如说是因为他习惯于遮住夜色。除了他自己发出的细微声响之外，周围是完全的寂静，房子空荡荡的楼层像切实的重量一样压在他身上。他把杯子举到唇边，就在这个时候，他听见一下敲门声。声音很轻但是很急切。在玻璃上敲了一下之后很快又是三下，像是暗号那样毋庸置疑。西奥拉开帘子，看到一张脸紧紧贴在玻璃上，只能看个大概。肤色很黑。他凭直觉而不是用眼看知道这是玛丽亚姆。他拉开两个门闩，打开门。玛丽亚姆立刻闪身进来。

她没有浪费时间寒暄，直接说："你一个人吗？"

"是的，怎么啦？发生了什么事？"

"他们抓住了加斯科因。我们现在在逃跑。朱利安需要你。她亲自来这里不方便，派我过来了。"

面对玛丽亚姆的激动和半压抑着的恐惧，西奥很奇怪自己竟然如此冷静。不过，玛丽亚姆的到来虽在意料之外，却似乎自然而然地把一周来不断积累起来的焦虑推向了高潮。他知道会有不愉快的事情发生，知道会有人对自己提出非同寻常的要求。现在召唤来了。

西奥没有作答。玛丽亚姆接着说："你告诉朱利安在需要你时来找你。她现在需要你。"

"他们现在在哪里？"

玛丽亚姆停了一会儿，似乎还在想告诉西奥是否安全。过了一会儿她说："他们在斯文布鲁克外面的威德福德的一个小教堂里。我们开着罗尔夫的车，不过国家安全警察会知道车牌号码。我们需要你的车，我们也需要你。我们必须在加斯科因屈打成招告诉他们名字之前逃掉。"

他们都知道加斯科因不会被屈打成招。身体折磨这种粗暴的方式根本没有必要。国家安全警察有必要的药品和知识，足够残酷无情以动用它们。

于是西奥问："你是怎么过来的？"

玛丽亚姆很没有耐心地说："骑自行车。我把车放在你后门的外面。后门锁着，不过幸运的是你的邻居把垃圾桶丢在了外面。我翻墙过来的。你看，根本没有时间吃东西。你最好拿上你手边的食物。我们带有一些面包、奶油、几罐罐装食品。你的车在哪里？"

"在普西巷的车库里。我去拿外套。柜橱门后面挂着一个袋子。食品储藏室在那边，看看有什么吃食可以带上。你最好把酒瓶子重新盖住，也带上。"

西奥上楼去拿厚外套，然后又爬了一段楼梯来到一间靠后的小房间里，把日记本塞进硕大的内口袋里。这个动作是下意识的，如果追究原因，他自己都说不明白。日记并非明显的定罪依据，他已经很小心地防止了这种情况。他预先并不知道要告别日记所记载的生活和这座回声萦绕的房子，而不是仅仅离开几个小时。如果知道这次出门是长期漂泊生活的开始，他还有更有用、更有价值、更有意义的护身符可以往口袋里放。

玛丽亚姆对西奥最后的催促根本没有必要。西奥知道，时间很短暂。如果他打算见到这群人并和他们讨论如何最大限度地利用自己对罕的影响力，尤其是如果他想在朱利安被捕之前见到她，那么他都必须放弃任何不必要的耽搁，赶紧上路。一旦国家安全警察知道这群人已经开始逃跑，就会把注意力投向他。他的汽车是登记备案的。没吃完的饭菜即便是有时间扔进垃圾桶，也足以说明他离开得很匆忙。他急于见到朱利安，对自己的安危再也没有了担忧。他依然是国家议会的前顾问。在英国有一个人有着绝对的权力、绝对的权威和绝对的控制，而他是这个人的表弟。甚至国家安全警察最终也无法阻止他见到罕。不过他们可以阻止他见到朱利安，这至少在他们的权限之内。

玛丽亚姆拿着一个鼓囊囊的大手提袋，正站在前门处等西奥。西奥打开门。玛丽亚姆示意他后退，自己把头贴着门柱迅速地朝两边看了看，然后说："看起来没人。"

天肯定下雨了。道路由灰色石头铺成，路边停放的汽车车顶被雨水打得斑驳陆离。空气新鲜，夜色黑暗，街灯在它们顶上投下微弱的亮光。街道两侧的窗帘都闭合着，只有一个方形的高窗射出光亮。西奥看见这家窗户有黑色的人影在走动，听见了微弱的音乐声。突然屋子里的人把音量调大，灰色的街道上立刻涌动着四重唱的歌声，混合有男高音、男低音和女高音，甜美，动人心弦。肯定是莫扎特的歌剧，尽管西奥不知道歌剧名。这活泼的时刻把西奥带回到三十年前上大学时初识的这条街道，让他想起了在这里住过又走掉的朋友们，想起了夏夜里敞开的窗户、年轻的呼唤声、音乐以及笑声，让他不由得怀旧和悲叹。

除了涌动着的美妙歌声之外，没有监视的眼睛，没有人的迹象，但是西奥和玛丽亚姆沿着普西大街走得很快、很安静。他们低着头，谁都没有说话，就好像即便是轻声细语或者是脚步略重都会唤醒街道，让它喧闹起来。这样走了有三十码远，他们转向普西小巷。玛丽亚姆等着，依然默不作声。西奥打开车库，发动罗孚汽车，然后给她打开车门。玛丽亚姆飞快地钻进车内。西奥沿着伍德斯托克路行驶，不过很小心地把车速控制在限速内。等来到城外时西奥才说话。

"他们什么时候抓住加斯科因的？"

"大约两小时以前。他当时正在肖勒姆放置炸药，准备炸掉一个登船码头。那里要举行一次'寂灭'。国家安全警察已经在那里等着他了。"

"不奇怪。你们一直在破坏登船码头，他们当然要守着。这么说他们抓住他已经两个小时。我很惊讶他们怎么还没有来抓你们。"

"他们或许要把他带回伦敦后再审讯。我不认为他们很着急。我们没有那么重要。不过他们会过来的。"

"当然。你们怎么知道加斯科因被抓住的？"

"他打电话把他要干的事说了。这是他个人的想法，罗尔夫并没有授权。事情做完后我们通常会打个电话，而这次他没有打。卢克去了他在考利的住处。国家安全警察已经搜查过——至少女房东说有人搜查过了。很明显，这些人就是国家安全警察。"

"卢克去他的住处是不明智的。他们有可能在等着抓他。"

"我们所做的一切都不是明智的，只是必须要做而已。"

西奥说："我不知道你们希望我做什么，但是如果你们想让我帮忙，你们最好把你们自己的情况告诉我。除了名字之外我对你们一无所知。你们住在哪里？你们做什么工作？你们怎么碰面？"

"我会告诉你，不过我看不出这有什么重要的，你为什么要知道？加斯科因是——过去是一位长途货车司机。这是罗尔夫招募他的原因。我认为他们是在一家酒馆里相识的。他可以把我们的宣传页散发到整个英格兰。"

"一个擅长爆破的长途司机。我看得出他的用处。"

"他爷爷教给他炸药知识。他爷爷曾是军人，两人关系很近。他没有必要成为专家。炸掉一个登船码头或其他什么东西没有什么复杂的。罗尔夫是一位工程师。他在供电部门工作。"

"除了不太有效的领导之外，罗尔夫对整件事的作用是什么？"

玛丽亚姆没有理会西奥的讥讽，接着说："你知道卢克。他原先是一位牧师。我认为他现在还是。在他看来，曾经为牧师，终生为牧师。他没有教区，因为剩下的教堂中没有多少想要他这种基督教流派。"

"他是什么流派？"

"教堂在20世纪90年代已经废弃的那种。老版的《圣经》，老式的祷告书。如果有人要求的话，他偶尔也主持礼拜仪式。他现在受雇于植物园，正在学畜牧养殖。"

"罗尔夫为什么要让他加入？因为他给这个组织提供了微乎其微的精神安慰？"

"朱利安想要他。"

"你呢？"

"你了解我。我是一位助产妇。这是我一直以来想做的工作。末日之年之后，我在黑丁顿的一家超市找了一份收银的工作。现在我经营着这家超市。"

"在'五条鱼'中，你做什么？往早餐燕麦片袋子里塞宣传页？"

玛丽亚姆说："哦，我是说过我们并不明智，但没有说我们会胡干。如果我们不小心，如果我们像你想的那样的无能，我们不会坚持这么长时间。"

西奥说："你们能坚持这么长时间是因为总督想让你们这样。几个月前他本可以把你们抓起来。他没有抓是因为你们逍遥法外比被囚禁起来更有用处。他不想要殉道者。他想要的是国内有威胁良好公共秩序的假象，这样有助于维护他的权威。所有的暴君都时不时地需要来点这个。他所要做的是告诉民众，有一个秘密的组织打着民主的幌子骗人，但是其真正目的是关闭犯人流放地，把上万名犯罪的精神病疏散到这个老龄化社会，把所有的旅居者都送回家，让垃圾没人收集、街道没人打扫，最终推翻国家议会和总督本人。"

"人们为什么会相信这个？"

"为什么不信？你们五个中，你或许乐于做所有这些事情。罗尔夫当然乐于做最后那件。在不民主的政府通知下，煽动性的异见不可能会被接受。我知道你们把自己称为'五条鱼'。你还是把你们的代码告诉我为好。"

"罗尔夫是'Rudd（罗德鱼，即赤睛鱼）'，卢克是'Loach（卢刺鱼，即泥鳅）'，加斯科因是'Gurdon（加登鱼）'，我是'Minnow（玛丽诺鱼，即米诺鱼）'。"

"朱利安呢？"

"我们在她的名字上遇到了麻烦。我们只能找到一种首字母是J的鱼，John Dory（朱利鱼）。"

西奥费了点劲才没让自己大笑起来，说："这样有什么意义？你们已经告知全国人民你们把自己称为'五条鱼'。我猜想罗尔夫给你打电话的时候会这样说，'我是赤睛鱼，请米诺鱼接听。'你们希望就算是国家安全警察在窃听，也只会为难地扯头发和啃地毯？"

玛丽亚姆说："好了，你的意思已经心领。我们实际上并不用这些名字，不管怎么说不经常用。这只是罗尔夫的一个想法。"

"我想着就是他的主意。"

"好了，省掉所有这些目空一切的言辞，行吗？我们知道你很聪明，而且知道挖苦是你向我们展示聪明的方式，但是我眼下无心欣赏。而且不要同罗尔夫树敌。如果你真的在乎朱利安，平息一下，好吗？"

接下来的几分钟里，他们一声不吭地开着车。西奥瞟了玛丽亚姆一眼，发现她正用一种几近紧张的神情盯着前方，就像知道前面埋有地雷一样。她抓着袋子的手握得紧紧的，关节处发白。对西奥来说，从她身上涌动出来的激动情绪似乎触手可及。她已经回答了他的问题，可是她的心却在别处。

过了一会儿，她再次开口。当她叫西奥名字的时候，那种不期的亲密让西奥不由得微微一震。"西奥，有件事我要告诉你。朱利安说我们不上路就不让我告诉你。这不是测试你的信任。她知道如果她派人找你你就会过来。但是如果你不来，如果有什么重要的事情阻止你来，或是你不能来，那么我就不会告诉你。因为那样没有任何意义。"

"给我说什么？"西奥盯着玛丽亚姆看了好一会儿。她眼睛依然盯着前方，嘴唇无声地蠕动着，似乎在找词。"玛丽亚姆，告诉我什么？"

玛丽亚姆依然没有看他，说："你不会相信我。我没想要你相信我。你不相信我无关紧要，因为三十多分钟后你自己就能看到真相。只是不要争论。我这会儿应付不了抗议和争论。我不打算说服你，朱利安会说服你的。"

"那就告诉我吧。我会决定要不要相信你。"

这个时候玛丽亚姆转过头来，看着他。她说话的声音压过了引擎的噪音："朱利安怀孕了。这就是她需要你的原因。她要生孩子了。"

一片沉寂。起初，西奥心不由得一沉，满是失望，继而是生气，继而是反感。让人反感的是朱利安竟然能说出如此自欺欺人的胡话，玛丽亚姆竟然能愚蠢到与她沆瀣一气。在宾塞，他第一次，也是唯一一次见到玛丽亚姆，时间虽然不长，可是西奥已经喜欢上了她，觉得她理智、聪明。西奥不喜欢自己对一个人的判断出现如此偏差。

过了一会儿，西奥说："我不会争论，但我不会相信你。我并不是说你在有意撒谎，我相信你认为这件事是真的。可是不是真的。"

毕竟，这曾是一种很常见的妄想。在末日之年之后的最初几年里，全世界的女人都认为自己怀孕了，表现出怀孕的征兆，走路挺着大肚子——西奥曾见过这样的女人在牛津的大街上走过。这些女人为生产做准备，甚至出现假性分娩症状，呻吟着，脸部扭曲，除了憋出肠气和痛苦之外什么都没有生出来。

五分钟之后西奥说："你相信这个故事多长时间了？"

"我说过不想讨论这个。我说了你要等着。"

"你说过不让我争论。我不是在争论。我只是在问一个问题。"

"自从胎儿进入胎动期就相信了。朱利安到那个时候才知道。她怎么可能知道呢？她告诉了我，我确认是怀孕。我是一个助产师，还记得吗？在过去的四个月里，我们认为除非必要，不碰面是明智之举。如果我能多见她几次的话，我就可以早些知道。就算过了二十五年，我依然能看出来。"

西奥说："如果你相信这件——这件难以相信的事情，那么你是很平静地接受的。"

"我有时间来接受这件光荣的事情。现在我更在乎的是怎么去生。"

一阵沉默。接下来玛丽亚姆又开口说话，似乎有的是时间回忆："末日之年我27岁，在约翰·拉德克利夫医院的产科工作。那个时候我在产前门诊部。我记得在和一位产妇约定下次会诊时间的时候，突然发现那一页里过去的七个月都是空白。没有一个名字。女人们通常在第二次月经不来的时候就会来登记，有的甚至错过一次就登记。没有一个名字。我不由得想，这个城市的男人们是怎么了？然后我给一个在夏洛特皇后医院工作的朋友打电话。她说出了同样的情况。她说她会问问在剑桥罗西妇产科医院工作的人。二十分钟后她给我回电了，那里的情况也一样。那个时候我知道，自己肯定是最初知道的人之一。终结时我在，现在开始时我也会在。"

这时他们正进入斯文布鲁克。西奥车开得很慢，并把前照灯调暗，好像这些防范措施可以使他们隐身。可是村里空无一人。苍白的半月高悬，天空如同抖动的蓝灰色丝绸，几颗明亮的星星在闪烁，好似丝绸上的小孔。夜色没有他预料的那么黑，空气平静，弥漫着一股甜馨的青草气息。在苍白的月光中，圆润的石头散发出一种微弱的光芒，在空气中弥漫。他可以清楚地辨识出房子的轮廓，高高的斜坡屋顶和悬挂着花的院墙。任何的窗口都没有光亮，村子沉浸在无人的寂静中，如废弃的电影布景一般：表面上坚固、恒久，其实沉不了多少时日，刷过漆的墙只用木棍支撑着，掩盖了演职人员留下的正在腐烂的废弃物。西奥有一阵子不由得想，他只要往墙上一靠，墙体就会轰然倒塌，成为一摊碎石膏和折断的短棍。这里的一切都是他熟悉的。即便是在似真似幻的灯光中，他也能辨识出这些地标：池塘，池塘边上的小块绿地和上方的擎天大树，周围的场景，以及通往教堂的狭窄小巷的入口。

在上大学一年级的时候，西奥和罕曾经来过这里。那是六月下旬酷热难耐的时节，牛津发烫的人行道上拥挤着游客，平静的院落里人进人出，空气中一股汽车尾气的难闻气味，到处是高声说着异域语言的声音，那里成了一个他们需要逃离的地方。一天，两人沿着伍德斯托克路开着车，心里并没有明确的目的地。就是这个时候西奥想起来自己想去看看威德福德的圣奥斯沃尔德小教堂。这个目的地和别的地方没有两样，但令人高兴的是，出行有了一个目的。于是两人朝斯文布鲁克开去。在记忆中，那一天让人联想起的是一派可以完美代表英国夏季的场景：天空湛蓝，没有一丝云彩，连绵的峨参花朵如轻雾，空气中弥漫着被割下来的青草的气息，疾驰的风撕裂着他们的头发。那一天还让人联想起其他的东西，跟夏天不同，这些东西更为短暂，已经永远地消逝了：青春、自信、快乐和爱的希望。他们当时并不匆忙。在斯文布鲁克外面正在进行一场乡村板球比赛，他们把车停下，坐在石墙后面的草岸上观看、评判、鼓掌。西奥现在停车的地方靠近池塘，他们当年也把车停在这儿，他和玛丽亚姆现在走的路线也是当年他们走过的那条，经过老邮局，沿着窄窄的石子路往村庄教堂走，路两边是青藤覆盖的高墙。教堂里当时正在举行洗礼。一队村民正沿着小路往教堂走，队伍不长，父母在最前面。妈妈怀里抱着的婴孩包着白色荷叶边的洗礼袍，女人们都戴着有花的帽子。那位父亲穿着紧身的蓝灰色套装，有点不自在，一直在出汗。西奥记得，当时的想法是这样的场景是永恒的，有一阵子，他出于消遣而回想着早些时期的洗礼仪式，衣服不同，但是乡民们兼有严肃庄重和期盼喜悦的脸却如出一辙。他当时想起的——正如他现在所想起的——是时间的流逝，公正无私，不可饶恕，不可阻止。可是他当时的想法是一种智力活动，不涉及痛苦和怀旧，因为对一个十九岁的人来说，时间在眼前无限展开，似乎是永恒的。

这个时候，西奥回身去锁车，嘴里说："如果见面的地方是圣奥斯沃德小教堂，那么总督知道这个地方。"

玛丽亚姆的回答很平静："可是他不知道我们在这里见面。"

"加斯科因一开口说话他就会知道。"

"加斯科因也不知道。这是一个只有罗尔夫自己知道的备用见面地点，为的是防止我们中间有人被抓。"

"他把车停在什么地方？"

"避开大路的某个隐蔽处。他们最后一英里是走过去的。"

西奥说："穿过坑坑洼洼的田地，而且在黑暗中。这可算不上是个可以快速逃跑的好去处。"

"算不上，不过这里地处偏远，没人来，而且教堂总是开着门。没有人知道我们在这里，我们也用不着担心需要快速逃跑。"

可是西奥心里不由得想，肯定能找到比这更合适的地方，不由得再次对罗尔夫的计划和领导能力心生怀疑。鄙视起了安抚作用，西奥心里说："他长相不错，有某种粗暴的蛮力，却没有多少脑子，是一个野心勃勃的野蛮人。她怎么会嫁给他？"

两人来到小巷尽头，左拐上了一条泥土和石子铺就的小路，两侧是青藤覆盖的墙。他们穿过牛栅栏走到田野里。然后走下坡，向左来到一座低矮的民房前。西奥不记得以前见过这座房子。

玛丽亚姆说："房子是空的。所有的村民现在都离开了。我不知道为什么有的地方比其他的地方更容易发生这种事情。也许是因为一个或两个主要人家离开，其他人害怕，于是跟着离开。"

田野里崎岖不平，杂草丛生。他们走得很小心，眼睛不离地面。时不时地两人中就会有人跌倒，另一个则赶紧伸手来扶。玛丽亚姆照着手电筒，在光线中寻找着并不存在的路。在西奥看来，他们像一对很老的夫妇，是废弃村庄最后的居民，出于倔强或者古老的需求想在圣地死去，于是穿越最终的黑暗，走向圣奥斯沃尔德小教堂。西奥的左边田野伸展开来，一直延伸到高高的篱笆墙边。他知道篱笆墙外面是温德拉什河。就在这里，他和罕在看了教堂之后，侧身躺在草地上看缓缓流动的水流中疾驰跳跃的鱼儿。后来两人仰面朝天躺下，透过头顶的银色树叶看湛蓝的天空。他们带了酒，在路上买了草莓。西奥发现自己能回忆起他们说过的每一句话。

罕往嘴里丢了一个草莓，然后扭过身去拿酒："亲爱的伙计，这太有《故园风雨后》[1]的感觉了。我需要一个泰迪熊。"然后，语气都没变一下说："我在想着参军。"

"罕，究竟为什么？"

"没有特别的原因。至少不会无聊吧。"

"会非常无聊的，除了那些喜欢跋涉和运动的人之外，而你对这两样从来都不喜欢。你只喜欢板球，而那很难称得上是一种军队项目。他们玩得很野，那些军人。再说，他们不一定会要你。军队人数现在很少，我听说他们要人很挑剔。"

"哦，他们会要了我。然后我就会涉足一下政治活动。"

---

[1] 《故园风雨后》：一部电影，改编自著名作家伊夫林·沃的小说，20世纪80年代被搬上荧屏后曾大获成功。故事以主人公查尔斯的视角展开，描写了伦敦近郊布赖兹赫德庄园一个天主教家庭的生活和命运。

"更无聊。你从来没有表现出一点对政治的兴趣。你没有政治信仰。"

"我可以学。再怎么样也不会和你为自己设想的那样无趣。你当然会拿到第一学位；然后贾斯珀会给自己最喜欢的这位学生找一份研究工作。然后就是惯常的职权任命，在红砖建成的虚无中坐满任期，出版论文，偶尔出些有深度的书，受到人们满是敬意的阅读。然后带着研究员职位返回牛津。如果你幸运的话会进入众灵学院，进不了的话就会终身教那些因为轻松而选择历史的本科生。哦，我忘了。你还会有一个合适的妻子，很聪明，可以在晚餐桌上差强人意地和你谈论，但不至于聪明到和你竞争。在北牛津有一套按揭的房子，还有两个聪明、累人的孩子。孩子们会重复你的生活模式。"

嗯，他多数都说对了，除了聪明的妻子和两个孩子那部分。他在那次似乎很随意的谈话中所说的一切，是否也是计划的一部分呢？他说得对，军队要了他。他成了150年来最年轻的上校。除了深信自己应该拥有想要的东西以及只要伸手总能成功之外，他依然没有政治上的忠诚，也没有其他深信不疑的东西。末日之年以后，整个国家的人都陷入一种冷漠中，没有人想工作，各种服务几近终止，犯罪无法控制，所有的希望和雄心都永久地消失。英格兰成了等待他采摘的熟李子。这个比喻太过陈腐，可是没有比这个更准确的说法了。果子挂在那里，熟了，要烂掉了；罕只需伸出他的手。

西奥想把过去从脑子里清除出去，可是那个最后的夏天的声音回荡在他的脑海中，即便是在这个寒冷的秋天的夜晚，他依然能感受到那天的阳光照在后背上。

现在小教堂就在他们面前：圣坛、中殿以及中间的角楼。和西奥第一次见到时一个样，小得让人难以置信，像是一些恣意妄为的自然神主义者当作孩子的玩物建成的。走近门口的时候，西奥突然生出一股不情愿的情绪，不由得止住脚步，心里第一次涌动起对于自己将要看到的事物的好奇和焦虑。他无法相信朱利安已经怀孕，这不是他来这里的原因。玛丽亚姆或许有接生经验，但是她已经二十五年没有接触过，而且有很多医学表征都很像怀孕。而有些是非常危险的——会不会因为玛丽亚姆和朱利安被希望蒙蔽而没有注意到这是一个恶性肿瘤呢？末日之年后的最初几年里已经有足够多的悲剧，几乎像假妊娠那样常见。他不想认为朱利安是轻信的傻子，更不愿知道她可能是得了绝症，这让他感到害怕。他有点恨自己的操心，恨自己对她念念不忘。可是还有别的什么能把他带到这个穷乡僻壤吗？

玛丽亚姆用手电筒扫了一下门，然后把手电筒关掉。她轻轻一推，门很容易就打开了。小教堂里很黑，可是那群人已经点燃了八根蜡烛，一字排开摆在圣坛前。西奥不由得想这些蜡烛是罗尔夫提前偷偷准备好的还是其他曾经在此稍作逗留的人留下的。烛光在开门所带进来的风中摇曳着，很快稳定下来，光线如牛奶般温和，在石头地面上和未抛光的木头上投下影子。起初西奥以为小教堂里没人，接着看见三个黑黑的脑袋从其中一个厢座里伸出来。这些人朝着狭窄的过道走来，然后站定，看着他。他们都是出行的打扮：罗尔夫戴着一顶布列塔尼帽，穿着宽大的破旧的羊皮夹克；卢克穿着破旧的黑外套，戴着厚手套；朱利安披着一件几乎拖曳到地面的斗篷。在朦胧的烛光中，他们的脸庞是模糊、柔和的。没有一个人说话。这个时候卢克转过身，拿起一根蜡烛高高举着。朱利安朝西奥走过来，直直地看着他的脸，微笑着。

朱利安说："是真的，西奥，你摸。"

斗篷下面，朱利安上身是工作服，下身是肥腿裤。她拉起西奥的右手，引着它伸到棉质的工作服下面，裤子的松紧带被一下子撑紧。隆起的肚皮摸起来紧绷绷的，他生出的第一个念头是好奇：在衣服的包裹下，隆起这么高的肚子竟然看不出来。首先是她的皮肤，撑得紧紧的，却如丝般光滑，手放在上面感觉微凉，温暖却不知不觉地通过他的皮肤传到她的皮肤上，让他再也感觉不到区别。在他看来，他们的肉体已经合二为一。就在这个时候，他的手挨了痉挛似的一踢，差点被弹开。朱利安大笑起来，快乐的笑声四散开来，充满整个教堂。

"听，"朱利安说，"听心脏在跳动。"

对西奥来说跪下来更容易些，于是他跪了下来，很自然地，并没有想着表现敬意，只知道跪下来是对的。西奥用右胳膊环住她的腰，耳朵贴在她的肚子上。他听不见心脏的跳动声，可是他能听见并感知到孩子在动，感知到孩子的生命。情绪如一阵浪潮般从西奥的心里涌起，激荡着敬畏、激动和恐惧，猛烈地击打着他，将他吞没。随后，浪潮撤去，留下他筋疲力尽，虚弱不堪。就这样他跪在那里，无法移动，身体轻微地支撑在朱利安的身体上，让她的气息、她的温暖以及她的精髓都渗进自己的身体中。后来，西奥挺直身体，站了起来，才意识到大家都在看着他。不过依然没有人说话。西奥希望他们走开，自己好领着朱利安走进夜的黑暗和寂静中，让他们成为其中的一部分，一起站在那里。可是他知道自己必须开口，而且需要动用自己所有的劝说能力。话语也许还不足够。他需要以意志应对意志，以激情应对激情。他能够动用的只有理性、论据和智慧，他已经把终身的信念都寄托在它们身上。曾经让他最自信和确定的这些天赋现在却让他觉得那么脆弱和不够充分。

他抽身离开朱利安，对玛丽亚姆说："把手电筒给我。"

玛丽亚姆把手电筒递给他，没有说一句话。西奥打开手电筒，挨个在这些人脸上扫过。他们都盯着他看：玛丽亚姆微笑着，眼睛里有探寻；罗尔夫愤愤不平却不无得意；卢克的眼睛里充满绝望和乞求。

最先开口说话的是卢克："西奥，你看，我们必须离开，我们必须保证朱利安的安全。"

西奥说："你们并不能通过逃跑保证她的安全。这件事改变了一切，改变的不仅是你们，而且是整个世界。朱利安和孩子的安全现在是最重要的。她应该在医院里。给总督打电话，要么让我打。一旦这个消息透露出去，就不会有人再去想煽动性的宣传册和不满言论。说实话，议会、整个国家以及世界上的重要人物都将会只关注一件事情：这个孩子的安全出生。"

朱利安把她残疾的手放在他的手上面，说："请不要逼迫我。我不想生孩子的时候有他在身边。"

"他没必要亲自到场。他会做你所要求的事情。所有人都会按你的意思做事。"

"他会在那儿。你知道他会在那儿。孩子出生时他会在那儿，而且他会一直在。他杀死了玛丽亚姆的弟弟；他现在正要杀死加斯科因。如果我落到他手里就再也逃不出他的手掌。我的孩子也逃脱不掉。"

西奥不由得想，她和她的孩子怎样可能逃脱罕的手掌？她要把孩子永远当成一个秘密吗？于是说："你得先为你的孩子着想。想过出现并发症、大出血的情况吗？"

"不会出现这种情况。玛丽亚姆会照顾我。"

西奥扭头对着玛丽亚姆说。"玛丽亚姆，给她讲讲。你是专业人员。你知道她应该在医院。难道你在想着你自己？这是你们所有人的想法吗，只想着你们自己？你们自己的荣光？这将会是一件大事，对吧？如果孩子能生下来，你将成为给新生的第一个人类接生的助产妇。你不想与人分享这种荣耀，哪怕要分出去一小部分你都害怕。你想成为唯一一个看着这个奇迹般的孩子降生到世界上的人。"

玛丽亚姆很平静地说："我接生过二百八十个孩子。他们似乎都是奇迹，至少在出生的时候是这样。我想要的只是母子平安无恙。我不会把一个怀孕的人交到英格兰总督的手里。是的，我更想在医院里接生孩子，可是朱利安有权利做决定。"

西奥转向罗尔夫。"这位父亲会怎么想？"

罗尔夫很不耐烦："就算我们站在这儿说得时间再长些，也不会有决定。朱利安是正确的。她一旦落入总督手里，他就会把控一切。孩子出生时他会在场。他会把这个消息向全世界公布。他会亲自在电视上把我的孩子展示给整个国家看。这该由我来做，而不是他。"

西奥心里不由得想：他认为自己在支持妻子。而他真正在乎的是赶在罕和议会知道朱利安怀孕前让孩子安全出生。

愤怒和受挫感使西奥说出的话很不好听："真是疯了。你们不是一群孩子，有了新玩具可以一个人留着，一个人把玩，不让他人沾边。这个孩子的出生关系到整个世界，而不仅仅是英国。这个孩子属于全人类。"

卢克说："这个孩子属于上帝。"

西奥扭向他："上帝！我们难道不能在理性的基础上说这件

事？"

这次是玛丽亚姆开口。她说："孩子属于它自己，但是它的妈妈是朱利安。到孩子出生以及在出生后的一段时间里，孩子和母亲是一体的。朱利安有权利决定在哪里生产。"

"哪怕这意味着孩子有危险？"

朱利安说："如果我生孩子的时候总督在场，那么我和孩子都会死。"

"荒唐。"

玛丽亚姆平静地说："你想冒风险吗？"西奥没有回答。玛丽亚姆等了一会儿，然后又强调说："你打算负起这个责任吗？"

"那么你们的计划是什么？"

回答的是罗尔夫："找一个安全的或尽可能安全的地方。一座空房子，一间小屋，任何可以让我们住上四个星期的地方。需要在地处偏远的乡村或森林里。我们需要食物、水，还需要一辆车。我们唯一的一辆车是我的，他们会知道车牌号。"

西奥说："我的车我们也不能使用太长时间。国家安全警察或许现在已经在圣约翰街。整个事情是没有结果的。一旦加斯科因张口——他会张口的，他们不需要折磨，他们有药——一旦议会知道怀孕的事情，他们就会来抓捕你们。在他们找到之前，你们认为可以跑多远？"

卢克的声音平静，很有耐心。他像是在给一个不太聪明的孩子讲解当前的形势："我们知道他们会来。他们一直都在找我们，而且他们想把我们毁掉。可是他们不会很快就过来，开始时可能不会费太大劲。你知道，他们不知道孩子的事情。我们没有告诉加斯科因。"

"可是他是你们中的一分子，是这个群体的一部分。他难道不会猜？他有眼睛，难道他不会看？"

朱利安说："他31岁，很可能没见过怀孕的女人。过去25年里没有人生育过。他脑子不可能会想到这个。在露宿营里我接触过旅居人，他们也没有往这方面想。除了我们五个之外，没有人知道。"

玛丽亚姆说："而且朱利安胯部宽，怀孕的部位靠上。如果你没有摸过，感觉到过胎动的话，你也不会想到。"

西奥心里想，这么说他们并不相信加斯科因，至少在这个最有价值的信息上不相信他。他们认为加斯科因不值得知道这个。那个强壮、简单、体面的男人，在西奥初次见到他的时候，认为不动声色的他是这群人可靠的主心骨。如果他们相信他的话，他就会服从命令，就不会尝试着搞破坏，就不会被抓住。

罗尔夫似乎看透了西奥的心思，说："这是为了保护他和我们自己。知道的人越少越好。我当然必须告诉玛丽亚姆，我们需要她施展技能。然后我们告诉了卢克，因为朱利安想让他知道。跟他是个牧师有点关联，也有一定的迷信因素。我们认为他会给我们带来好运。这不是我的主意，可是我还是告诉了他。"

朱利安说："是我告诉卢克的。"

西奥不由得想，派人去叫自己或许也有违于罗尔夫的意愿。朱利安需要他，而她想要的他们都会尽量满足。可是这个秘密一旦揭开，自己就不可能再无视。他或许想着逃脱义务，现在却无法做到假装不知情。

卢克的声音里第一次有了急迫感："在他们到来之前咱们还是走吧。我们可以用你的车。我们可以在路上接着讨论。你有时间和机会来说服朱利安，让她改变想法。"

朱利安说："西奥，和我们一起吧。请帮帮我们。"

罗尔夫不耐烦地说："他别无他选。他知道得太多。我们现在不能放他走。"

西奥看着朱利安。他想问："这就是你和你的上帝选择给世界繁衍后代的人吗？"

西奥于是冷冷地说："看在上帝的份上，不要威胁。你可以把任何事情，甚至是这件事，看成廉价的故事片。如果我和你们走，是因为我选择这样做。"

第二十二章

　　他们一个接一个吹灭蜡烛。小教堂又陷入无边无际的寂静中。罗尔夫关上门。在他的领导下，大家开始小心地在田野里跋涉着。罗尔夫拿着手电筒，小小的光亮如鬼火般在厚实的棕色草丛上游走，有时会如小型探照灯一样照在一株颤抖的花或成片的雏菊上，映得它们亮如纽扣。在罗尔夫后面是并行的两个女人，朱利安把胳膊支在玛丽亚姆的胳膊上。卢克和西奥殿后。他们没有说话，可是西奥知道卢克很高兴和自己在一起。令他心生兴趣的是，自己有着如此强烈的情感，心中好奇、激动和敬畏涌动着，与此同时却能观察和分析着这些情感对行动和思想的影响。还令他感兴趣的是，在这些情感激荡中，自己竟然还会生气。自己进退两难，事关重大，而生气则无足轻重、无关紧要。可是整个境况就是个矛盾。目的和手段可以如此不相配吗？如此重大的事情竟然由如此不堪一击、准备不充分的人来做，有过这样的先例吗？不过他没有必要成为其中一员。他们没有武装，不可能用暴力控制着他。而且他还拿着自己的车钥匙。他可以跑掉，给罕打电话，让这一切都结束。可是如果他这样做的话，朱利安就会死。至少她认为自己会死，而且这种想法可能强大到足以杀死她和她的孩子。他已经对一个孩子的死负有责任。这已经够了。

当他们最终来到西奥停罗孚车的池塘和绿地的时候，西奥有点希望车已经被国家安全警察包围住：黑色的身影一动不动，眼神冰冷，端着枪。可是村子和他们刚到的时候一样荒凉。等大家走到车前的时候，西奥决定再尝试一次。

他转向朱利安，说："无论你怎么看总督，无论你怕什么，都要让我现在给他打电话。让我和他说说。他不是你所想的那种魔鬼。"

回答他的是罗尔夫很不耐烦的声音："你难道还没有放弃？她不想要你的保护。她不相信你的承诺。我们会按计划行事，尽可能远地逃离这里，找个住处。我们会偷所需的吃食，一直到孩子出生。"

玛丽亚姆说："西奥，我们没有选择。在某个地方肯定有我们的容身之处，或许是森林深处的一座废弃的小屋。"

西奥脸对着她："很有田园风情，是吧？我可以给你们描画一下。在某个遥远森林的空地上有一个舒适的小木屋，你们可以烧木材，烟从烟囱里冒出来，你们有水源清洁的水井，周围到处是兔子和鸟儿，等着你们伸手去捉，后花园里储存着蔬菜。或许你们还会找到几只鸡和一只产奶的山羊。毫无疑问，先前的主人还会乐于助人地在棚子里留下一辆婴儿车。"

玛丽亚姆定定地看着西奥，语气平静而坚定地说："西奥，我们没有选择。"

西奥也没有选择。在他跪在朱利安脚边，感受着胎儿在他手下蠕动的那一刻，他和他们就不可逆转地连接在一起了。而且他们需要他。罗尔夫可能恨他，可依然需要他。要是到了万不得已的地步，他可以向罕说情。如果他们落入国家安全警察之手，西奥的话他们还是愿意听的。

西奥从兜里拿出车钥匙。罗尔夫伸出手去要。西奥说："我开车。你可以选择路线。我开车的时候你可以看地图。"

顺口说出嘲讽话很不明智。罗尔夫的声音很平静、可怕："你鄙视我们，是吗？"

"不是，我为什么要鄙视你们？"

"你不需要原因。除了你那一类人，除了那些和你有着同样的教育、同样的优势和选择的人之外，你鄙视所有人。加斯科因比你强一倍。你一生干成过什么？除了谈谈过去之外你做过什么？怪不得你选择博物馆作为见面的地方。你在那些地方才会感到自在。加斯科因一个人就可以炸掉一座登船台，阻止一场'寂灭'，你能吗？"

"用炸药吗？弄不了。我承认这不在我的成就之列。"

罗尔夫模仿着他说话的声音说："'我承认这不在我的成就之列'！听听你说的话。你根本就不是我们的一员，你从来都不是。你没有勇气。而且不要认为我们真的需要你。不要认为我们喜欢你。你在这是因为你是总督的表弟。这也许会有用处。"

他用的是复数的"我们"，但他们两个都明白他指的是谁。西奥说："你这么敬佩加斯科因，那你为什么不把秘密告诉他？如果你把孩子的事情告诉他，他就不会不服从命令。我可能不是你们中的一位，但是他是。他有权利知道。你对他的被捕负有责任。如果他死了，你将对他的死负有责任。如果你心怀愧疚，不要责怪我。"

西奥感觉到玛丽亚姆的手放在自己的胳膊上。她语气平静却不无威严地说："西奥，冷静一下。如果我们吵架，我们就会死掉。我们离开这里，好吗？"

大家都上了车。西奥和罗尔夫坐在前排座位上。西奥问："往哪儿走？"

"西北方向，进入威尔士。过了边界我们会安全些。总督的强制性命令在那里也有公布，不过那里的人恨他多于爱他。我们可以晚上走，白天睡，只走小道。不被发现比赶路要重要得多。他们会找这辆车。如果有机会的话我们得把车换掉。"

就在这个时候西奥突然心里一动，贾斯珀。贾斯珀就住在附近，很方便，而且他食物充足。就是那个迫切想和他住在圣约翰街的贾斯珀。

于是西奥说："我有一个朋友住在艾斯提尔霍外面，就在下一个村庄。他储存有食物，而且我认为可以说服他把车子借给我们。"

罗尔夫问："是什么让你觉得他会同意？"

"有一样东西他非常希望我能给他。"

罗尔夫说："我们没有时间可浪费。你劝他得多长时间？"

西奥压制住恼火，说："换一辆车并装上我们需要的东西不能说是浪费时间。我说过了这是必需的。不过如果你有更好的建议，我们倒愿听听。"

罗尔夫说："好吧，我们去。"

西奥松开离合器，仔细地穿行在黑暗中。来到艾斯提尔霍外面的时候，说："我们借他的车，把我的车留在他家车库。如果幸运的话，他们需要很长时间才能找到这里。我可以保证他不会说出去。"

朱利安身体前倾，问道："这样是不是意味着把你的朋友置于危险境地？我们不能那样做。"

罗尔夫不耐烦了："他必须去试试。"

西奥对朱利安说："如果我们被抓住，他们能把我们和他联系起来的就是车。他可以说车在夜间丢失，是被我们偷走的，或者说我们强迫他配合。"

罗尔夫说："万一他不配合呢？我最好和你一起去，确保他能配合。"

"用暴力？别傻了。暴力威胁之后他会保持多长时间不说话？他会配合，不过你要是威胁的话，他不会。我需要一个人和我去。我想让玛丽亚姆去。"

"为什么是玛丽亚姆？"

"她知道生孩子都需要什么东西。"

罗尔夫没有进一步争论。西奥不由得想自己是否对待他太过圆滑，转念又对他的自大心生愤恨，否则自己不会这样子。但无论如何他必须避免公开的争吵。朱利安的安全无比重要，与此相比，自己因罗尔夫而不断增加的恼火显得微不足道，不过不加控制的话会很危险。他选择和他们在一起。不过说实话，他没别的选择。他只须对朱利安和她未出生的孩子效忠。

西奥抬起一只手去按大门上的门铃，却惊讶地发现大门开着。他示意玛丽亚姆，然后两人一起走了进去。西奥把大门关上。房子里黑魆魆的，只有客厅里有亮光。窗帘闭合着，一缕微光从缝隙中透出。西奥看见了车库，门也开着，雷诺汽车停在里面。侧门也没锁。这个时候他已经不再感觉奇怪。他打开过道里的灯，轻轻呼唤着，可是没有人答应。西奥和玛丽亚姆一起顺着走廊进入客厅。

一推开门，西奥就知道是怎么回事了。屋里像有传染病源一样，气味浓烈让人窒息，令人作呕：血腥味，粪便味，还有腐烂尸体的臭味。贾斯珀最后用舒服的方式了却了自己的一生。他坐在扶手椅上，眼前壁炉里火已经熄灭，手从手臂上垂下。他选的这种方式确实有用，不过很惨烈。他把左轮手枪的枪口放进嘴里，把脑盖打飞了。剩下的部分耷拉在前胸上，周围是一大块棕色的血迹，看起来像是风干的呕吐物。他是左撇子，枪掉在椅子旁边的一个小圆桌子下面。桌子上面放着房间钥匙和车钥匙，一个空玻璃杯，一个空红葡萄酒瓶子，还有一张手写的纸条。条子的前半部分是拉丁语，后面的是英语。前半部分是这样的：

Quid te exempta iuvat spinis de pluribus una?

Vivere si recte nesis, decede peritis.

Lusisti satis, edisti satis atque bitisti:

Tempus abire tibi est.

玛丽亚姆走到贾斯珀跟前，本能且徒劳地摸了摸他冰冷的手指，表示同情，嘴里不由得说："噢，可怜的人。噢，可怜的人。"

"罗尔夫会说他倒是帮了我们的忙。现在不用在劝说他上费时间了。"

"他为什么要这样子？纸条上说的什么？"

"是引用贺拉斯的话。意思是刺太多，从中拔去一颗毫无乐趣可言。如果不能很好地活下去，就离开吧。他可能是在《牛津引文词典》找到的这些拉丁语。"

　　下面的英语要短得多，也容易理解些。"我为屋里的脏乱而道歉。枪里还剩下一颗子弹。"西奥不由得纳闷，这是一种警告还是邀请？是什么让贾斯珀走到了这一步？自责、后悔、孤独、绝望，亦或是意识到刺虽已拔掉可痛苦与伤害依然存在，难以愈合？西奥说："你或许在楼上可以找到亚麻布和毯子。我去拿储藏品。"

　　西奥很高兴自己穿着长外套。内层的口袋可以轻易地放下手枪。他检查了一下，枪膛里只剩下一颗子弹，于是他拿出子弹，把它们都放进口袋里。

　　厨房里，工作台面上空无一物，墙上挂着一排杯子，杯子把对得很齐。屋子里很脏，但东西摆放整齐，没有人用过的迹象，只有一张皱巴巴的茶巾扔在空空的沥水架子上，很明显最近洗过。一切都井然有序，很齐整的样子，唯一不和谐的是两张卷起来依墙而放的苇席。贾斯珀是本想在这里自杀，觉得血迹更容易从石头地板上清理掉吗？抑或是他想再一次清洁一下石头地面，却意识到这种对表象的纠结已经毫无必要？

　　储物室的门开着。他在焦灼中进行了二十五年的精心储备，现在却不再需要这些宝藏了，于是他把门打开，也把自己的生活向业余的劫掠之路打开。这里依然井然有序。木架子上放着巨大的锡盒子，边上都贴着封条。每个封条上面都有贾斯珀优雅的字体：肉、罐装水果、奶粉、糖、咖啡、大米、茶、面粉。这些标签上的字写得很认真，不由得在西奥心里激起一股同情、痛苦和不讨喜的厌恶。这是一股遗憾和后悔之情，即便是贾斯珀打碎的脑壳和血染的前胸也没有这样触动他的力量。他让这些情绪快速过去，然后把精力集中在手头要做的事情上。他最初的想法是把锡盒里的东西全部倒在地板上，然后选出最有用的，至少是第一个星期里最有用的。可是他告诉自己没有时间了。即便是撕掉封条都浪费时间。最好是选择没有打开的盒子：肉、奶粉、水果干、咖啡、糖、罐装蔬菜。标有药品和注射器、水净化剂以及火柴的盒子是明显要选的，指南针也一样。两个石蜡炉子选择起来有困难。一个是老式单灶的，另一个较时髦些，三个灶，但是很笨重，而且占地方，于是他把这个排除掉了。他还找到一罐煤油和一罐两加仑的汽油，心里不由得舒了一口气。他希望汽车的油箱不是空的。

西奥能够听见玛丽亚姆在楼上快速而没有多大声响地走动着。在他回来往车上抱第二批锡盒的时候看见她从楼上下来，下巴抵着四个枕头。

玛丽亚姆说："还是舒服些好。"

"这会占很大的空间。接生用的东西都找到了吗？"

"很多毛巾和床单。我们可以坐在枕头上。卧室里有一个药柜。我把里面的东西全都装进了一个枕头套里。杀菌药很有用，不过主要是些简单的药物——阿司匹林、碳酸氢钠、止咳药水。这个地方什么都有。遗憾的是我们不能住在这里。"

西奥知道，这话并不是一个严肃的提议，可是他还是说："一旦他们发现我不见了，这里是他们很快就能找到的地方。所有我认识的人都会被找到、被盘问。"

他们一起忙活起来，没有人说话，有条不紊。行李箱终于放满。西奥轻轻盖上行李箱盖子，然后说："我把我的车开进车库，然后把门锁上。外面的大门我也要锁上。这挡不住国家安全警察，不过或许能防止其他人发现。"

在西奥正在锁门的时候，玛丽亚姆把一只手放在他的胳膊上，语速很快地说："枪。最好不要让罗尔夫知道你拿了枪。"

她的声音里有一种坚持，几近毋庸置疑，与他自己心中本能性的焦虑不谋而合。于是西奥说："我没有想让罗尔夫知道。"

"最好也不要让朱利安知道。罗尔夫会试图抢走枪，朱利安会让你把枪扔掉。"

西奥言简意赅地说："我不会告诉他们两个中的任何一个。如果朱利安想保护她自己和她的孩子，她就得容忍各种手段。她想比她的上帝都善良吗？"

西奥很小心地把雷诺车开出大门，停在罗孚车后面。罗尔夫正在车旁边来回踱步，很是气愤。

"该死的，你们用了这么长时间。遇到麻烦了？"

"没有，贾斯珀死了，自杀。我们已经把车装满了。把罗孚车开进车库，然后我要把车库门和大门都锁上。住房的门我已经锁上了。"

除了西奥的公路图和在手套箱里找到的平装本《爱玛》，罗孚车上已经没有什么值得搬到雷诺车上去了。西奥把这本书放进外套的内口袋里，里面还放着左轮手枪和他的日记本。两分钟以后他们都上了雷诺车。西奥坐在驾驶员位置上。罗尔夫犹豫了一下，上车坐在他旁边。朱利安在后排，坐在玛丽亚姆和卢克中间。西奥锁上大门，把钥匙隔墙扔进院子里。除了高高的黑色斜坡屋顶之外，没有亮光的房子一点都看不见。

第二十三章

在最初的一个小时里，他们被迫停下来两次，好让玛丽亚姆和朱利安下车，消失在黑暗中。罗尔夫用眼睛紧紧地追随着她们，她们一从眼前消失就开始不安。作为对他明显不耐烦的回应，玛丽亚姆说："你必须适应这一点。怀孕晚期会出现这种情况。膀胱受到压迫。"

在第三次停下来的时候，所有人都下车伸展腿脚。卢克嘟囔一句什么，也朝灌木丛走去。车灯熄灭，引擎灭火，寂静似乎变得不容反抗。空气暖暖的、甜丝丝的，就像依然是夏季。天高云淡，繁星璀璨。西奥认为远处有一块豆田，他闻到了豆花的香味，不过，这肯定是幻觉；豆花现在应该早已败落，豆子已经长出饱满的荚。

罗尔夫走上前来站到他身边："我想和你谈谈。"

"好吧。"

"这次远征我们不能有两个领导者。"

"远征，你是指我们吗？五个逃犯，没有什么装备，都不知道要去哪里，就算有地方去也不知道要做什么。这用不着分层领导。如果你乐意称自己为领导，对我没有妨碍，只是不要想着我会不加质疑地服从。"

"你从来就不是我们的人，永远都不是这个组织的人。你可以选择加入或拒绝。你在这里只是因为我派人去叫你。"

"我在这里是因为朱利安派人去叫我。我们彼此联结在一起。既然我没有选择，我可以容忍你。我建议你也要有同样的容忍之心。"

"我想开车。"接着，似乎为了让自己的用意更清楚，他又说，"从现在起由我驾车。"

西奥笑了。他的笑发自内心，是真心觉得可笑。"朱利安的孩子会被当作奇迹受到欢迎。你会被当作奇迹之父得到人们的敬意。新的亚当，新生人类的奠基人，人类的拯救者。对任何男人来说，这种潜在的权力已经足够——我认为这种权力是远远大于你所能想象的。而你却担心开车没有你的份。"

罗尔夫停了一会儿，然后说："好吧，我们定个协议。我可能会用得着你。总督认为你有可用之处。我也想要一个顾问。"

"我似乎是所有人的知己。你或许会和他一样发现我不那么令人满意。"西奥停了一会儿，然后接着说，"这么说你要接替他？"

"为什么不？如果他们想要我的精子，就得接受我。他们不可能只要这个不要那个。他能做的我也能做。”

　　“我原先以为你们这群人认为他干得不好，认为他是一个没有仁慈之心的暴君。原来你是要用一种专制替代另一种专制。我认为，这一次会仁慈点。多数暴君都是这样开始的。”

　　罗尔夫没有说话。西奥心里不由得想：只有我们两个人。这或许是我和他单独谈话的唯一机会。于是西奥说：“你看，我还是觉得我们应该给总督打电话，给朱利安提供她需要的照顾。你知道这是唯一明智的做法。”

　　“你知道她接受不了。她是对的。生孩子是自然过程，对吧？她还有助产士。”

　　“可是她都25年没有接生过孩子，而且总有并发症。”

　　“不会有并发症。玛丽亚姆都不担心。不管怎么说，如果强迫她住进医院的话，她从精神到肉体都会有诸多不适。她害怕总督，觉得他是个恶魔。他杀死了玛丽亚姆的弟弟，或许现在正要杀害加斯科因。她害怕他会伤害自己的孩子。”

　　“简直是荒唐！你们两个都不该这么想。这是他最不可能做的事情。一旦他拥有了孩子，他的权力就会大大增强，不仅是在英国，而且是在全世界。”

　　“不是他的权力，是我的。我并不担心她的安全。议会不会伤害她或者孩子。可是应该由我，而不是罕·里皮亚特把我的孩子给全世界人看。我们看看接下去谁才会是英格兰的总督。”

"那么你的计划是什么？"

"你什么意思？"罗尔夫的声音充满怀疑。

"好吧，如果你想把权力从总督手里抢过来，你必须知道自己计划要做什么。"

"夺走权力不是个问题。民众会把权力给我。如果他们想让不列颠的人口重新增长就必须把权力给我。"

"好的，我明白了。民众会把权力给你。嗯，或许你是对的。那么然后呢？"

"我会任命自己的议会，但不会用罕·里皮亚特。里皮亚特有他自己的权力。"

"想来你会做些什么来解决罪犯流放地问题。"

"这算不上优先要做的事。这个国家不会为我把一群犯罪的精神病释放到社会上而感谢我。我会等他们自然消耗，人数减少。那个问题自然就得到了解决。"

西奥说："我认为罕·里皮亚特也是这么想的。这样做可不会让玛丽亚姆开心。"

"我没有必要取悦玛丽亚姆。她有自己的事情要做，而且事情完了之后她会得到相应的奖励。"

"那些旅居者呢？你计划改善他们的待遇还是想终止年轻的外国人入境呢？毕竟，他们的国家也需要他们。"

"我会进行控制，确保我们允许进来的人得到公正和切实的待遇。”

　　“我想象得出这正是总督认为他正在做的事情。‘寂灭’呢？”

　　“我不会干预人们用他们认为最方便的方式终结自己的自由。”

　　“英格兰总督会赞同这种看法。”

　　罗尔夫说：“我所能做而他不能做的就是繁衍新生人类。我们已经得到电脑上所有30到50岁健康女性的详细资料。为得到能生育后代的精子，人们会进行激烈的竞争。很明显会出现近亲繁殖的危险。所以我们要仔细挑选出优秀的、身体健康、头脑发达的女人。”

　　“英格兰的总督会赞同这一点。这正是他的计划。”

　　“可是他没有精子，我有。”

　　西奥说：“有一件事很明显你没有想过。整件事取决于她会生个什么，对吧？孩子要健康、正常。如果她怀着的是个怪物呢？”

　　“为什么要是个怪物？为什么我和她的孩子就不能正常？”

　　这一刻，罗尔夫心中的脆弱，他心底最深处的隐秘恐惧，最终得到承认并得以表达，西奥心里不由得泛起一股同情。这虽不足以让他喜欢身边这个人，却足以阻止他说出心里的话：“如果孩子畸形、残疾，是个白痴、是个怪物的话，或许对你来说是更幸运的事情。如果孩子是健康的，你余生将成为一个生产精子的试验动物。

不要想着总督会放弃权力，即便你是新生人类的父亲他也不会。他们或许会需要你的精子，但是在他们拥有足够多的精子来繁育英国人口和半个世界的人口之后，他们就会认为你可以被消灭掉了。一旦总督认为你是一种威胁，这就很可能发生。"

可是西奥没有说。

三个人影从黑暗中走出来，卢克在前，后面是玛丽亚姆和朱利安。她们挽着手，在坑坑洼洼的地面上走得很小心。罗尔夫坐在驾驶位子上。

"好了，我们要走了。从现在起，由我开车。"

第二十四章

车颠簸着前行。西奥知道罗尔夫车开得太快。他瞟了一眼罗尔夫，思忖着自己敢不敢提醒他一下，同时又希望路面好起来，就没有必要提醒了。在汽车前灯的炽白光亮中，崎岖的路面看起来像月球表面一样怪异、陌生，虽近在咫尺却遥不可及，永无尽头。罗尔夫像一位公路赛车手一样精力高度集中，眼睛死死盯着前面的挡风玻璃，看见障碍从黑暗中跃出时就狠命地扭动方向盘。路面坑坑洼洼，沟壑纵横，即便对谨慎的司机来说都很危险。现在，在罗尔夫粗暴的扭动中，汽车跳跃着，颠簸着，后座上挤得紧紧的三个人随着车身甩过来甩过去。

玛丽亚姆挣扎着倾身向前，说："罗尔夫，少安毋躁。慢些，这样对朱利安不好。你想让她早产吗？"

她的声音很平静，不过权威性毋庸置疑，起到了立竿见影的效果。罗尔夫很快放松踩在加速器上的脚力。可是已经迟了。汽车颤抖着，跳跃着，猛地转向，很快失去控制。罗尔夫猛踩刹车，车颠簸着停了下来。

罗尔夫几乎上气不接下气地说："真该死！一个前胎爆了。"

指责毫无用处。西奥解开安全带："行李箱里有一个备用胎。把车开下大路。"

大家都从车里钻出来，站在树篱的黑色影子中，等着罗尔夫把车开到草地边上。西奥发现他们现在身处开阔地，田野一望无际。于是不由得想，离斯特拉特福德或许只有十英里左右。两边都是高高的树篱，没有修整过，枝杈交接得很密实，透过被撕开的裂口可以看见犁过的田地上如伤疤一样的田埂。朱利安裹着斗篷，静静地站着，一声不吭，像个被大人带来吃野餐的温顺孩子，正耐心地等着大人补救小过失。

玛丽亚姆的声音平静，不过掩饰不住心底的焦虑："得多长时间？"

罗尔夫四下里看看，说："大约二十分钟。如果幸运的话时间会更短。不过我们得离开大路，那里更安全些，没有人能看见我们。"

然后他什么都没说就快步朝前走去。大家都等着，眼睛都盯着他的背影。不到一分钟时间他就回来了。"大约一百码的地方往右有一个大门和一条崎岖的小路。小路似乎通向一片树林。在那里我们会更安全些。上帝知道这条路不好走，可是如果我们都能开过来的话，其他人也可以。我们不能冒险在这等某个傻子停车过来帮忙。"

玛丽亚姆反对："多远？我们不想走太远，会毁了轮圈。"

罗尔夫说："我们必须隐蔽起来。我不知道换轮胎会花费多长时间。我们必须离开大路，直到看不见。"

西奥没有说话，对他的话表示赞同。不被发现比赶路要重要得多。国家安全警察不知道这群人在往哪个方向赶，除非他们发现贾斯珀的尸体，否则不会知道车的户主和车牌号。西奥坐到驾驶员位置，罗尔夫没有反对。

罗尔夫说："汽车行李箱里全是东西，我们最好给车减轻下重负。朱利安坐车，其他几个走路。"

大门和小路比西奥预想的要近得多。早已废弃的田地边缘，一条小路蜿蜒向上。路上有车辙和拖拉机重型轮胎留下的V形车印；中间的埂上长满了草，很高，在车前灯的光照中，像纤细的天线一样。西奥开得很慢，很小心。朱利安坐在他旁边。三个默不作声的人像黑色的影子一样跟在车旁边。等来到树林的时候，西奥发现林子要比他想象的浓郁。不过最后遇到一个障碍。在树林和小路之间有一条深深的足有六英尺宽的沟。

罗尔夫敲打着车窗，说："等一下。"然后再一次往前面跑去，等跑回来后说："再走三十码有一条过沟的路。路似乎通向一片林中空地。"

树林的入口是一座很窄的小桥，用木板和泥搭建而成，上面长满了野草。看到桥足够容得下车的宽度，西奥心里不由得舒了一口气。罗尔夫拿过手电筒检查桥面，以确保木板没有腐烂。这期间西奥一直等着。后来罗尔夫招了一下手，于是西奥发动车，车没费什么劲就开了过去。汽车颠簸着前行，进入一片山毛榉树林。树木高耸的枝干弯曲如华盖，上面青铜色的树叶很浓密，复杂交织如同雕画过的屋顶。西奥下了车，发现他们所停的地方满是落叶和裂开嘴的山毛榉坚果，噼啪作响。

罗尔夫和西奥一起收拾前轮子，玛丽亚姆负责拿手电筒。卢克和朱利安站在一起，无声地看着罗尔夫把备用胎、千斤顶和手摇轮拽出来。可是卸掉轮胎比西奥预想的要难得多。螺帽拧得太紧，他和罗尔夫都拧不下来。

玛丽亚姆用一种较为舒服的姿势蹲着，手里拿的手电筒光线摇动得厉害。罗尔夫很不耐烦地说："看在上帝份上，抓牢稳些。我看不清楚手里的活。而且光线很暗。"

很快，灯光熄灭了。

玛丽亚姆不等罗尔夫发问，就说："没有备用电池。对不起。我们必须待在这里等天亮。"

西奥等着罗尔夫大发怒火，却没等到。罗尔夫只是站起来平静地说："那么我们最好还是吃些东西，舒舒服服地度过后半夜。"

第二十五章

西奥和罗尔夫选择睡在地上，其他三个睡在车上。卢克睡前排位置，两个女人蜷缩在后排。西奥抱了一大捧山毛榉树叶，铺在贾斯珀的雨衣上，然后把毯子和他自己的外套盖在身上。他最后清醒的时刻听到的是女人们睡觉时翻动的声音，是他往树叶铺就的床里越钻越深时压折小树枝发出的咔嚓声。在他睡着前，就起风了，风力不足以强到吹动他头上低低的树干，却形成一种缥缈遥远的声响，似乎整个林子都被搅活了。

第二天早晨西奥睁开眼睛时，看到的是从铜色和黄褐色的山毛榉叶子中透进来的奶白色微弱光亮。西奥感觉到了泥地的坚硬，闻到了肥沃的土壤和叶子的气息，辛辣且微微令人感到舒服。他挣扎着从毯子和外套中爬出来，伸展着四肢，发现肩膀和后腰都很疼。床原先非常软和，在他的重压下现在成了一块硬板。西奥很惊讶在这样的一张床上自己竟然睡得很熟。

似乎他是最后一个醒来的。车门已经打开，座位上没有人。有人已经煮好早茶。在一根木头扁平的部分放着五个杯子，都是从贾斯珀收集的加冕礼杯子里拿的，此外还有一个金属茶壶。色彩绚烂的杯子看起来非常喜庆。

罗尔夫说："喝杯茶吧。"

玛丽亚姆每只手里拿着一个枕头，拼命地抖动，然后把它们放进车内。罗尔夫已经开始在车轮上忙活。西奥喝了茶，走过去帮他。两人一起忙着，效率很高，而且很默契。罗尔夫硕大的双手长着方形的指尖，非常灵巧。或许是因为两人都休息过，减少了焦虑，而且不再需要手电筒单一的光柱，原先棘手的螺帽在他们两个人的联合用力下拧了下来。

西奥抓过一把树叶擦着手，问道："朱利安和卢克在哪里？"

回答的是罗尔夫："在念祷告，他们每天如此。等他们回来我们就吃早餐。我已经安排卢克负责分配食物。比起和我妻子一起念祷告，还是让他做些更有用的事情好。"

"他们不能在这里祷告吗？我们应该在一起。"

"他们并不远。他们喜欢避开人。不管怎么说，我都阻止不了他们。朱利安喜欢这样，而且玛丽亚姆告诉我要让她保持平静和快乐。很明显祷告让她平静和快乐。这对他们来说成了某种仪式。这没有什么坏处。你要是担心的话，为什么不去和他们一起祷告呢？"

西奥说："我认为他们不想让我去。"

"我不知道，或许吧。他们或许会劝你入教。你是基督徒吗？"

"不，我不是基督徒。"

"那么你信仰什么？"

"什么信仰什么？"

"就是信教的人认为重要的东西。是否有上帝？你如果解释罪恶？人死后会发生什么？人为什么会活着？我们该如何过活？"

西奥说："最后一个问题才是最重要的，也是唯一真正相关的问题。人不必因为这个而信仰宗教。而且没有必要为了得到一个答案而成为基督教徒。"

罗尔夫转向西奥，继续问话，似乎他是真的想知道："但是你相信什么？我不仅仅是指宗教。你心里确信的是什么？"

"我确信曾经无我，现在有我，将来有一天不再有我。"

罗尔夫大笑起来，不过很快收住，声音刺耳如喊叫："这种说法真真稳妥。没有人会和你争论。英格兰的总督相信什么？"

"我不知道。我们从来没有讨论过。"

玛丽亚姆走过来，背部靠着树干，双腿分开，闭上眼睛，脸朝天仰着，脸上微微笑着，听他们说话却没有开口。

罗尔夫说："我过去相信有上帝和魔鬼。后来有一天早上，十二岁的时候，我失去了这种信仰。我醒来，发现自己不再相信基督教兄弟会告诉我的一切。我觉得如果真如他们所说的话，我倒会吓得不敢活下去，可是信与不信并没有什么区别。我某天晚上上床时相信而早上醒来时就不再相信。我甚至没有对上帝说过对不起，因为根本没有上帝，而且这真的无关紧要。从那之后就再也无关紧要了。"

玛丽亚姆眼睛都没眨一下："你往空出来的上帝位置放了什么？"

"没有什么空位置。我这么告诉你。"

"魔鬼呢？"

"我信奉英格兰总督。他是存在的。他是个魔鬼，足以让我与他继续斗下去。"

西奥离开他们，沿着树木间的狭窄通道走去。朱利安不在眼前他心里依然不安，而且生气。她应该知道他们必须待在一起，应该意识到什么人，如散步的人、林木工人、种植园工人等会沿路走来发现他们。他们需要害怕的不仅是国家安全警察或近卫步兵第一团。他知道自己在用非理性的焦虑给气恼火上浇油。荒无人烟的地方，这个时候，谁会出其不意地出现？气愤在他心里凝聚起来，激烈地搅动着。

他看见了他们。他们跪在一团小小的绿色苔藓上，离林间空地和车只有五十码远，完全沉浸其中。卢克还搭起了圣坛——把一个锡盒翻过来，铺上一条茶巾。圣坛上是一根粘在茶托上的蜡烛。旁边的托盘上放着两片面包，挨着是一只小杯子。卢克穿着淡黄色圣袍。西奥纳闷他之前是不是把袍子卷起来塞在口袋里了。他们并没有意识到西奥的到来。在西奥眼中，现在的他们就像是完全沉浸在某种原始游戏中的两个小孩子。他们神色庄重，树叶在他们脸上投下斑驳的纹理。西奥看着卢克用左手举起放着两块面包的茶盘，右手放在上面。朱利安头低得更深，似乎都扎进地里去了。

那些西奥在遥远的童年时代记住的祷告词被轻轻地说了出来，不过西奥听得一清二楚："仁慈的上帝啊，请听听我们的声音，我们以最卑微的方式恳求您；依据您圣洁的儿子我们的救世主耶稣的神圣指示，为了缅怀他的殉难与激情，请保证我们拥有您创造的面包和美酒，并使之成为最受他保护的人体与血液的一部分：救世主在遭背叛的同一夜晚拿走了面包；当人们向他表示感谢时，他制止了，他把面包给了信徒，说，拿着，吃了。这是我的身体，是给你的，以此来缅怀我吧。"

西奥站在后面的树荫中看着。在记忆中，他回到了萨里沉闷的小教堂，身穿深蓝色套装。格林斯利特先生小心地拿捏着自己的自大情绪，领着一排一排的会众往圣餐的围栏处走。西奥记得自己的妈妈低着头。那个时候他感觉自己是被排除在外的，现在依然觉得被排除在外。

西奥离开树荫，往回走向林间空地，说："他们快结束了。现在应该很快了。"

罗尔夫说："他们从来用的时间都不长。我们还是等着他们吃早餐吧。我认为，我们应该感激卢克没有对她进行布道。"

他的声音和微笑丝毫没有掩饰。西奥不由得想着他与卢克之间的关系：他似乎很容忍卢克，在他眼里，卢克就像一个好心的孩子，不能期望他做出大人式的贡献，他不惹麻烦，而且尽力让自己变得有用。罗尔夫纵容他只是因为他把所见到的看成是一位怀孕女人的一时兴起吗？如果朱利安想要私人牧师做礼拜，纵然卢克并没有什么实际的技能可提供，罗尔夫照样会把他纳入"五条鱼"之列。抑或是罗尔夫童年时代对宗教的唯一一次彻底抗拒仍然给他留下了无法察觉的迷信痕迹？他是否在一定程度上认为卢克是一位奇迹创造者，拥有神秘的力量和古老的法术，可以把面包屑变成肉，会带来幸运，他和他们在一起可以安抚那些森林和夜晚中的危险神灵？

第二十六章

2021年10月15日，星期五

我正坐在山毛榉树林的林间空地上写这些话，后背靠着一棵树。现在是下午晚些时候，影子开始拉长，不过在树林中依然有白天的温度。我相信这是我最后一次写日记。不过，纵使我，或者是这些话都不能存留下来，我也要把今天记录下来。这是非常幸福的一天，而且是我和四个陌生人一起度过的。在末日之年之前的几年里，我都习惯于在每个学年的开始给我选择录取的申请者写一个评估。我将这些记录文字配上他们申请表格上的照片一一存档。在他们三年的学习生涯结束时，我常常会饶有兴致地发现，我对他们做出的最初评价通常是正确的。他们变化是那么少，而在改变他们的根本特性上我是那么无能为力。在这方面我很少出错。这种情况增强了我对自己天生判断力的自信，或许这才是我记录他们的目的。我相信我可以了解他们，而且我确实做到了。而对这些一起逃亡的人我却没了这种自信。我对他们依然一无所知：我不知道他们的父母、家人、所受的教育、爱情、希望和心愿。今天和这四个人在一起，我感受到了和其他人在一起所从没感受到过的轻松自在，尽管我到现在依然不大愿意与他们建立起关系，而且其中一个我正学着去爱。

今天是一个完美的秋日，天空湛蓝没有一丝云彩，阳光温和、轻柔，不过却如盛夏的六月一般浓烈。空气中氤氲着芳香，生成一种幻象：炊烟，割下的青草，聚集起来的夏之香馨。或许是因为山毛榉林子人迹罕至，与世隔绝，我们都产生一种绝对的安全感。我们的时间占得满满的，打盹、说话、干活，用石头、树枝和从日记本上撕下的纸张玩小孩子的游戏。罗尔夫对汽车进行检查和清理。他起劲地擦拭着，打磨着，认认真真地不放过每一寸，像个天生的机修工，无忧无虑，从自己的工作中享受着简单的快乐。看着他这样子，我很难相信他和昨天那个表现得傲慢、显示出赤裸裸野心的罗尔夫是同一个人。

卢克忙着整理储存物品。在安排卢克的工作上，罗尔夫显示出了某种天生的领导才能。卢克决定我们先吃新鲜食物，然后按照日期戳依次吃罐装食品。他的安排明显很合理，因此，他对自己的管理能力充满了不常见的自信。他把锡罐进行分类，列出清单并设计菜单。我们吃完之后他要么静静地坐着，捧着他的祷告书，要么和玛丽亚姆、朱利安一起听我读《爱玛》。我躺在山毛榉树叶上，盯着树枝中透出的片片深蓝色天空，感觉我们在野营，那么无忧无虑，兴高采烈。我们的确是在吃野餐。我们并没有讨论未来的计划以及即将到来的危险。现在这一切对我有着非凡的意义，不去计划或讨论与其说是一种有意识的决定，不如说是不让这一天受到打扰的一种愿望。我没有花时间重读这本日记中原先所记的东西。我现在很快乐，不想面对那个利己的、爱讥讽的独居男人。日记坚持了不到十个月，而且从今天以后，我将再也不需要了。

现在光线暗淡下来，我几乎看不清楚书页。接下来的一个小时里我们将启动行程。汽车在罗尔夫的打理下光彩照人，东西全部装好，只等出发。正如知道这是最后一次写日记，我还知道我们将面临目前还无法预想到的危险和恐怖。纵然知道这些，我内心依然平静。我很高兴我们能有这段缓冲时间，从似乎无情的时间中偷出这快乐无忧的几个小时。下午的时候，玛丽亚姆在汽车后座翻找时发现一个手电筒，比铅笔略大，夹在座位侧面。这不足以取代那只没有电池的手电筒，但我还是很高兴以前没有发现。我们需要这一天。

第二十七章

　　仪表盘上的钟表显示时间为两点五十五分，比西奥预想的时间要晚些。灰白的路面很窄，没有一个人，在他们面前舒展开来，像是被扯成条状的染色亚麻布一样滑到车轮下面。路面状况很糟糕，时不时地汽车就会碾过一个坑，剧烈地颤动起来。在这样的路面上不可能开得快，西奥不敢再冒车爆胎的风险。夜很黑，但并不是完全没有亮光。半个月亮躲在轻轻浮动的云彩后面，夜幕中繁星点点，组成残缺的星座，银河一片星光。汽车开起来很上手，像一个移动的避难所。车上人的气息温暖了车厢，使它散发出一股弱弱的气味，很熟悉，并不让人害怕。西奥专注地开着车，同时努力地辨识着这些气味：汽油味、人体的气味、贾斯珀家那只早就死去的老狗的气味，甚至还有淡淡的薄荷清香。罗尔夫坐在西奥旁边，沉默着，神情很紧张，紧紧盯着前方。后座上朱利安挤坐在玛丽亚姆和卢克之间。这是最不舒服的姿势，却是她想要的。或许被两个人支撑着给她一种额外的安全感。她的眼睛闭着，头搭在玛丽亚姆的肩膀上。西奥从镜子里看着朱利安的头猝然一抖，往前滑动，耷拉下来。玛丽亚姆轻轻地把朱利安的头扶起来，放到一个更为舒服的姿势。卢克看起来也睡着了，头往后仰着，嘴巴微张。

道路曲曲弯弯，不过路面越来越平整。几个小时里西奥车开得顺风顺水，心里不由得信心陡增。毕竟，这段旅程不是必须有灾有难。加斯科因可能已经开口，可是他不知道孩子的事。在罕的眼里，"五条鱼"人数不多，而且是一群不足为道的业余人士。他也许甚至不会费事去抓捕他们。踏上行程以来，他心里第一次升起了希望。

就在这时，西奥看见了倒下的树干。他猛地踩动刹车，还算及时，车前壳没有撞到凸出的树枝上。罗尔夫一下子震醒，咒骂起来。西奥关闭引擎。寂静中西奥心中腾地升起两股思绪，让他一下子清醒过来。一股是舒了一口气，树干上尽管有浓密的秋叶，但是看起来并不重，他和另外两个男人不费劲就可以拖开；另一股是恐惧。树不可能自己倒得这么碍事——最近没有大风。这是有人故意设的障碍。

就在此时，末日一族围了上来。他们起初来得悄无声息，西奥完全没有注意到，很可怕。在火炬发出的光中，涂着油彩的脸盯着车窗往里看，每块车窗上都有人。玛丽亚姆下意识地尖叫一声。罗尔夫大声喊着："往后！倒车！"同时伸手去抓方向盘和变速杆。两人的手碰到一起。西奥把他推开，猛地挂了倒挡。引擎咆哮着发动起来，汽车箭一般向后倒去。紧接着车子猛地停下，西奥身体不由得往前甩去。末日一族的动作悄无声息，而且肯定很快，足以再一次给他们设下障碍。这个时候，那些脸再一次贴到车窗上。和西奥对视的是一双毫无神情的眼睛，泛着光，白色的眼眶，脸上画着蓝、红、黄三色的漩涡状彩绘，额头上方的头发往后梳，用发带扎住。这些末日一族一只手里举着熊熊燃烧的火炬，另一只手里拿着一根棍子，像是警察的警棍，上面装饰着细细的发辫。西奥惊恐地想起曾听人说过，这些绘着"油彩帮"人杀人的时候会把对方的头发割掉，编成鞭子，当成战利品。西奥对这种说法只是半信半疑，当作了恐怖传言。现在他盯着悬荡的发辫恐惧万分，想着这是从男人还是从女人头上割下来的。

车里没有人说话。一片寂静，感觉似乎有好几分钟，其实只有几秒钟。接着那种仪式性的舞蹈开始了。这些人开始慢慢地围着车跳动起来，用手里的棍子击打着车身和车顶，有节奏地配合着高叫声。他们只穿着短裤，身体没有涂油彩。在火炬光焰的照耀下，赤裸的胸部苍白如牛奶，胸腔看起来脆弱得不堪一击。他们双腿抽动，头上戴着装饰品，描画过的脸部被宽大的、变换着真假声的嘴巴撕裂，很容易让人把他们看成是一群长大的孩子在玩游戏，虽有破坏性却终究无伤大雅。

西奥心里不由得想，有没有可能和他们谈谈，跟他们讲讲理，至少达成一种对人性共同的认可？他没有在这种想法上浪费时间。

他记起曾遇到过一个被这种人伤害过的受害者，想起了他和那个人的对话："据说他们会杀死单个的受害者，可是这一次，谢天谢地，他们对汽车很满意。"他自己说："别挑衅他们，扔掉汽车赶紧跑。"对西奥一个人来说，逃跑已经不算容易，而对他们这群人来说，带着一个怀孕的女人，逃跑更是不可能的事情。不过有一件事也许能阻止他们起杀心，前提是他们有理性而且肯相信，这件事就是朱利安怀孕了。即便是对末日一族来说，这个说辞也已经足够。但他甚至没有必要去问朱利安怎么看——他们逃离罕和议会不是为了落入"油彩帮"手里。他回头看了一眼朱利安。她低着头坐在那里，看样子是在祈祷。西奥祝愿她能在上帝那里得到好运气。玛丽亚姆眼睛睁得大大的，吓坏了。根本看不到卢克的脸。而罗尔夫坐在位子上正大爆粗口。

舞蹈继续。他们的身体旋转得越来越快，喊叫的声音越来越高。难以看清楚有多少人，不过西奥判断不会少于十二个。他们没有动手开车门，可是西奥知道，车锁根本不是安全保障。他们的人数足以推翻汽车。他们有火把，可以把车点燃。车里的人早晚会被逼出来。

西奥的脑子飞快地转动着。有什么至少可以让朱利安和罗尔夫成功逃跑的机会吗？西奥透过万花筒般跳跃的身体研究着地形。左边是低矮的破损石头墙，他判断有的地方高不过三英尺。墙的另一面与黑魆魆的树林相连。西奥有枪，还有一颗子弹。可是他知道即便是让他们看到枪都将会出现致命的后果。西奥可以杀死一个人，而剩下的会疯狂地围攻他们以进行报复。这将会演变成一场大屠杀。根本不要想动用武力，这些人在数量上占有优势。黑暗才是他们唯一的希望。如果朱利安和罗尔夫能够跑到树林那儿，至少有藏起来的机会。在陌生林子的低矮灌木从中跌跌撞撞奔跑声响太大，只会招致追逐，太过危险，但进了林子至少有机会躲起来。这还要看这群"末日一代"是否会费劲去追赶。说不定，不过可能性不大，汽车和另外三个牺牲品让能让这群人心满意足。

西奥心里想：不能让他们看见我们在说话，不能让他们知道我们在计划着逃跑。不用害怕说话声会被听见，让夜色变得可怕的喊叫声几乎淹没了他的说话声。要让后排的卢克、玛丽亚姆和朱利安听见，他就必须大声说，不过西奥很小心地没把头扭过去。

西奥说："他们终究会把我们弄出去。我们要计划好怎么做。这要看你，罗尔夫。等他们把我们拉出去以后，要帮朱利安翻过那堵墙，然后朝着树林跑，躲起来。选准时机。剩下的我们几个会给你们做掩护。"

罗尔夫说："如何做到？你说的掩护是什么意思？你们怎么能掩护我们？"

"和他们谈话。吸引他们的注意力。"就在这个时候西奥灵机一动，"跟着他们跳舞。"

罗尔夫的嗓门很高，几乎是扯着嗓子喊："和那些混蛋跳舞吗？你觉得这是什么样的玩乐？他们不会谈。这些混蛋不会谈，而且他们也不会和到手的猎物跳舞。他们烧，他们杀。"

"只有一个猎物的时候他们才会起杀意。我们要确保这猎物不是朱利安或者是你。"

"他们会追赶我们。朱利安跑不动。"

"我确定不了他们会不会在我们三个可能的牺牲者身上费心、会不会费劲把车烧掉。我们要瞅准机会。如果朱利安过不了墙的话，帮她翻过去，然后朝树林子跑。听明白了吗？"

"简直是疯了。"

"如果你还有其他的主意，说来听听。"

罗尔夫想了一会儿，说："我们把朱利安给他们看。告诉他们她怀有身孕，让他们自己看。告诉他们我是孩子的父亲。我们可以和他们达成协议。至少他们会让我们活着。现在趁着还没有把我们拽出来，我们和他们谈谈。"

后座上传来朱利安的声音，这是她第一次开口，她的话很清楚："不。"

她这个词说出口后，有一阵子没有一个人说话。后来西奥再次开口说："他们最终会把我们弄出去的。要么把我们弄出去，要么放火烧车。因此我们现在要确切地计划一下要做什么。如果我们随着他们跳舞——如果到那时候他们还没有把我们杀死的话——我们可以用足够长的时间吸引他们的注意力，给你和朱利安营造时机。"

罗尔夫的声音几近歇斯底里："我不动,让他们把我拽出去吧。"

"他们会的。"

卢克第一次开口说话："如果我们不激怒他们的话,也许他们累了就会离开。"

西奥说："他们不会离开。他们通常会烧车。他们烧车的时候我们可以选择出去或待在车里。"

传来玻璃碎裂的声音。挡风玻璃震了一下,裂成细纹,但是没有破。紧接着,一个末日一族挥舞着棍棒朝前座的玻璃就是一下子。玻璃碎了,碎片掉在罗尔夫的大腿上。死亡一般的寒夜空气涌入车内。这个末日一族把燃烧着的火炬伸进车内,照着罗尔夫的脸,罗尔夫倒抽一口气,身体猛地往后一缩。

这个末日一族大笑起来,然后用一种很悦人、有教养、几乎是劝诱的声音说："不管你们是谁,出来吧,出来吧。"

又有两次玻璃碎掉的声音,后面的玻璃没有了。一个火炬往玛丽亚姆的脸上伸过来,她不由得大叫一声。一股头发烧焦的味道。西奥刚说到"记住,跳舞,朝墙那边跑",五个人就被从车上揪了出来,被扯着拽着弄到开阔地上。

他们很快被围上。这些末日一族左手高高举着火把,右手握着棍子,就这样站着,看着他们。不过很快他们就把这些俘虏围在中间，再次跳起原先的舞蹈。不过这一次开始时他们的动作比较慢，更具有礼仪性，声音更加低沉，不再是欢庆，而是在致哀。西奥赶紧加入到他们中间，抬起胳膊，扭动身体，随着他们喊叫起来。一个接一个，另外四个人也加入进来。几个人被分隔开，这样不好。西奥想让罗尔夫和朱利安离自己近些，好方便给他们行动的信号。计划已经启动，这是第一步也是最危险的一步。他害怕自己一有所举动就会被末日一族击倒，害怕那致命的一击给责任和生命都画上句号。不过这种情况没有发生。

现在，这群末日一族似乎听从着秘密的指令，开始一起跺起脚来，动作越来越快，之后再次跳起旋转的舞蹈。站在西奥前面的那位末日一族旋转着，突然开始轻手轻脚地用碎步往后跳跃，像一只猫似的，还挥舞着手里的棍棒。他咧着嘴冲西奥笑，两人的鼻子都快蹭到了一起。西奥闻到了他身上的气息：一股霉味，但不是太讨人嫌；看见了他脸上复杂的彩绘——蓝色、红色和黑色，蜿蜒曲折，勾画出颧骨的轮廓，向眉毛上方延伸，覆盖着脸上的每一寸肌肤。图案既原始又复杂。有一阵子西奥不由得想起皮特里斯博物馆里陈列的戴着头饰和涂有彩绘的南海岛人，想起了朱利安和他一起站在那个安静而空旷的博物馆的情形。

那个"末日一代"的眼睛在斑斓的光亮中黑如深潭，紧紧地盯着西奥的眼睛。西奥不敢瞥向朱利安或罗尔夫。两人就这样一圈一圈地跳着，速度越来越快。罗尔夫和朱利安什么时候才能行动起来？即便是在和这位末日一族对视的时候，西奥心里想的也是他们两个怎么赶在这些俘虏者厌倦他们这些虚假的陪伴之前，冲出去。就在这个时候，那个末日一族扭动着离开西奥，于是西奥得以扭过头去看。罗尔夫和朱利安在一起，在人圈的另一面。罗尔夫正抖动着身体，模仿着一种舞蹈，样子笨重滑稽，伸到半空中的胳膊很是僵硬。朱利安左手紧紧捂住斗篷，右手闲着，被斗篷裹起来的身体随着舞蹈者的喧闹声而摇曳着。

就在这个时候，可怕的一幕出现了。那个末日一族跳到朱利安身后，伸出左手抓住她的发辫。他一用力，发辫散开。朱利安犹豫片刻，接着又舞动起来，头发披散着。他们现在转到了草地边缘墙头最低的部分。借着火炬的光亮，西奥清清楚楚地看见散落在草地上的石头和墙外黑色的树林。西奥想大声喊："马上，跑！快！快！"就在这一时刻，罗尔夫行动起来。他抓住朱利安的手一起往墙头跑去。罗尔夫首先跳过去，然后半是悬空、半是拖拽地把朱利安弄过了墙。其他的舞蹈者沉浸在舞蹈中，很入迷，继续在高声喊叫着，可是离他们两个最近的那个末日一族动作很快，丢下火把，号叫一声冲着他们跑了过去，紧紧抓住朱利安还没有来得及拽走的斗篷一角。

就在这个时候，卢克猛地扑上去，死死抓住这个末日一族，徒劳地想把他拽回来，嘴里还喊着："不要，不要。抓我吧，抓我吧。"

那个末日一族松开斗篷，愤怒地号叫一声转过身来对着卢克。在那一刹那间，西奥看见朱利安犹豫了一下，伸出一只胳膊。就在这时，罗尔夫拽了她一下，于是两人飞快地跑走，消失在树影中。一切转瞬即逝，留下的是一幅让西奥困惑的画面：朱利安伸出去的胳膊，满含乞求的眼神；罗尔夫把她拽走的动作；在草丛中燃烧的那个末日一族的火炬。

此刻，末日一族有了自投罗网的牺牲品。他们丢下西奥和玛丽亚姆，在一片可怕的寂静声中朝卢克围过来。棍棒击打着骨头咔嚓作响，同时西奥听见一声尖叫。不过西奥分不清楚叫声是玛丽亚姆发出的还是卢克发出的。接着，卢克倒下，凶手们如同野兽扑向猎物一样朝他扑了过去，拥挤着，击打如雨点般疯狂落下。舞蹈结束，死亡仪式终结，而杀戮开始。他们残杀着。寂静，可怕的寂静。西奥似乎听得到每一根骨头的碎裂，感受到耳朵里灌满卢克血液的喷薄声。西奥紧紧抓住玛丽亚姆，把他拉到墙头边。

玛丽亚姆喘着粗气："不，我们不能，我们不能！我们不能丢下他！"

"必须这样。我们现在帮不上他。朱利安需要你。"

末日一族没有动身来追。当来到林子边上的时候，西奥和玛丽亚姆停下来回头去看。这个时候杀戮看起来与其说是疯狂的嗜血行为，不如说变成了精心策划的谋杀。五六个末日一族把火把举到半空中，围成一圈，半裸的身体呈现出灰暗的轮廓，他们手里挥舞着棍棒，随着死亡芭蕾的一招一式或起或落。圈子里毫无动静。即便是隔着这么远的距离，西奥似乎也能感觉到空气中飞舞着卢克骨头的碎渣。可是他知道除了玛丽亚姆的喘息声和他自己心跳的声音之外他什么都听不到。他知道罗尔夫和朱利安已经悄悄地来他们身后。几个人一起无声地看着。这群末日一族杀戮结束，又开始欢欣鼓舞地高声喊叫，并朝着捕获的汽车跑过去。借着火把的光亮，西奥看见路边田地里开着一扇大门。末日一族中的其中两个把门打开，一个末日一族开着汽车缓缓地驶过草地边缘，进入大门，其他人在后面推着。西奥知道，他们肯定有自己的汽车，或许是一辆小型货车，尽管他记不起看见过。可是有一阵子他荒唐地希望这些人在烧掉这辆车的激动中会暂时忘了他们自己的车，希望能有渺茫的机会，可以跑到那辆车边，或许这些人会把车钥匙留在开关上。他知道这些想法不切实际。在想这些的时候，他甚至能看见一辆小型的黑色货车正沿路行驶，穿过大门进入田地。

那群人走得不远。西奥判断不超过50码。接着喊叫声和疯狂的舞蹈再次开始。一声爆炸，雷诺熊熊燃烧起来。随着这一声爆炸而消失的还有玛丽亚姆的药物、他们食品、水和毯子。随着那一声爆炸消失的还有他们的希望。

西奥听见朱利安的声音：“我们现在可以把卢克弄回来。现在，趁着他们顾不上。”

罗尔夫说：“最好把他留在那里。如果他们发现他没了，会想起我们还在这里。我们晚些时候再去弄他。"

朱利安轻轻拽拽西奥的袖子:"请把他弄回来。有可能他还活着。"

黑暗中传来玛丽亚姆的声音:"他不可能活着。不过我不会把他丢下。无论死活,我们都要在一起。"

说着她就要往前走,被西奥一把拽住袖子。他平静地说:"你和朱利安在一起。我和罗尔夫去。"

西奥说着朝大路走去,没有看罗尔夫。起初他以为罗尔夫没跟过来,过了一会儿罗尔夫赶上了他。

他们来到了目的地,黑色的身影侧身而卧,似乎是睡着了。西奥说:"你力气大些,你搬头部。"

两人合力把尸体翻了过来。卢克的脸部已经被打烂。即使只是借着远处燃烧着的汽车发出的红光,他们也能看见他整个头已经被打得血肉和碎骨模糊成一片,胳膊歪斜着,腿被打折。西奥鼓了鼓劲去抬他,好像是抬一个破损的牵线木偶。

卢克比西奥预想的要轻些。不过在爬过横在大路和墙之间的浅沟,把尸体挪移过去的时候,西奥还是听到罗尔夫和自己的粗重的喘息声。他们回到朱利安和玛丽亚姆身边,她们一句话都没说,领着往前走,四人似乎是一支预先约定的送葬队伍。玛丽亚姆打开手电筒,大家跟随着这小片的光亮前行着。行程似乎无穷无尽,可是西奥判断,到他们跨过一棵倒掉的树时为止,所用的时间可能只有一分钟。

西奥说："我们把他放在这儿吧。"

玛丽亚姆很注意不用手电筒照卢克的脸。此时她对朱利安说："不要看他。你没有必要看他。"

朱利安的声音平静："我必须得看看。我不看的话情况会更糟。把手电筒给我。"

玛丽亚姆没有再说什么，把手电筒递了过去。朱利安慢慢地照着卢克的身体，跪下来，努力用裙子擦拭着卢克脸上的血迹。

玛丽亚姆轻声说："没有用。脸上没剩下什么。"

朱利安说："他是为救我而死的。"

"他是为了救我们所有人而死的。"

西奥突然觉得很疲惫，心里想着：我们要把他埋掉。在继续前行之前必须把他埋到地下。可是往哪儿走、怎么走呢？不管怎么样，他们必须再弄一辆车、食物、水和毯子。不过目前最迫切的需要是水。他想喝水，口渴驱赶走饥饿。朱利安跪在卢克的尸体旁，把他打碎的头放在自己大腿上，她黑色的头发散落在他脸上。她没有发出声响。

这个时候罗尔夫弯下腰，从朱利安手里拿过手电筒。他用灯光正正地照着玛丽亚姆的脸。面对着很细但光亮很强的光束，玛丽亚姆眨巴着眼睛，下意识地举起一只手。罗尔夫的声音低沉沙哑，像是从发病的喉头里挤出来似的，完全走了样。他说："她怀的是谁的孩子？"

玛丽亚姆放下手定定地看着他，但是没有说话。

罗尔夫又问了一句："我问你，她怀的是谁的孩子？"

他说话的声音这会儿清楚些了，可是西奥看见他整个身体都在颤抖。他下意识地往朱利安身边靠了靠。

罗尔夫扭脸对着他。"别介入这件事！这跟你没有关系。我在问玛丽亚姆。"然后再一次粗暴地说，"跟你没关系！没关系！"

黑暗中传来朱利安的声音："为什么不问我？"

这是卢克死后，罗尔夫第一次面对她。手电光慢慢地从玛丽亚姆的脸上稳稳移到朱利安脸上。

朱利安说："是卢克的。这个孩子是卢克的。"

罗尔夫的声音很平静："你确定吗？"

"是的，我确定。"

罗尔夫用手电筒照着卢克的身体，像行刑手受冰冷的职业兴趣驱使，检查受刑的人是否已经死亡，是否需要再来最后致命的一击那样。接下来他猛地转身离开他们，趔趔趄趄走在树木间，猛地扑到一棵山毛榉树上，张开双臂把树抱住。

玛丽亚姆说："天哪，干吗现在问？干吗现在说？"

西奥说："玛丽亚姆，去看看他吧。"

"我去说他不管用。他需要自己面对这件事。"

朱利安静静地跪在卢克的头颅旁。西奥和玛丽亚姆站在一起，眼睛死死地盯着那个黑色的身影，似乎害怕他会毫无痕迹地消失在树林黑暗的阴影中。他们听不到声响，可是西奥似乎感觉到罗尔夫在树皮上蹭着脸，就像一个备受蚊虫叮咬的动物想要摆脱折磨一样。这时候，罗尔夫整个身体都扑到那棵树上，似乎在冲着不屈的树木发泄着自己的愤怒和痛苦。他四肢抽搐如同性欲大发，如此巨大的痛苦却成了淫秽不堪的戏仿，让西奥觉得实在不忍直视。

他转过身去平静地对玛丽亚姆说："你知道卢克是孩子父亲吗？"

"知道。"

"她告诉你的？"

"我猜出来的。"

"可是你什么都没有说过。"

"你想让我说什么？我从来没干过打听孩子父亲是谁的事情。孩子就是孩子。"

"这个孩子与其他的不同。"

"在助产妇眼里没有不同。"

"她爱他吗？"

"咳，男人都想知道这个。你最好还是去问她吧。"

西奥说："玛丽亚姆，请跟我说说吧。"

"我认为她是觉得对不起他。我认为她并不爱罗尔夫和卢克，哪一个都不爱。她开始爱上你了，无论这些意味着什么，我觉得你心里知道。如果你不知道或不渴望的话，你就不会到这里来。"

"卢克从来没有接受过检查吗？还是他和罗尔夫都没有参加精子检测？"

"罗尔夫参加过精子检测，至少在最近几个月里。他认为技术人员要么不认真，要么他们觉得费事，所取精子中大半都不会进行检测。卢克是免于检查的。他小的时候得过轻度的癫痫。和朱利安一样，卢克是被检查排除在外的。"

此时他们已经离开朱利安一段距离。西奥回头看着朱利安跪着的黑色身影，说："她是那么平静。任何人都觉得她会在最佳的状态下生下孩子。"

"什么是最佳的状态？在战争中，在革命中，在饥荒中，在集中营里，在行军中都有女人生过孩子。她所得到的是最基本的条件：她所信任的你和一位助产妇。"

"她信任上帝。"

"没准你也应该相信上帝。这样或许会让你对她心平气和些。过些日子孩子要生的时候，我需要你帮忙。我需要的当然不是你的焦虑。"

"你相信吗？"他问道。

玛丽亚姆微笑着，知道他什么意思。"相信上帝吗？不，对我来说这一切都太迟了。我相信朱利安的力量、勇气以及我自己的技能。但是如果上帝帮我们渡过了这一关，没准我会改变想法，看看我是否与上帝还有什么一致的地方。"

"我认为上帝不会讨价还价。"

"哦，不是的，上帝讨价还价。我可能没有宗教信仰，但是我有自己的圣经。我母亲对此深信不疑。上帝确实讨价还价。不过上帝应该公正。如果上帝想让我们信仰他，最好给些证明。"

"证明他存在吗？"

"证明他在乎。"

他们依然站着，眼睛盯着那个黑色的身影。他似乎成为黑色树干的一部分，几乎分不清。他现在很安静，一动不动，靠在树上，似乎已经精疲力竭。

西奥对玛丽亚姆说："他会没事吗？"可是话一出口他就知道这问题没有答案。

"我不知道。我怎么能知道。"

玛丽亚姆从西奥身边走开，朝罗尔夫走去，接着停下来，静静地站着，等在那里，心里明白如果他需要一个人安慰的话，他不会找其他的人。

朱利安从卢克的身旁站起来。西奥感觉到她的斗篷拂过自己的胳膊，可是他没有回头去看她。他心里有各种情绪：愤怒，可是他知道自己没有权利去愤怒；宽慰，原来罗尔夫不是孩子父亲，这种情绪强烈到接近快乐；可是愤怒在眼下更为强烈。他想猛烈地抨击她，想说："你就是这么一个人吗？跟随这团队的下贱人？加斯科因呢？你怎么知道孩子不是他的？"可是这些话是难以原谅的，更糟糕的是，这些话令人难以忘记。他知道自己没有权利质问她，可是他没能咽下下面这句不加掩饰的指责，也没有掩饰住这些话语背后的痛苦。

"你爱他们吗？爱他们中的任何一个吗？你爱自己的丈夫吗？"

她不动声色地说："你爱你的妻子吗？"

西奥看出来她问得很严肃，并非在报复。他认真地想了一下，把心里真实的想法说了出来："结婚的时候我深信自己是爱的。我迫使自己相信我们之间有该有的感情，却不清楚该有的感情是什么。我幻想我妻子拥有她所没有的品质，然后为她并没有这些品质而鄙视她。后来，如果可以多考虑一下她的需要，少考虑一下自己，我是可以学会去爱她的。"

他心里不由得想：这是对婚姻的总结。或许多数婚姻，无论是美满的婚姻还是不美满的婚姻，都可以用这四句话总结。

她定定地看了他一会儿，然后说："这就是我给你的答案。"

"那么卢克呢？"

"不，我并不爱他，但是知道他爱我，我很开心。我嫉妒他，因为他可以爱得那么深、感受那么多。没有人那么深沉地需要我。于是我给了他想要的。如果我爱他，就……"她停顿一下，然后接着说，"罪恶感就会少些。"

"对一个简单的慷慨行为来说，这个词不会太重了吗？"

"可是这不是一个简单的慷慨行为。这是一种自我放纵。"

西奥明白，现在不是进行这样对话的时候，可是什么时候合适呢？他必须知道，必须明白。于是又说："可是如果你爱过他的话，这一切本来无所谓。'罪恶感就会少些'是你自己的措辞。这么说你同意罗西·麦克卢尔的话，爱让一切合理，让一切有了借口。"

"不是的，一切都是自然的、人性的。我所做的是利用卢克，出于好奇心、无聊，或许是为了报复罗尔夫关注这个组织多于关注我，因为自己不再爱他而惩罚他。因为不再爱而伤害对方，你能理解这种需求吗？"

"是的，我懂。"

朱利安又问了一句："一切都很平常，都想象得到，都很可耻。"

西奥加了一句："而且俗艳。"

"不，不是那样的。俗艳与卢克根本不沾边。这件事对他的伤害要多于给予他的快乐。不过现在你不再觉得我圣洁了。"

"是的，不过我曾觉得你是好人。"

她平静地说："现在你知道我并不好。"

西奥往那半明半暗处看过去，看见罗尔夫已经离开树，开始走回来找他们。玛丽亚姆走上去迎接他。三双眼睛都紧紧地盯着罗尔夫的脸，看着，等着他先开口。等罗尔夫走近些时，西奥才看见他的左脸和前额上裂开口子，皮都蹭掉了。

罗尔夫的声音很平静，可是音调很高，怪怪的，有一阵子西奥荒诞地觉得一个陌生人在黑暗中悄悄来到他们中间："动身之前，我们必须把他埋掉。也就是说我们要等到天亮。我们最好在他身体不太僵硬之前把他的外套剥下来。我们需要所有的保暖衣物。"

玛丽亚姆说："没有铲子之类的东西，埋葬他并不容易。地面虽然松软，可是我们需要挖出一个坑。我们不能只用树叶把他盖上。"

罗尔夫说："可以等天亮再动手。现在就把衣服扒下来，衣服对他没用。"

罗尔夫只是提出这个建议，并没有动手，是玛丽亚姆和西奥两人把尸体翻过来，把外套从两只胳膊上扒了下来。袖子浸透了血，很重。西奥的手感受到了外套的潮湿。两个人再次把尸体仰面放下，胳膊捋顺放在身体两侧。

罗尔夫说："明天我再去弄一辆车。这个时候我们要尽量休息一下。"

几个人一起挤在倒地大树宽大的树杈之间。一根凸出的树干上依然枝叶繁茂，青铜色的干燥秋叶如同旗子般，给人一种安全的幻觉。他们躲在下面，就像知道自己犯了大错的孩子一样，徒劳地躲避着，不让大人找到。罗尔夫在最外面，接下来是玛丽亚姆，朱利安在玛丽亚姆和西奥之间。个个身体僵硬，感染得周围空气都充满了焦虑。林子本身也不平静，空气躁动不安，细小的嘶嘶声和低语声不绝于耳。西奥睡不着，而且从不均匀的呼吸声、压抑着的咳嗽声以及低低的咕哝和叹息声知道其他人和他一样无眠。会有睡觉的时候。那时候天气将更温暖，而且那个黑色僵硬的尸身已经埋掉。而此刻，这个尸身就在倒地大树的另一侧，眼不可见，却是所有人心里挥之不去的存在。朱利安紧贴着西奥，西奥感受到了她的温暖，而且他知道她肯定有同样的感觉。玛丽亚姆用卢克的外套裹住朱利安，西奥似乎能闻到风干的血的味道。他感觉自己悬在不定的时间中，能感觉到冷，感觉到口渴，能听到林子里数不清的细碎声音，却感受不到时间的流逝。和其他人一样，西奥硬挺着，等待着天亮。

第二十八章

黎明，反复试探，在阴冷中如同冰冷的气息潜入林子，裹住圆圆的树皮和残损的树枝，轻触着树的枝干和低处裸露的小枝，赋予黑夜和神秘以形式和实质。西奥睁开眼睛，不能相信自己确实睡着了。不过他知道自己肯定睡了一会儿，因为他不知道罗尔夫是什么时候起身离开的。

就在这个时候，西奥看见罗尔夫正大踏步地穿过树林往回走。罗尔夫说："我一直在探索。这算不上一个真正的林子，不过是一片杂树林。大约只有八十码宽。我们在这里躲不了多长时间。林子尽头和田野之间有一条沟，可以用来埋他。"

这一次罗尔夫依然没有触碰卢克的尸身。玛丽亚姆和西奥两个人抬起了尸体。玛丽亚姆抓住卢克的两条腿，分开，用大腿撑住。西奥抬着头部和肩膀，已经可以感觉到行程的艰难。两人晃晃悠悠地抬着尸体，跟着罗尔夫穿行在林子里。朱利安走在他们旁边。她的斗篷紧紧地裹住她，脸上很平静但是脸色苍白。卢克被血液沾染的外套和奶白色的长袍叠放在她一只胳膊上，那样子就像是拿着战利品一样。

他们走了大约只有五十码就来到林子边缘，发现一眼望去是舒缓的开阔田野。收获季节已经过去，一捆捆稻草如同灰色的长枕散落在远处的高地上。太阳，那个光芒刺眼的白色球体，已经开始驱散笼罩在田野和远山上的薄雾。它吸收了秋的各种色彩并把这些色彩融合成一种柔和的橄榄绿，单株的树木如同剪影画一样凸显出来。又是一个温和的秋日。西奥心情不由得为之一振。它看见林子边缘有一片结了果的黑莓林。他拼尽力气才控制住自己没有丢下卢克的尸体扑过去。

沟很浅，不过是横在林子和田地之间的一条窄窄的水沟。可是再找一个更为合适的埋葬地点很困难。田地新近犁过，隆起的田埂看起来很松软。西奥和玛丽亚姆松开尸体，任其滚进浅浅的沟里。西奥多么希望他们可以用更有敬意的方式，而不是像丢弃无用的动物一样。卢克脸朝下趴在沟里。西奥感觉这不是朱利安想看到的，于是跳进沟里，使劲想把尸体扳过来。这件事比他预想的要难，还不如下手。最后玛丽亚姆不得不帮忙，两人在泥土和树叶里一起费劲才把卢克沾满了泥土的残破脸颊翻过来，朝上对着天空。

玛丽亚姆说："我们先用树叶盖住他，然后用泥土。"

罗尔夫依然没有动手帮忙。其他三个人折回林子，每人抱着一大捧干燥的落叶。新落的山毛榉叶子是青铜色，很鲜亮，映衬着枯叶也跟着鲜亮起来。在开始埋葬之前，朱利安把卢克的长袍卷起来丢进坟墓里。西奥想抗议。他们的东西如此之少，只有衣服，一个手电筒和一把带子弹的手枪。长袍应该能有些用处。可是用来干什么呢？为什么要斤斤计较卢克的东西？他们三个用树叶盖住尸体，然后开始用手把周围的泥土往里填。如果西奥用脚往尸体上踢大批的土块，再跺一跺的话会更快些，也更容易些。可是当着朱利安的面，西奥不能为了求效率而这么粗鲁。

整个埋葬过程朱利安一言不发，非常平静，最后突然说了一句："他应该躺在圣地。"这是她第一次像个担心的孩子一样说话，声音里充满悲痛、哀怨和迟疑。

西奥不由得升腾起一股恼火，差一点脱口而出：她想让大家干什么？等到天黑把尸体挖出来，拖到最近的墓地，埋到其中的一个墓穴里吗？

玛丽亚姆对她的话作了回答。她很平静地说："好人所躺的地方都是圣地。"

朱利安转脸对着西奥："卢克会希望我们给他念葬礼祷告。他的祷告书在他的兜里。请为他念一下。"

朱利安拿出被血浸染的外套，从一个内侧胸袋里拿出一个小小的黑色皮革祷告书，然后递给西奥。只费了一点时间就找到了要读的地方。西奥知道祷告并不长，但是即便这样他还想着缩短。西奥无法拒绝她，但是这个任务是他不愿意做的。西奥开始读着祷告词，朱利安站在他的左侧，玛丽亚姆站在她的右侧。罗尔夫站在墓地尾部，双腿跨立，双臂交叉，眼睛盯着前方。他被磨烂的脸是那么的苍白，身体是那么僵硬。西奥抬头看他的时候，不由得害怕他会往前一头栽在松软的泥土里。西奥对他的敬意有增无减。他遭受背叛，失望与痛苦之巨大是难以想象的，但是他至少还挺立着。西奥心里不由得想自己能否有这样的自控力。西奥眼睛盯着祷告书，可是他知道罗尔夫黑色的眼睛正越过墓穴盯着自己。

起初西奥觉得自己的声音怪怪的，但是在读到圣歌部分时被祷告词吸引住，声音平和起来，充满自信，似乎这些祷告词他已经熟记在心："主啊，你世世代代作我们的居所。诸山未曾生出，地与世界你未曾造成，从亘古到永远，你是神。你使人归于尘土，说，要归回，你们这些人类之子。在你看来，千年如已过的昨日，又如夜间的一更。"

西奥读到了献身部分，当他读到"土归土，灰归灰，尘归尘；心中充满希望，确信通过我们的主耶稣基督可以复活，获得永生"时，朱利安蹲下身子往坟墓上撒了一把土。玛丽亚姆犹豫片刻也照做了。朱利安身体臃肿，蹲下去很困难，由玛丽亚姆扶着，整个姿势毫无美感可言，在西奥眼里就像是一个正在大便的动物。这不是他有意去想的，也不是他愿意想的。他不由得鄙视自己，把这个想法丢在一边。当读到仁慈部分时，朱利安和他一起读起来。然后西奥合上祷告书。罗尔夫依然没有动，也没有说话。

突然之间，罗尔夫猛地一动，转过身来，说："今天晚上要再弄一辆车。现在我要睡觉。你们最好也睡觉。"

　　但他们首先走进灌木丛，往嘴里塞着黑莓，手和嘴唇全部染成紫色。这片灌木丛没有人涉足过，上面结满成熟的浆果，小小的果粒颗颗饱满、甜美。西奥很奇怪罗尔夫竟然能抵制住浆果的诱惑。他那天早晨已经吃饱了吗？浆果在舌尖碎裂，滴滴果汁甜美得令人难以置信，西奥不由得重新燃起希望和力量。

　　饥饿和口渴部分地得到缓解，然后他们返回林子，回到那棵倒地的树干前。这里是一个藏身之处，至少给人心理上的安慰。两个女人贴身躺在一起，裹着卢克僵硬的外套。西奥躺在她们的脚头。罗尔夫躺在树干的另一面。地面累积着数年的落叶，很松软。但是即便地面坚硬如铁，西奥依然会睡着。

第二十九章

临近傍晚时分西奥醒来。朱利安站在他身边，说："罗尔夫走了。"

西奥一下子没了睡意："确定吗？"

"是的，确定。"

他相信她，但是还是说着不无希望的骗人话："他可能去散步了。他需要一个人待着，想好好想想。"

"他已经想过了。现在他走了。"

西奥即便不能说服自己，也要一门心思地说服她："他生气了，糊涂了。他不再想孩子出生时和你在一起。不过，我相信他不会背叛你。"

"为什么不呢？我背叛了他。我们还是叫醒玛丽亚姆吧。"

没有必要叫了。玛丽亚姆半睡半醒间听到了他们的话。她一下子坐起身，往罗尔夫躺的地方望过去。然后挣扎着站起身，说："这么说他走了。我们本来应该知道他会走的。不管怎样我们都不可能阻止住他。"

西奥说:"我或许可以控制住他,我有枪。"

朱利安眼睛里现出疑问,玛丽亚姆给她做了回答:"我们有一支枪,不要担心,会很有用的。"然后转身对着西奥说,"或许可以让他跟我们在一起,但是能撑多长时间?怎样做到?我们轮流睡觉,日夜拿着枪顶着他的脑袋,看着他吗?"

"你认为他是去找议会了吗?"

"不是去找议会,而是找总督。他已经改变了效忠对象。他一直痴迷于权力,现在他和权力之源汇合了。不过我认为他不会给伦敦打电话。这个消息太过重大,不允许走漏风声。他会想着亲自见总督。这样一来我们就会有几个小时——没准时间更长——如果幸运的话,也许会有五个多小时。这要看他是什么时候离开的,以及他已经走了多远。"

西奥心里想:五个小时和五十个小时,有什么区别吗?绝望压心,撕扯着他的脑子和四肢,让他完全失去力量,虚弱到只想瘫到地上去。有那么一秒钟——或许时间更长些——他甚至连脑子都不转圈了。可是这种状况很快过去。脑力恢复过来,随之而来的还有希望。如果他是罗尔夫会怎么做?跑到大路上,见车就招呼,找到最近的一部电话吗?不过,事情有这么简单吗?罗尔夫是一位被追捕的人,没有钱,没有交通工具,没有食物。玛丽亚姆是对的。他携带的秘密如此重大,在告知给最在乎而且出价最高的那个人之前必须保持完好无损，而这个人就是罕。

罗尔夫必须找到罕，安全地找到罕。他不会冒风险让自己被抓住，不能被国家安全警察中某个以扣扳机为乐的人射中。即便是被近卫步兵抓住也是不小的灾难，他会被投入处于他们控制下的监狱，他提出要见英格兰总督时立刻会招致嘲笑和蔑视。不，他会设法赶往伦敦，像他们曾经做的那样，在夜色的掩护下，随机应变。等到了首都，他会出现在老外交部的大楼前，然后提出要见总督。他有把握在那个地方提出这个要求会得到严肃对待，这里的权力是绝对的，而且是得到了很好的执行。而且，如果无法说服进不了大楼的话，他就会亮出最后一张牌。"我要见总督。告诉他我知道有女人怀孕了。"这样一来，罕就会见他。

他们一旦听到这个消息而且也相信的话，很快就会过来。即使罕认为罗尔夫在撒谎或者是疯了，他们照样会来。即便他们认为这是幻想性妊娠，各种迹象、症状、子宫肿大，所有这一切最终都会以闹剧结束，他们依然会过来。这件事太过重大，容不得半点差错。他们会带上医生和助产妇坐着直升机来。一旦事实确定还会带着电视台的摄像机来。朱利安会被小心地抬走，送进公共医院的产床上，享受二十五年来未曾动用过的分娩医疗技术服务。罕本人会指挥这一切，把这个消息宣布给将信将疑的全世界人们。参与这个过程的人都不是等闲之辈。

西奥说："我估计我们现在应该在莱姆斯特西南五十英里处。

原先的计划依然可行。我们要在林子尽可能深处找一个藏身的地方，一个小屋或一座房子。很明显我们不能去威尔士。我们可以朝东南方的迪恩森林去。我们需要交通工具、水和食物。等天一黑我就去最近的村庄偷一辆车。我们离一个村子只有几英里。在'末日一代'困住我们之前，我远远地看见过村子里的灯光。"

西奥想着玛丽亚姆会问怎么去，没想到她说："值得试一试。不要冒过多的风险。"

朱利安说："西奥，请不要拿枪。"

西奥转身对着她，压抑着愤怒说："我会带上我需要带的东西，做我该做的事情。没有水你能撑多长时间？我们不能靠黑莓过活。我们需要食物、饮料、毯子和接生用的东西。我们需要一辆汽车。如果我们能在罗尔夫找到议会之前躲起来的话，我们就还有一丝希望。没准你已经改变主意。没准你想学罗尔夫的样子放弃自己呢！"

她摇了摇头但没有说话。西奥看见她的眼睛里有泪水。他想把她搂在怀里。但他只是远远地站着，把手伸进内口袋，摸了摸沉重的枪，冰冷刺骨。

第三十章

天一黑西奥立刻动身。他急于走，不愿浪费一分钟。他们的安全取决于他找到的那辆车的速度。朱利安和玛丽亚姆走出林子，看着他走出视线。西奥回头看了最后一眼，不由得想到这也许是最后一次见她们。他把这种想法压了下去。他记得村子或小镇的灯光在大路的西侧。最近的路也许是穿越田野。但是他把手电筒留给了两位女人，在没有照明的情况下穿越不熟悉的田野会招致灾难。西奥沿着他们来时的路开始跑起来，后来时跑时走。半个小时之后，他来到一个十字路口，稍一犹豫，西奥选了左边的岔路。

西奥又快步走了一个小时才来到小镇的边缘。乡村的道路没有路灯，一边是高高的枝杈纠结的树篱，一边是树木很少的林子。西奥选择走在林子这一面，听到有汽车开进来，他就会快步走进树影中。他这样做一般是出于藏身的本能，一半是出于恐惧——害怕一个独自快步行走在黑暗中的男人会引起人们注意（这也并非完全有道理）。现在树篱和树林已经让位给大院落，离路远的一面是独门独户的房子。

这些人家车库里肯定有车，或许还不止一辆。不过房子和车库防护得会很到位。对于一位偶尔为之、没有经验的小偷来说，这种招摇的财富是很难到手的。西奥在找更容易唬得住的房主。

现在西奥已经来到镇里。他走得很慢，能感觉到自己的心跳加快，在胸腔里剧烈而有节奏地响着。他没有想着要深入小镇的中心。重要的是尽快找到所需要的东西，然后逃离。就在这个时候，他看见一排拉毛粉刷的半独立别墅耸立在右手最近处。每一对连体房都是一模一样的，门旁有凸窗，墙的尽头建有车库。西奥几乎是踮着脚尖查看着第一对连体房。左边的房子是空的，窗户已经用木板封起来，前门上挂着一个待售的牌子。很明显已经有段时间没人住了。草长得很高，四处蔓延。院子中间的一个圆形花坛里面是荒长的玫瑰丛，枝干纠结在一起，去年开过的花低垂着，半死的样子。

右边的房子里住着人，外观上很不同。靠前的房间里亮着灯，窗帘已经拉上，房前的园子里是修剪整齐的草坪，靠路的地方是一片菊花和大丽花。院子边界处新扎了篱笆，或许是为了遮掩邻家的荒废，或许是为了防止野草蔓延过来。这一家似乎很合西奥的目的。没有邻居，就没有人偷偷地看或者是听；离大路近，他可以以较快的速度逃脱。可是车库里有车吗？西奥走到大门口，仔细地盯着碎石泥土路看，可以辨识出路面上有轮胎的痕迹，还有一小片油渍。油渍让人担心，但是小房子养护得这么精心，花园如此整洁，西奥不由得想，就算车再小再旧也不至于不能上路。但是万一不行呢？那么他就要重新开始，而第二次下手危险就会倍增。西奥在门旁边就这样站着，不由得往左右看看，确保没有人在观察自己，他脑子里盘算着各种可能性。他可以阻止屋子里的人发出警报，做到这个只需要切断电话线并把他们绑起来。但是假设他在下一家同样没有找到车，接下来该怎么办？一连串地绑人既可笑又危险。他至多只有两次机会。如果在这一家不能成功的话，最可行的计划是在大路上截住一辆车，把司机和乘客都撵下来。这样他至少可以确定到手的车可以开。

西奥快速地最后往四下里看看，然后轻轻地打开大门门闩，闪身进去，几乎是踮着脚尖走到房子前门。西奥微微舒了一口气。窗帘并没有完全遮住凸窗，在帘子和窗户框之间有大约三英寸的缝隙。透过缝隙西奥可以清楚地看到屋子里正在发生的一切。

屋子里没有壁炉，房间里最显眼的是一台很大的电视机。电视机前是两把扶手椅。西奥看见一对老人头发灰白的头部，应该是丈夫和妻子。房子里家具很少，在边窗的前面是一张饭桌和两把椅子，还有一张很小的橡木办公桌。西奥看不到图画、书籍、装饰品和花，不过在一面墙上挂着一个年轻女孩子的巨幅彩色照片，照片下面是小孩用的高脚椅，上面放着一个泰迪熊，戴的领结上满是斑点。

即便是隔着玻璃西奥也能清清楚楚地听见电视声。老人肯定耳朵不好使。西奥听出来电视里正演着《邻居》，是20世纪80年代和90年代的一部预算很低的电视剧，是澳大利亚的片子，剧情之前是一阵很是枯燥的叮当声。这部电视剧最初是在老式电视机上播放的，非常受欢迎，现在电视已具有高分辨率，该电视剧进行改编再次播放，确实又成为了一股热潮。原因很简单，故事发生在遥远的、阳光普照的郊区，激起人们对充满天真和希望的虚幻世界的怀旧情绪与向往。但是，最为主要的是这部片子是关于年轻人的。那虚幻却光芒四射的年轻的脸庞、年轻的四肢、年轻的声音制造出一种幻象：在地球对面的天空下依然存在着令人备感安慰的年轻人世界，而且我们可以随意进入。出于同样的精神和需要，人们购买关于孩子的视频、儿歌和关于年轻人的电视节目，如《花盆男子》和《蓝彼得》。

西奥按响门铃，等人过来。他猜想天黑以后两个老人会一起过来开门。透过不太隔音的木门他听见慢吞吞走过来的声音，然后听见门闩哗啦一响。门开了，链子还没放下。透过开出的很窄的缝隙，西奥看见这对老人比自己想象的要老。一双阴冷的眼睛正盯着自己，眼神里怀疑多于焦虑。

没想到男人的声音那么刺耳："你想干什么？"

西奥猜想如果自己声音平静、有教养的话会使对方放心，于是说："我是地方议会的。我们正在做一项针对人们兴趣和爱好的调查。我有一个表格需要你填一下，费不了多长时间，需要现在填。"

男人犹豫了一下，然后拿下链子。西奥猛地一推门，进到屋里，随手把门关上。枪已经握在手里。西奥没等他们说话或喊叫就说："没事的，你们没有危险，我不会伤害你们。保持安静，按照我说的做，你们就会安全的。"

女人开始剧烈地颤抖，紧紧抓住丈夫的胳膊。她很瘦弱，骨架很小，肩膀看起来那么柔弱，似乎承受不住浅黄褐色开衫的重量，开衫从肩膀上耷拉下来。

西奥盯着她满是迷茫与恐惧的眼睛，极尽所能地劝说道："我不是一名罪犯。我需要帮助，我需要你们的车、食物和饮料。你们有一辆车？"

男人点了点头。

西奥接下去说："什么牌子的？"

"西铁城牌的。"这是一种大众品牌车，价格便宜，耗油量小。这种车已经十年时间了，不过车子建构很好，值得信赖。西奥曾以为情况也许会比这更糟。

"油箱里有油吗？"

男人点了点头。

西奥说："还能跑吗？"

"哦，是的，我很注重保养车。"

"好的。现在我要你们上楼。"

这个命令让他们害怕。他们怕什么，怕他在他们自己的卧室里杀了他们？

男人乞求道："不要杀我，我是她的全部。她有病，心脏病，如果我走了她就得参加'寂灭'。"

"没有谁要伤害你们。没有'寂灭'。"接着又粗暴地重复一遍，"没有'寂灭'！"

他们上楼的速度很慢，一步一步地挪着，女人紧紧地抓住丈夫。

只须扫上一眼，就能看出楼上楼上的布局很简单。前方是主卧，主卧对面是浴室，挨着浴室是一个独立的厕所。后方是两个小卧室。西奥用枪示意他们进入后面两个卧室中较大的那间。里面有一张单人床。西奥把床罩撩开，发现床是铺好的。

西奥对男人说："把床单撕成条条。"

男人用他那粗糙的手抓住棉布床单，很用劲地撕扯着。可是单子的折边太结实了，他怎么都撕不烂。

西奥不耐烦地说："我们需要剪刀。剪刀在哪里？"

说话的是女人："在前面的房子里，在我的梳妆台上。"

"请把剪刀拿过来。"

女人四肢僵硬地蹒跚着出去，只一会儿就回来了，手里拿着一把指甲剪。指甲剪很小，不过已经够用。上了年纪的男人手指颤抖着，如果西奥让他来剪的话，势必会浪费宝贵的时间。

于是西奥粗暴地说："往后退，你们两个，肩并肩，靠着墙站。"

他们照办。西奥就这样隔着床面对面，枪放在右手近旁。然后西奥开始撕床单。撕裂的响声似乎非同寻常的大。他似乎在撕裂空气，撕裂这座房子的构架。撕好以后，西奥对女人说："过来躺到床上。"

女人扫了丈夫一眼，似乎在征询他的同意。男人快速地点了点头。

"照他说的去做，亲爱的。"

女人上不了床，西奥不得不把她抱起来。她的身体那么轻，他用手抱住她的大腿一下子就把她甩上床去。甩的动作太大，以致她差点从床上滚到地上。西奥脱掉她的鞋子，把她的脚踝绑在一起，然后把她的双手绑在背后。

西奥说："你还行吗？"

她轻轻点了一下头。床很窄，西奥不知道是否还够男人躺下。可是丈夫感觉到了西奥心里的想法，赶紧说："不要把我们分开。不要让我去隔壁房间。不要打死我。"

西奥不耐烦地说："我没有要打死你，枪里都没有装子弹。"说出这句谎话现在已经足够安全。枪已经起到了应有的作用。

西奥粗暴地说："躺到她身边去。"

床上还有地方，但仅仅够他躺下。西奥把男人的手绑到背后，然后把他的脚踝捆上。最后，用最后一根棉布条把他们的腿绑到了一起。他们两人都朝右侧身躺着，紧紧地挤在一起。他们的胳膊都绑到了身后，西奥不相信他们会觉得舒服，但是他不敢将它们绑在身前，害怕男人用牙齿咬开。

西奥说："车库和汽车的钥匙在哪里？"

男人低声说："在客厅的办公桌上。上面的抽屉，右边的那个。"

西奥离开他们，钥匙很容易就找到，然后西奥回到卧室："我需要一个大的手提箱。你们有吗？"

回话的是女人："在床下面。"

西奥把箱子拉出来。箱子很大，不过很轻，只在拐角处用硬纸板加固。西奥不知道撕过的床单是否值得拿走。正在他手里拿着床单犹豫的时候，男人开口了："不要把我们的嘴堵上，我们不会喊叫，我发誓。请不要把我们的嘴堵上，我妻子会无法呼吸的。"

西奥说："我会通知别人你们被绑在这里。十二个小时之内不行，但我之后会通知的。你们想让我告诉谁？"

男人没有看他，说："柯林斯夫人，帮我们料理家的，明天早上七点半会过来。她来得早是因为在我们家忙完之后还要去另一家。"

"她有钥匙吗？"

"是的，她一直都有钥匙。"

"没有其他的人吗？比方说，家人？"

"我们没有家人。我们有过一个女儿，但是已经死了。"

"你确定柯林斯夫人七点半会过来？"

"是的，她很靠谱。她会来的。"

西奥撩开浅色碎花棉布窗帘往屋子外面看，一片漆黑，只能看见伸展的花园，看见花园后面山峦的轮廓。他们可以整夜地喊叫，但是不可能会有人听见。与此同时，西奥可以把电视的声音调到最大。

西奥说："我不会堵住你们的嘴。我会把电视声开得很大，这样就不会有人听见你们的喊声，不要浪费精力喊叫。明天早上柯林斯夫人来了就会把你们放开。尽力休息一下，睡觉。很抱歉我不得不这样做。你们最终还会拿到你们的车。"

下面这句话西奥一出口就觉得滑稽、不诚实。他说的是："你们需要什么吗？"

女人声音很微弱："水。"

这一个词一下子提醒西奥他自己的口渴。真是奇怪，他那么长时间以来一直想喝水，可是刚才竟然忘记了。西奥走进浴室，拿了一个刷牙杯，也没费劲清洗一下，咕咚咕咚就喝起了凉水，直到肚子里再也装不下。然后往杯子里接满水，返回卧室。西奥用胳膊托起女人的头部，把杯子放到她嘴边。女人贪婪地喝着，水溢出来，顺着她的脸侧流下来，滴落到薄薄的开襟衫上。她额头一侧的青色静脉跳动着，似乎要炸开，细细脖颈处的青筋如琴弦般紧绷着。她喝完以后，西奥拿了一块亚麻布给她擦了擦嘴。然后又往杯子里装满水，帮助丈夫喝下去。他感觉怪怪的，竟然不想离开他们。作为一个不受欢迎、不无恶意的造访者，西奥找不出合适的词告别。

西奥在门口时转过身来说:"我很抱歉不得不这样做。努力睡一会儿吧,早上柯林斯夫人就过来了。"

西奥弄不清楚自己说这话是让他们放心还是让自己放心。他不由想,至少他们在一起吧。

西奥又问了一句:"你们还算舒服吗?"

话一出口西奥就感觉问得很愚蠢。舒服?他们像动物一样被捆住,躺在这么窄的床上,稍一动身就有可能掉下床去,他们怎么能舒服?女人小声说了句什么,西奥没有听清楚,但是她丈夫似乎听懂了。男人僵硬地抬起头,直直地看着西奥。西奥看见他昏花的眼睛里是渴望理解和同情的乞求。

男人说:"她想上厕所。"

西奥差点大笑起来。他又回到八岁的时候,听见母亲不耐烦的声音:"我们动身前你应该想到这个。"他们希望他说什么?"在我把你们绑起来之前你们应该想到这个"吗?他们中应该有一个想起这个。现在已经为时太晚。他在他们身上已经浪费了太多的时间。他想起朱利安和玛丽亚姆站在树影里焦急绝望地等待着,支棱着耳朵听每一辆开过来的车,想象着她们每当车飞驰而过时的失望,而且要干的事情还很多:汽车要检查,该带的物品要搜集。要解开这么多打得死死的结要花费他好几分钟时间,而他没有时间可耗费。这样一来女人就要躺在自己的秽物中,一直等到柯林斯夫人早上来。

可是他知道自己不能这样做。女人被绑着，一动不能动，很无助，浑身散发着恶臭，会非常尴尬。西奥不敢想象看见这种场景，他不能把这种有伤尊严的行为强加给她。西奥的手指开始动手解绑得紧紧的棉布条。这比他想象的要难。最后他拿过指甲剪剪开布条，松开她的脚踝和双手。他尽力不去看她手腕上的勒痕。让她下床也不是件容易的事，她瘦弱的身体轻如小鸟，现在处于恐惧和僵硬中。将近费了一分钟的时间她才开始慢慢地朝厕所走去。西奥用胳膊环住她的腰部，支撑着她。

西奥开口了，羞耻感和不耐烦使他的话很粗暴："不要锁门。把门开着。"

西奥在外面等着，克制住想在门口来回走动的冲动，心跳声犹如时钟数着秒。时间一秒钟一秒钟过去，一分钟一分钟过去，他才听到水箱冲水的声音，然后女人慢慢地出来。她小声说："谢谢你。"

回到卧室里，西奥帮着女人上了床，然后从剩下的床单上又撕了些布条，把她再次绑住。不过这一次绑得没有那么紧。西奥对他的丈夫说："你最好也去一下。如果我搭把手的话，你可以跳着过去。我只有松开你手的时间。"

可是即便是这样也不怎么容易。男人的一只手被松开，一只胳膊搭在西奥的肩膀上，可是老人还是没有力气跳出一小步，也不能保持平衡。西奥几乎是把他拽到厕所的。

最后西奥又把老人弄回床上。现在他必须加快速度。他已经浪费了太多时间。他提着手提箱，快步来到房子后部。这里是一个小小的厨房，一尘不染，非常整洁，里面有一个超大的冰箱，还有一个和厨房相通的很小的食品贮藏室。可是冰箱里能找到的东西令人失望。冰箱虽然很大，里面却只有一品脱的纸盒装牛奶、一个装有四个鸡蛋的盒子、装在浅盘里用箔纸盖住的半英磅黄油、一块包装完好的切达干酪和一盒已经开口的饼干。在上面的冷冻分层里西奥除了一小袋子豌豆和一块冻得硬邦邦的鳕鱼之外什么都没有找到。食品储物室里同样令人失望，只找到很少的糖、咖啡和茶。一个人家食品储备竟然这么少，真是荒唐！西奥不由得对这对老人生起气来，似乎他的失望是他们有意造成的。大概他们每周购物一次，而西奥正好赶在他们该购物的时候。西奥见什么拿什么，全都装进一个塑料袋子里。一个晾杯架子上摆着四只杯子，他拿了两个。他还在洗碗池上方的碗柜里找到三个盘子。从一个抽屉里拿走一把锋利的削皮刀，一把刻刀，三套餐用刀、叉和勺子，还把一盒火柴塞进口袋。之后他跑上楼，这一次去的是前面的卧室，把床单、毯子和枕头都扯下来。玛丽亚姆接生会用得着。然后他跑进浴室，找到半打叠放在晾衣柜里的干净毛巾，应该够用了。他把所有的亚麻布都塞进手提箱里。随后把指甲剪也放进口袋，因为他记起玛丽亚姆要过剪刀。在浴室柜子里他发现一瓶消毒液，也拿走了。

他不能再待下去，但是还有一件事未解决：水。他已经有了一品脱牛奶，可那只够解决朱利安的口渴问题。西奥要找一个合适的容器。到处都找不到空瓶子。他忙乱地找着能装水的容器，着急得几乎要诅咒这对老夫妇，结果只找到一个小小的保温瓶。至少他可以用来给朱利安和玛丽亚姆带些热咖啡。西奥没必要等水烧开，更便捷的方式是用热水龙头里的水，不管味道多么糟糕，她们都会疯狂地很快喝完。咖啡弄好以后，西奥把保温瓶装满。他找到两个盖子很紧的炖锅，也装满咖啡。这些咖啡需要分次运到车上，会浪费更多时间。最后西奥再次喝饱水龙头里的水，用水冲洗了一下脸。

靠前门的墙上是一排衣帽沟。上面挂着一件旧夹克、一条长长的羊毛围巾和两件雨衣，雨衣明显是新的。西奥犹豫了一下，然后就把雨衣取下来搭在肩膀上。如果朱利安不想躺在湿地上的话就需要这个。可是雨衣是屋子里仅有的新东西，偷走雨衣似乎是他收获不大的抢劫中最不齿的行为。

西奥打开车库的门。西铁城只有一个很小的后备厢。他把水壶和一个炖锅小心地塞在行李箱、床上用品和雨衣之间。把另一个炖锅和装着食物、杯子以及餐具的塑料袋放在后座上。西奥发动引擎，发现车运行良好，不由得舒了一口气。车很明显得到了很好的保养。不过他看见油箱里的油还不到一半，而且车里没有地图。或许这对老人只用车进行短途旅行和购物。西奥小心地把车倒入车道，然后关上车库门。他想起来忘了把电视机的声音调大。他告诉自己如此小心已没有必要。邻家的房子是空的，长长的花园自这座房子后面伸展开来，老人们的微弱声音是不可能被人听到的。

西奥边开车边想着下一步的行动。是继续前行还是原路折回？罕会从罗尔夫那里知道他们计划穿越边境线进入威尔士的森林。罕会想到计划有改变，他们可能会出现在西部地区的任何地方。即使罕派出大批的国家安全警察或近卫步兵进行搜寻也需要些时间。可是罕不会这么做。这次猎捕太过奇特，如果罗尔夫成功联系上罕，他也只会在见到罕的这一最终的决定性的时刻透露这个消息，而罕在这个消息的真实性得到确认之前同样会保守秘密。他不会让朱利安落入某个野心勃勃或不细心的国家安全警察或近卫军军官手里，他不会冒这个险。而且罕不知道他有多少时间能赶在孩子出生之前找到他们。罗尔夫不可能把自己不知道的事情告诉罕。还有，罕在多大程度上信任议会的其他成员呢？不，罕会亲自过来，或许会带上少量的精挑细选的人来。他们最终会找过来，这是早晚的事情。但是寻找需要时间。这项任务至关重要且很微妙，需要保密，而且搜寻人员的数量需要限制，所有这些都会影响速度。

那么该朝哪个方向走呢？有一阵子西奥不由得想温德姆林地是罕最不容易想到的一个地方，折回牛津，躲在那里，俯视整个城市是不是最有效的策略呢？回去的行程会不会太危险？但哪条路不危险呢？而且当这对老人在七点半被人发现说出事实之后，所有的道路都会加倍的危险。为什么回去比前行危险性更大呢？或许是因为罕在伦敦。对一个普通的逃犯来说，伦敦是轻易能想到的藏身之处。尽管人口大为减少，伦敦依然聚集着居住区，有鲜为人知的小道，有庞大的半空的塔楼群。但是伦敦到处都是眼睛，却没有西奥可以安全投靠的人，没有可以进入的房子。他的直觉——而且他猜想这也是朱利安的直觉——是尽可能离伦敦远些，维持原有计划，躲在边远的林子深处。远离伦敦一英里似乎就更接近安全一英里。

西奥小心地驾车行驶在大路上，万幸的是路上没人。他感受着车的质感，不由得沉浸在一种幻想中，而且试图说服自己这是一个很理性的可以实现的目标：他幻想着有一座林间小屋，散发着甜馨的气味，涂有树脂的墙体依然拢着夏日太阳的温暖。小屋如一棵树般自然地矗立在林子深处，屋顶树干粗壮，枝叶繁茂，形如华盖。它多年前被废弃，现在已经开始腐朽，可是里面有亚麻布、火柴、罐装食品，足够他们三个吃用，还有鲜活的泉水，当秋天让位给冬天的时候还可以捡到用来生火的木柴。如有必要的话，他们可以在那里生活好几个月，甚至是好几年。好一幅田园光景！而这正是在斯文布鲁克时他站在车旁边嘲笑和蔑视过的。可是现在想想这个都让他备感安慰，尽管他知道这是梦想和幻觉。世界上的其他地方会有孩子出生——他强迫自己相信朱利安的这份自信。这个孩子再不是独一无二的，不再处于特别的危险中。即便是这个孩子是新生人类的第一个婴孩，罕和议会也没有必要把孩子从母亲身边带走。可这些都是将来的事情，到时候这些都会发生，都会得到解决的。在接下来的几个星期中，他们三个可以很安全地活着，直到孩子出生。他看不了更远，而且他告诉自己也没有必要看那么远。

第三十一章

在过去的两个小时里，西奥的脑力和体力全都高度集中在手头的任务上，以至于他甚至都没有想到自己会认不出林子。从小巷右拐上了大路后，他努力地回想着自己在转弯进入小镇之前走了多远的路。可是来时行程的记忆中激荡着的是恐惧、焦虑和决心，是折磨人的口渴，是粗重的呼吸声和腰部的疼痛，根本没有清晰的距离和时间概念。左边出现一片小树林，第一眼看上去很熟悉，让他精神为之一振。可是很快树林就到头了，成了低矮的树林和开阔地。然后是更多的树木，一座石头墙开始出现。西奥开得很慢，眼睛盯着路面。接着他看见了既害怕看见又希望看见的东西：卢克溅在柏油路面上的血。已经不是红色的，在汽车前灯的照耀下成了黑色的一片，而他左侧则是石墙上掉落的碎石。

玛丽亚姆和朱利安没有立刻从林子里出来迎接。西奥一下子恐惧和焦虑起来，认为她们已经不在这里，已经被抓走了。他把西铁城靠近石墙，然后身体一撑跳过墙去，进入林子。听到他的脚步声，她们迎了上来。西奥听见玛丽亚姆喃喃低语着："感谢上帝，我们都开始着急了。你弄到车了？"

"一辆西铁城。这是我拿到的所有东西，房子里可拿的东西不多。这有一保温瓶热咖啡。"

玛丽亚姆几乎是把保温瓶从他的手里夺走的。她拧开盖子，很小心地倒出咖啡，每一滴都那么珍贵，然后把咖啡递给朱利安。

玛丽亚姆有意地让声音很平静地说："情况有了变化，西奥。我们现在没有多少时间了，马上要生了。"

西奥说："得多长时间？"

"第一胎永远说不准时间，可能几个小时，可能一天。朱利安还处于生产的早期阶段，可是我们要快些找个地方。"

就在这时，猛然之间，心里升起的踏实感和希望令西奥如沐清风，先前的犹豫一扫而光。一个名字在他脑海中出现，那么清晰，就像是有人大声地在他心中说出来的——维奇伍德森林。他脑海中浮现起一幅图画：夏日里，他独自一人散着步，走在绿荫遮蔽的小路上，旁边是一堵破损的石头墙。小路直通森林深处，途中经过长满苔藓的林间空地和一个湖泊，再向右走会有一间木头房子。维奇伍德本不是他最初的选择，也是明显不会做出的选择：太小，太容易找到，离牛津不足二十英里。但是现在距离近倒成了一个优势。罕认为他们会往前推进。相反，他们会折回来，到一个西奥记得并了解的地方，而那儿很适合当作他们的避难所。

西奥说："上车，我们往回赶，朝维奇伍德方向走，我们边走边吃。"

没有时间讨论，没有时间掂量另外的可能方法。女人们有太多她们自己的事情要想，必须由他决定什么时候走以及怎样去那里。

西奥并不真的害怕他们会再次受到彩脸党的攻击。在行程开始之时，他曾经不无迷信地认为他们在奔向一种悲剧，悲剧的性质和时间不可预测，却不可逃离。而被彩脸人袭击的恐惧是这种预感的实现。该来的还是来了，其糟糕程度无与伦比，而现在一切都结束了。就像一个每次飞机起飞时都会害怕，都想着飞机会出事的空中旅行者那样，他知道等待中的灾难已经过去，灾难之后有幸存者，但是他还是无法安心。他知道朱利安和玛丽亚姆不会这么轻易地摆脱彩脸党带来的恐惧。她们的恐惧占领了小小的汽车。在最初的十英里，她们两个在他身后坐得直直的，眼睛盯着路面，似乎每一次拐弯，每一个小的障碍之后都会听到狂野的胜利欢呼声，看见熊熊燃烧的火把和晶亮的眼睛。

还有其他的危险以及那个压倒一切的恐惧。他们无从知道罗尔夫离开他们的确切时间。如果他已经找到了罕，那么对他们的搜寻或许已经开始，路障正在卸下货车，放置到位，直升机已经开出，加好了油单等天亮。狭窄的边道在荒长的未加修理的树篱和破损的石头墙之间蜿蜒，给他们以最安全的感觉（或许有点不太合乎情理）。和所有被追捕的猎物一样，西奥的直觉是迂回曲折，不被发现，寻找黑暗。但是乡村小路也有自己的危险之处。有四次，柏油路面出现了无法开过去的裂缝。因为害怕再次爆胎，西奥都不得不紧急刹车，调转车头。有一次是在刚过两点钟的时候，车掉头时差点出了灾难。后车轮陷进一个沟里，西奥和玛丽亚姆费了半个小时才一起把西铁城开回到路上。

西奥咒骂车上没有地图，但是随着时间逐渐过去，云层散去，星星的轮廓更为清晰地呈现出来，西奥可以看见夜幕中的一抹银河。他以北斗星和北极星来确定方向，可是这种古老的方法只能帮助他粗略估计路线，西奥还是时不时地有迷路的危险。他们时不时地会遇到一个指示牌，从黑暗中突然出现，突兀得如同18世纪的绞刑架。西奥在破损的路面上小心地朝着指示牌开过去，手电筒如同搜寻的眼睛，照着已经看不大清楚的未知村庄的名字，心中想象着铰链的叮当声，脖子伸长的尸身挂在上面缓缓转动。现在夜更冷了，有一种冬天寒冷的气息。空气中不再有青草和被太阳温暖的土地气息，微弱的防腐剂味道刺激着他的鼻孔，似乎他们已经离大海很近了。每一次熄灭引擎的时候，寂静都无处不在。西奥站在一个标志牌下，上面的地名似乎是用外文写成的，让他不由得失去方位感，感觉远离人间，似乎黑暗中的荒凉原野，脚下的土地，这种陌生的毫无芬芳可言的空气，都不再是他天然的栖息地。对他这种濒危的物种来说，在冷漠的天空下根本没有安全或家园。

从行程刚开始时起，朱利安生产的进程时慢时止。这减少了西奥的焦虑——生产拖延不再是灾难，安全应该比速度重要。但是他知道生产延迟让两位女人恐惧。他猜想她们现在和他一样，对于躲避罕几个星期甚至是几天都不再抱有希望。如果这次生产是假警报，或者说生产延长了，他们可能会在孩子出生之前落入罕的手里。玛丽亚姆时不时地倾身向前，轻声要求西奥把车开到路边，让她和朱利安下去锻炼一下。西奥也会下车，靠在车身上，看着两个黑色的身影在路边来回踱步。西奥听见她们在低语着，知道她们和自己在这条乡村公路上只有几码的距离，知道她们共同把精力高度集中在一件事情上，而他是被排斥在外的。她们对路线、对旅途上的灾难似乎并没有兴趣，也不关心。她们的沉默似乎表明，所有这些事情都是他该操心的。

但是到了清晨的时候，玛丽亚姆对西奥说朱利安的宫缩再次开始，而且强度更大。玛丽亚姆掩饰不住语气中的欢欣鼓舞。在天未亮之前，西奥终于确切地弄明白他们的位置。最后一个指示牌指向奇平诺顿。只剩下最后几英里路，是时候该离开蜿蜒的小路，在大路上冒一下险了。

至少现在的路况要好得多。西奥开着车，再也不需要害怕再次爆胎。没有其他的车开过，而且在最初的两英里，西奥紧握着方向盘的手终于可以放松一下。西奥开得很小心，但是速度很快，他急于毫无耽搁地赶到森林去。油线很低、很危险，而且没有安全的加油途径。西奥惊讶地发现从斯文布鲁克启程后，他们竟然只赶了很有限的路程。他觉得他们似乎在路上已经有好几个星期：焦躁，供应不足，倒霉连连。他知道旅程最终他们肯定会被抓住，而他却阻止不了这一切。如果他们遇到国家安全警察的路障，根本不可能唬住这些警察或说服他们逃出去，国家安全警察可不是末日一族。他所能做的只是开车和期望。

西奥不时听见朱利安的喘息声和玛丽亚姆心放下来的低语声。可是她们都不说话。过了大约一刻钟之后，西奥听见玛丽亚姆在后座上忙着什么，接着就听见叉子和瓷器有节奏的撞击。玛丽亚姆递给他一个杯子。

"我把食物留到现在，朱利安生产需要力气，我已经把鸡蛋搅碎在牛奶中，还加了糖。这是你的份额，我和你一样多，其他的归朱利安。"

杯子里的液体只到杯子的四分之一处，甜腻腻的，冒着泡，是西奥通常很不爱喝的那种。现在他贪婪地大口吞咽着，还嫌不够，立刻感觉身上有了气力。他把杯子递回去，又接过一个抹了黄油并加了一点硬奶酪的饼干。硬奶酪从来没有这么好吃过。

玛丽亚姆说："我们每人两个，朱利安四个。"

朱利安抗议道："我们必须均分……"可是一阵疼痛的喘息把后面的话给压了回去。

西奥问："你没有留下来一点吗？"

"从仅有的四分之三袋饼干和半磅奶酪中留下来吗？我们现在

需要气力。"奶酪和干燥的饼干让他们更加口渴，于是他们喝了小一些的炖锅里的水，结束了这顿饭。

玛丽亚姆把两个杯子和装着餐具的塑料袋递给西奥。西奥把这些东西放在脚附近。然后，玛丽亚姆似乎害怕自己的话里有指责的意思，又加了一句话："你很不走运，西奥。但是你给我们弄到一辆车，这很不容易。没有车我们连活下来的机会都不会有。"

西奥希望她说的是"我们依靠你，你没有让我们失望"。他从来不那么在乎他人的认可，现在却那么想听她的赞扬。想到这个，西奥不由得苦笑起来。

终于他们到了查尔伯里郊区。西奥放慢速度，小心留意着古老的芬斯多克车站，留意着路上的转弯处。一过转弯他必须立刻寻找右手侧通往森林的小道。他过去常常从牛津过来，即便是那样也很容易错过这个拐弯。车开过车站，转过弯之后，西奥看见右边是一排石头房子，而这正是那条小路的标志性建筑，他心里不由得大舒一口气。房子都是空的，用木板封起来，几乎已经被遗弃了。看着这些西奥不由得想是否可以在这里住下。可是这些房子太过显眼，离大路太近，他知道朱利安想到林子深处去。

西奥沿着小路很小心地开着车，朝远处的森林行驶着。路两边是没有耕种过的田地。很快天就会亮了，西奥看了一眼手表，发现柯林斯夫人这会儿应该已经把那对老人解开了。这会儿他们没准正在喝着茶，聊着他们所经受的折磨，等待着警察的到来。路面上升，路不好走，西奥调了一下挡位。他听见朱利安喘息着，发出一种介于咕哝和呻吟之间的奇怪声音。

现在森林张开它那黑色的强壮怀抱欢迎着他们。路越来越窄，树越来越逼仄。路的右边是石头墙，半数已经毁掉，碎落的石头散在路上。西奥调成一挡，试图让车开得平稳些。大约走了一英里后，玛丽亚姆往前倾过身来，说："我想着我们应该往前步行一小会儿，这样朱利安生孩子会容易些。"

两个女人下了车，朱利安依靠着玛丽亚姆，两人小心地走在有沟有石子的小路上。汽车的侧灯照到一只白尾巴的兔子，受到惊吓的兔子一下子呆住了，缓过神来后才在他们面前奔逃而去。突然间起了很大的动响，一个接一个的白色影子穿过丛林，和汽车错身而过，是一只鹿和她的孩子们。这些鹿一起沿着斜坡奔跑，撕裂丛林，消失在墙的另一面，它们的蹄子敲打在石头上咔嗒作响。

两个女人不时地停下来，朱利安会在玛丽亚姆的搀扶下弯弯腰。这样做了三次之后，玛丽亚姆示意西奥停下来，说："她这会儿上车会更好些。还有多远？"

"我们还在林子周围的开阔地带，很快会有一个右转弯，之后还要再走大约一英里。"

车身一抖发动起来。记忆中的转弯却成了一个十字路口，西奥不由得犹豫了一下，然后他朝着右边的道路开去。这条路仍然很窄，是下坡路。这正是通向湖泊的路，而湖那边就是记忆中的小木屋。

玛丽亚姆大喊了一声："有一间房子，右边。"

西奥闻声扭过头去，透过盘根错节的灌木丛和树林中的一条狭窄缝隙，一晃间看见远处一个黑色的影子。房子孤独地矗立在宽阔的坡田上。玛丽亚姆说："没有用，太显眼，田野里没有遮盖，最好还是往前赶。"

他们现在正驶进森林的深处，小路似乎没有尽头。车振动着前行，道路越来越狭窄。西奥能听见树枝刮擦汽车的声音。头顶上太阳散发出的白光越来越强，使得接骨木和山楂树交错的枝干难以看见。西奥急于控制住方向盘，在他看来，他们似乎正在一个绿色的阴暗通道里滑行，最终会撞到一面坚不可摧的树篱上。他不知道是否记忆欺骗了自己，是否应该往左拐。就在这个时候，猛然间道路变宽，进入一片开阔的林间草地。他们眼前是泛着微光的湖泊。

离湖只有几码远的时候西奥把车停下来，然后转身帮助玛丽亚姆搀扶着朱利安从座位上起来。有一阵子，朱利安靠着他，深深地吸气，然后呼出，微笑着。等走到水边的时候，她把手搭在玛丽亚姆的肩膀上。池塘的表面——这里说不上是一片湖——飘着厚厚的绿色落叶，长着水草，整个池塘似乎是林间空地的延伸。抖动着的绿叶覆盖下，水面如蜜糖般浓稠，到处冒着小水泡。水泡轻轻游动着，合并，分裂，炸裂，消逝。水草之间的水域很清澈，西奥可以看见倒映在里面的天空：晨雾已经散去，晨曦初现。在这明亮的水面之下，在褐色的池塘深处，水生植物的枝叶、缠结在一起的小枝和断裂的树枝厚厚堆积着，蒙着一层塘泥，像是沉没已久的轮船骨架。池塘边上，浸透水的灯芯草平铺在水面上，远处一只小黑鸭急惶惶地逃离，一只孤独的天鹅庄严地在用胸口挤开水草，自由徜徉。池塘被快长到水边的各种树木围住，有橡树、水曲柳和美国梧桐，绿色、黄色、金色和黄褐色交织成一块明亮的布景。尽管已是秋意浓郁，它们在晨曦中却似乎拢住了春天的一些新鲜和明媚。池塘另一边，一棵小树上支棱着黄色的叶子，树干很细，在晨曦中小细枝几乎不可见，给人的感觉像是半空中悬挂着精致的黄金小球。

朱利安已经走在池塘边上，嘴里喊着："这边的水清澈些，河岸也很瓷实，是个洗洗的好地方。"

他们赶到她身边，跪下，把手伸进湖水里，把清凉的水泼溅到脸上和头发上。他们快乐地大笑着。西奥看见自己的手把水搅成了绿色的泥汤。这种水即便是煮沸以后喝着也不安全。

大家返回西铁城车边之后，西奥说："现在的问题是我们是否可以把车扔掉。车可能是我们所能得到的最好的藏身之处，但是太招摇，而且我们快没有汽油了。再说车或许只能拉我们走几英里。"

玛丽亚姆做出回应："把车丢了吧。"

西奥看看手表，正好九点钟。他认为大家最好还是听听新闻。新闻都是老一套，都是预料中的事情，而且毫无趣味可言，听听只是一个小小的告别仪式，然后他们将再也听不到新闻（除了他们自己的新闻之外）。西奥很惊讶之前开车时竟然没有想起打开无线电广播。他开车时一直是那么紧张和焦虑，陌生人的声音，甚至是音乐声似乎都令人难以忍受。西奥把胳膊通过打开的车窗伸进车里，打开无线电广播。大家很没有耐心地听着天气详情和路况信息：道路要么已经被官方封锁，要么将不会再进行修建。报道中充满了这个消亡的世界中，国内的各色小问题。

西奥正要关上无线电的时候，只听播音员的声音猛地一变，语速放慢，给人一种强烈的不祥感。"下面播报一条警告。一小撮不满现状者，包括一个男人和两个女人，正开着偷来的西铁城牌汽车行走在威尔士边境线附近。这个男人被认为是牛津的西奥多·法隆。昨天晚上，他闯入金顿外面的一户人家，把房主捆起来，把他们的车偷走。该户人家的女主人黛西·考克斯夫人今天早晨被发现时已经死在床上。西奥多·法隆现在因谋杀罪被通缉。他随身携带有一支左轮手枪。如果看见他们的车或这三个人，请不要接近，立刻打电话报告国家安全警察。该车的注册号码是MOA694。我再重播一下号码：MOA694。我接到通知要求重播这条警告信息。涉案男人带有枪，很危险。不要靠近。"

西奥没有意识到自己已经把无线电关上。他几乎失去知觉，只感觉到心在嗵嗵地跳，一种难以忍受的痛苦从天而降，把他紧紧裹住，如同致命的疾病，恐惧和自我厌恶差点让他跪下去。他心里不由想：如果这就是愧疚，我无法忍受，我承受不住。

西奥听见玛丽亚姆的声音："这么说罗尔夫已经找到总督。他们知道了末日一族的事情，还知道只剩下我们三个。不管怎么着，还有一点让人感到安慰的地方。他们依然不知道孩子出生迫在眉睫。罗尔夫不可能告诉他们预产期——他不知道。他认为朱利安还有一个月才会生。总督如果知道他们会找到一个新生儿的话，绝不会让人们留意这辆车。"

西奥没精打采地说："没怎么让人感到安慰，我杀死了她。"

玛丽亚姆语气坚定，声音很大，几乎在冲着他大喊："你没有杀死她！如果她是因为惊吓而死的话，那么在你最初用枪对着她的时候她就会死。你不知道她是因为什么死的。这是个自然事件，早晚会发生。反正都是要死的。她老了，心脏不好。这是你告诉我们的。西奥，不是你的过错，你不是有意的。"

是的，西奥几乎在呻吟着，是的，我不是有意的。我不是有意要做一个自私的儿子、一个没有爱心的父亲、一个不合格的丈夫。我有意做过什么事情吗？上帝啊，要是我真正有意去做，什么样的危害我做不到啊！

西奥说："最糟糕的是，我很享受这一切。我真的很享受这一切！"

玛丽亚姆正在从车上往下拿东西，肩上扛着毯子。"很享受把那个老男人和他妻子捆起来吗？你当然不会享受这个。你只是做了自己必须做的事情。"

"不是享受把他们捆起来，我说的不是这个。可是我很享受那种可以这样做所带来兴奋、权力和感受。这些并不令人害怕。害怕的是他们，而不是我。"

朱利安没有说话，她走上前来，抓住西奥的一只手。西奥甩开她，恶狠狠地对着她说："你的孩子还要牺牲多少人的生命才能生出来？这样是为了什么？你那么平静，那么无所畏惧，对自己那么确信。你说是一个女儿，这个孩子会有怎样的人生？你相信她只是起了个头，其他的孩子会陆续生出来，还说现在还有怀孕的女人不知道自己正孕育着这世界的新生命。可是如果你错了呢？你在把她置于何种恐怖境地？你能想象出最后几年里的孤独吗？二十多年没有希望听见另一个人类的声音，多么恐怖，无尽的岁月！再不能！再不能！再不能！我的上帝啊，你们想象不到吗？你们谁都想象不到吗？"

朱利安语气很平静地说："你认为我没有想过这个和其他更多的吗？西奥，我不能去想没有怀上她。我去想她时，无法不充满欣喜。"

玛丽亚姆丝毫没有浪费时间，已经从后备厢里取出了行李箱和雨衣，从车上提下了保温瓶和装着水的炖锅。

玛丽亚姆的声音中愤怒多于恼火："西奥，看在上帝的份上控制一下自己。我们需要一辆车，而你给我们弄来一辆。你无法选择一辆更好的车，付出更小的代价。你做了自己要做的事情。如果你执意要沉浸在愧疚中，他人无权干涉，但是请往后放一放。是的，她死了，你很愧疚，而愧疚不是你想要的东西，这很糟糕。习惯愧疚吧，你究竟为什么要逃离愧疚感？是人都有愧疚。你没有注意到吗？"

西奥想说："在过去的四十年里，我有太多没有注意到的事情。"可是这句话让他感受到自己是在任由自己放纵悔恨，让他觉得说得不真诚也不光彩，于是改口说："我们最好丢弃这辆车，而且要快。这是广播替我们解决的一个问题。"

西奥松开刹车，用肩膀顶住西铁城，在满是卵石的草地上蹬出一个立脚点，很高兴地面很干而且有点斜坡。玛丽亚姆把住右手边，两人一起往前推车。不可思议的是，一开始的时候他们并没有推动车。后来，汽车才开始慢慢地往前移动。

西奥说："听我口令使劲推。我们可不想让车头朝下扎在泥里。"

西奥发出口令"推"的时候，车子的前轮已经快到水边。两人拼尽力气使劲一推。汽车蹿过湖边沿，扎进湖水中，溅起很大的水花，似乎惊起了林子里所有的鸟儿。空气中满是鸟叫声，高大树木的小枝杈在摇晃中有了生机。水花往上飞溅，糊了西奥一脸。水面上漂荡的浮叶破裂开来，舞动起来。他们喘着粗气，看着汽车慢慢地、静静地稳住，然后开始往下沉，湖水汩汩响着从打开的窗户里往里钻。在车完全沉没之前，西奥冲动之下从口袋里拿出那本日记投进湖里。

之后一阵子西奥感受到一种恐怖，鲜活得如同做了一场噩梦，可是却无法希望通过清醒把这个噩梦驱逐开。他们都被困在一辆正在沉没的汽车里，水涌入车内。西奥拼命地寻找着把手，为了抑制胸中的疼痛他试图屏住呼吸，他想大声地喊朱利安，可是他知道自己不敢张嘴，否则嘴巴会被泥巴堵上。朱利安和玛丽亚姆在后座上要淹死了，可是他却什么也帮不了。西奥的额头渗出汗珠，他紧紧握住濡湿的手掌，强迫眼睛离开恐怖的湖面，抬头看着天空，把思绪从想象中的恐怖中拉回到现实的恐惧中来。太阳惨白，圆如满月，在薄雾中映照出一圈光晕。在炫目阳光的衬托下，树木高高的大枝干变成了黑色。西奥闭上眼睛，等待着。恐惧过去了，西奥终于可以低头看湖面。

西奥看了一眼朱利安和玛丽亚姆，有点希望在她们脸上看到那种让他自己颜容失色的不加掩饰的恐惧。可是她们用一种超然的兴致很平静地看着下沉的汽车，看着树叶在散开的水纹上沉浮、翻动，似乎在争抢着位子。他不由得惊讶于女人们的这种平静，惊讶于这种沉浸在当下把所有记忆和恐惧全都丢开的能力。

西奥开口说话，声音很刺耳："卢克，你们在车上从未提起过他。在埋掉他之后，你们两个从来都没有提起过他。你们想过他吗？"他这话听起来像是指责。

玛丽亚姆把盯着湖面的眼光收回，定定地看了他一眼："在情况允许的情况下我们都会想起他。我们现在要考虑的是把他的孩子安全地生下来。"

朱利安走到他面前，碰了碰他的胳膊，似乎他才是那个最需要安慰的人，说："会有时间哀悼卢克和加斯科因的。西奥，会有时间的。"

汽车已经完全沉没。西奥原先害怕湖边的水太浅，害怕即便有水草遮掩车顶还是能看见。可是现在往水中看去，黑乎乎的一片，除了打着漩涡的泥浆他什么都看不见。

玛丽亚姆问："你把餐具拿下来了吗？"

"没有。难道你没有拿下来？"

"糟啦，东西都在汽车前排座位。不过，这些东西现在已经不重要了。我们也没剩下可吃的东西。"

西奥说："我们最好在木屋里能找到我们需要的东西。沿着那条路往右大约一百码的距离就到了。"

哦，上帝啊，西奥不由得祷告着，木屋一定要在那里，一定要在那里。这是四十年来他第一次祷告，不过这些话与其说是请求，不如说是一种迷信的希望：他可以借助渴望的力量，让木屋现身。西奥肩膀上扛着一个枕头和两条雨衣，然后一只手拿起装着水的水壶，另一只手拿着行李箱。朱利安往肩膀上搭了两条毯子，然后伸手拿起装着水的炖锅。玛丽亚姆伸手把锅夺了过去，说："你拿枕头，其他的我来拿。"

他们就这样扛着东西，慢慢地沿着路往上走。就在这时候，他们听见了直升机的刺耳轰鸣。在枝干交错的大树干遮蔽下，他们几乎不用刻意躲藏，但是出于本能，他们还是离开小路，躲到接骨木枝条纠结的绿色树丛中，一动不动地站着，几乎不敢呼吸，似乎害怕每一次吸气都会让头顶上满是威胁的闪光机械感受到，让那些搜寻的眼睛和聆听的耳朵捕捉到。直升机发出的噪音震耳欲聋，肯定就在头顶正上方。西奥几乎觉得躲身的树丛有了生命一般剧烈颤抖。接着飞机开始盘旋，轰鸣声渐渐消退，接着又返回，又一轮新的恐惧。差不多五分钟后，飞机发动机的噪音才最终变成嗡嗡声，消失在远处。

朱利安轻声说："没准他们不是在找我们。"她的声音很微弱。突然之间，她疼痛得弯下腰去，紧紧地抓着玛丽亚姆。

玛丽亚姆的声音很坚定："我不认为他们是出来兜风的。不管怎么着，他们没有发现我们。"说着她把头扭向西奥，"木屋还有多远？"

"大约五十码，如果我记忆正确的话。"

"希望你记忆正确。"

现在道路变得更宽，他们走起来更容易了。不过，西奥走在两个女人后面不远处，感觉压着自己的不仅仅是扛着的这些东西。他原先对罗尔夫行程的估计似乎太过乐观、荒唐。罗尔夫为什么要慢慢地、偷偷地溜进伦敦呢？他为什么要面见总督呢？他所需要的不过是一台公共电话。议会的电话号码每一个公民都知道，是很容易联系上的，这是罕公开政策的一个部分。你可能不能总是和总督说上话，但是你可以一直进行尝试，有些打电话的人也确实成功了。罗尔夫只要一打电话，消息一旦得到确认，一旦通过审查，他就会获得优先权。他们会告诉他藏起来，不要接触任何人，等待他们来接他。几乎可以肯定，他们会用直升机。罗尔夫在他们手上极有可能已经超过十二个小时。

要找到自己这些逃犯并不难。到清晨的时候，罕已经知道被偷走的车以及油箱里的油量，已经知道那些人可能行走的距离，误差不会超过一英里。一旦知道这个，罕只需在地图上扎住一点，用圆规画一个圈。西奥毫不怀疑直升机的重大意义。他们已经开始了空中搜索，标示出孤立的房子，搜寻着闪光的汽车车顶。罕或许已经组织了地面搜索。不过还有一线希望。正如孩子的母亲所希望的，孩子还有时间在不受打扰的和平情况下生出来，而且只有母亲爱着的两个人在场。寻找的速度不会很快，这一点他猜对了。罕在还没有亲自验证罗尔夫所说话的真实性之前不会派出武装力量或吸引公众注意力。他只会使用精挑细选的人来做这件事。他甚至拿不准他们是否藏身在林子里。罗尔夫肯定把这个原初的计划告诉他，但是罗尔夫已经管不了这边的事情。

西奥紧紧地抓住这个希望，但愿自己能感受到自信。当他听见朱利安说话的声音时，他知道朱利安希望他有这种自信。

朱利安说:"西奥,你看。难道这里不美吗?"

西奥转过身来,走到她身边。她站在一棵高高的山楂树前,树上结满红色的山楂。从顶部的大枝干上悬垂着造访者留下的白色纸片,上面写着他们快乐的寄语。纸片很精巧,面纱一样,红色的果子如宝石般在纸片的间隙中闪着光。西奥看着她欢快的脸庞,不由得想:我只知道这很美,她却能感受到可爱之处。他越过她看过去,只看见一片接骨木树丛,似乎是平生第一次看清楚这种树木的小果实闪着光,红色的枝干那么精巧。他曾经认为森林会暗无天日、危机重重,他们中会有一个人在这里丧命。但是似乎在这一刻,森林摇身一变成了一个避难所,神秘、美丽,并不在意他们三个人充满好奇的打扰,生活在其中的所有生物,对他来说都变得那么熟悉、那么相似。

就在这时候,西奥听见玛丽亚姆的声音,充满了幸福和欢快:"木屋还在这!"

第三十二章

　　木屋比西奥想象中的要大些。记忆与其惯常的表现相反，是缩小而不是扩大的。这间木屋三面墙由发黑的木头建成，总共有三十英尺宽。刚看到的时候，西奥不由得怀疑这间破败的房子是否就是他记忆中的那间木屋。然后他看见了门口右侧的白桦树。他最后一次看见这棵树的时候，还只是一棵小树苗，现在枝干已经覆盖屋顶。西奥看见屋顶大部分地方看起来完好无损，只是有些厚木板有些滑脱，不由得舒了一口气。尽管这间木屋侧面的木板有的已经缺失，有的犬牙交错，房子有点倾斜、腐朽，整体却看起来不像是经历了好几年风雨的样子。空地中间是一个巨大的木材加工机器，深陷在地里，上面锈迹斑斑，轮胎爆裂、腐烂，附近躺着一个硕大的车轮。伐木业最终停止的时候，并非所有的木材都被车运走了，在两棵放倒的树旁边有一摞码放整齐的木头。这些被侵蚀的木头裸露着树干，如同抛光的骨头一样闪闪泛着光，地上到处都是木柴块和树皮屑。

　　他们以慢慢的、几乎是庄重的样子走进小屋，四下里看着，眼神焦灼，好像三个终于拥有了期望中的房子，但却对它知之甚少的租户。

玛丽亚姆说："还好，至少算是个住处，而且看样子有足够的干木柴和升火用的细柴。"

尽管房子周围灌木丛生，树苗和大树林立，却没有西奥记忆中的那样隐秘。他们的安全与其说取决于木屋不被发现，不如说取决于没有人偶尔穿过枝干交错的树林找过来。西奥害怕找过来的人并非偶然的散步者。如果罕决定在维奇伍德森林进行拉网式搜查的话，无论他们藏得多严实，被找到只是个时间问题。

西奥说："我不知道是否该生一堆火，火很重要吗？"

玛丽亚姆回答说："火？目前还不太需要，但是孩子生出来，天黑之后很有必要。夜里会很冷，孩子和妈妈需要取暖。"

"到必要的时候再生火，之前不生。他们会留意炊烟。"

木屋看起来是在匆忙之中弃掉的，或者是工人们想着还要回来，结果被阻住，被告知伐木场已经关闭。木屋靠后墙的地方有两摞短些的木板、一堆小圆木，还有一截平剖的树干，一看就是拿来当餐桌用的，因为上面放着一个破烂的锡水壶和两只表皮剥落的搪瓷杯子。此处的房顶是完好的，地面上是刨花和碎木屑，很松软。

玛丽亚姆说："这里可以。"

玛丽亚姆用手和脚把刨花拢起来，大体上弄成床的样子，然后把两件雨衣铺上去，帮助朱利安躺下，最后往她头底下塞了一个枕头。朱利安发出了一声满意的咕噜声，接着身体侧躺，把腿收上去。玛丽亚姆抖出一条单子盖在朱利安身上，又给她盖上一条毯子和卢克的外套，然后就和西奥往外拿他们的物品：水壶、那只装有水的炖锅、叠好的毛巾、剪刀以及一瓶消毒液。东西很少，在西奥看来少得可怜，根本不够用。

玛丽亚姆跪在朱利安身边，轻轻地示意她仰面躺下。然后对西奥说："如果你愿意的话，可以出去稍微散散步。过一会儿我需要你帮忙，但眼下不需要。"

西奥走出去，再一次感觉自己遭到了不合情理的拒绝。他在一棵倒下的树干上坐了下来，沉浸在林间空地的祥和中。西奥闭上眼睛，聆听着。过了一小会儿，他似乎听见了无数细小的声音，都是平常情况下人耳听不见的声音：树叶摩挲枝干的声音，树枝折落的咔嚓声响。这是森林鲜活的世界，秘不示人，丝毫不懈怠，根本不留意或关心这三个闯入者。但是西奥没有听到任何人的声音。没有脚步声，没有试图接近的汽车声从远处传来，没有直升机返回来的轰鸣声。西奥斗胆希望罕已经不再把维奇伍德当作他们的藏身之所，希望他们能够平平安安，至少平安几个小时，足够把孩子生下来。西奥第一次理解并接受了朱利安想秘密生下孩子的愿望。这个森林避难所，尽管物品不足，也比去医院好很多。西奥不由得再次设想着医院的情形：严格消毒的产床、为了应对各种医疗需求的各种备用机器、被召唤回来的退休著名产科大夫，个个戴着口罩，穿着白大褂，聚在一起。因为已经二十五年了，他们希望用共同的记忆和专长确保分娩更为安全，每个人都迫切想拥有为这个奇迹之子接生的殊荣，而心里又因责任重大而有点发慌。西奥可以想象，在场的还有助手，穿着长大褂的护士、助产妇和麻醉师，除了他们之外，最为显眼的是电视摄像机和全体摄像人员。总督躲在屏幕后等待着要把这个重大的消息向这翘首以盼的世界宣告。

可是朱利安所害怕的不仅仅是对隐私的破坏、对个人尊严的剥夺。在她看来，罕是邪恶的。她眼神清明，没有迷障，透过力量、魅力、智慧和幽默，直击人心，那里不是空荡荡的，而是黑漆漆的。无论她的孩子会有什么样的未来，她都不希望在孩子出生时有一个邪恶的人在场。西奥现在可以理解她固执的选择。在他看来，坐在这祥和安静之中，既理所当然又合情合理。可是她的固执已经让两个人失去生命，其中一个还是孩子的父亲。她可以争辩说美好可以自邪恶中诞生——要争辩说邪恶可以出于美好肯定更不容易。她相信她的上帝极其仁慈和公正，但是除了相信，她还有其他的选择吗？她无法控制自己的生活，无法阻止正在折磨和消耗着她身体的力量。如果她的上帝存在的话，这样的上帝怎么会是充满爱心的上帝呢？这个问题毫无新意，无处不在，但是他从来没有得到过满意的答案。

西奥再一次聆听森林，聆听它秘不示人的生机。现在声响似乎更大，充满威胁与恐惧：食肉动物急跑着扑向猎物，捕猎的残忍与满足，为了食物和生存所进行的本能挣扎。整个现实世界通过痛苦、喉头的尖叫和内心的尖叫连接在一起。如果她的上帝是这种折磨的参与者、制造者和支持者，他就只是强者的上帝，而不是弱者。西奥思忖着，由于她的信仰，他俩之间出现了鸿沟的鸿沟，但他心里并不沮丧。他可能无法消除鸿沟，但他可以隔着鸿沟把手伸过去。或许最终把他们连接起来的是爱。他们俩互相了解得多么少啊。他对她的感情既神秘又不理性。他需要想明白，对其本质进行界定，分析他知道无法分析的东西。可是有些东西他确实很明白，或许这就是他所需要知道的一切。他只希望她好。他会把她的利益放在自己的利益之前。他再也不会让自己和她分开。为了她，他可以死。

安静被一声呻吟打破，接下来是一声尖叫。要是以前，这种声音勾起的是他的尴尬和备感羞辱的恐惧，觉得自己没用。现在，他只知道自己要和她在一起，于是他跑进屋子里。她再一次侧身而躺，很平静的样子，冲着他微笑着，还伸出一只手。玛丽亚姆跪在她身边。

西奥说："我能做些什么？别让我走。你想让我待在这儿吗？"

朱利安开口说话，听起来不像是曾经发出过尖叫的样子："你当然必须留下来。我们想让你留下来。你最好现在去生火，这样等我们需要的时候火就能生好了。"

西奥看见她脸部浮肿，眉毛上沾着汗珠。但是她的沉默与冷静让他惊讶不已。他有事情可做了，而且是他有信心做好的事情。如果他能找到足够干燥的木刨花的话，不产生太多烟就可以升起一堆火。空气没有一丝流动，但即便是这样他生火时也必须小心，防止烟吹进朱利安和孩子的眼睛里。靠近木屋前方的部分屋顶已经破损，而且离母亲和孩子足够近，是最好的取暖处。而且他必须把火拢住，以防发生火灾。破损墙体上散落的石头中有些可以用来建造灶台。西奥出去收集石头，很仔细地按大小和形状挑选着。他忽然想到可以用一些表面比较平整的石头垒一个烟囱。回到屋里，西奥把石头摆成一圈，中间填上最干燥的木刨花，然后又加了几个小树枝。最后他把平面的石头压在顶部，把烟导出木屋。做完这些之后，西奥像一个小男孩那样感觉到满足。这个时候朱利安坐起身，快乐得大笑起来。西奥陪着她一起大笑着。

玛丽亚姆说："你最好跪在她身边抓住她的手。"

接下来一阵疼痛袭来，朱利安抓着他的手用劲太狠，把他的关节抓得咔嚓作响。玛丽亚姆看着他的脸，知道他急于听见安慰的话，于是说："她没事。她做得很棒。我不能进行宫内检查，现在还不安全。我没有消毒手套，而且羊水已经破了。我估计宫颈基本上全部张开了，第二个阶段会容易些。"

西奥对朱利安说："亲爱的，我能做些什么？告诉我我能做些什么。"

"一直握住我的手。"

西奥就这样跪在她们旁边。他很惊讶玛丽亚姆在二十五年之后施展起这门古老的艺术时依然那么自信。她棕色的双手轻轻地放在朱利安的肚子上，嘴里低语着让人安心的话："现在休息一下，等下一次宫缩时再用力。不要抗拒，记住要呼吸。很好，朱利安，很好。"

分娩的第二个阶段开始时，玛丽亚姆让西奥跪在朱利安身后，支撑住她的身体，然后拿过来两个小圆木头，让朱利安的脚蹬住。西奥跪着，双臂环住朱利安胸部以下，支撑着她身体的重量。朱利安靠在他胸前，脚狠命地蹬着两根圆木。西奥低头看着朱利安的脸，她一会儿在他怀里呻吟着喘息，脸部憋得血红扭曲，让人几乎认不出来，一会儿轻轻喘着气，一动不动，痛苦和使劲的样子神秘地一扫而光，眼睛盯着玛丽亚姆，等待着下一次宫缩。这个时候她看起来是那么安详，西奥几乎认为她睡着了。他们的脸离得很近，他的汗水和她的汗水混合到一起，他需要不时地轻轻替她擦汗。这种原始的行为（西奥既是参与者也是旁观者）把他们孤立在时间之外：一切都不再重要，除了母亲和孩子之外，一切都不真实。孩子正在从子宫这个神秘的生命之源出发，历经黑暗痛苦的旅程往明亮的人间来。他发现玛丽亚姆一直不停地呢喃着，声音很轻但是从未间断，有赞美，有鼓励，有指导，欢快地把这个孩子往人世上领。西奥觉得，助产妇和产妇合为一个女人，他也是这种痛苦和分娩过程的一部分，虽并非真正有用却得到宽宏大量的接受。不过，他依然被排除在神秘的核心之外。他心中陡然升起一股痛苦和嫉恨，为了这个孩子，她正做出多么痛苦的努力，他们联手将孩子带到这个世界上来，而这个孩子要是他的该多好。就在这时，西奥惊喜地看到孩子的头露了出来，像个粘了缕缕黑发的滑腻腻的球。

西奥听见玛丽亚姆的声音，很低沉，但是充满了喜悦："头已经出来。朱利安，不要用劲，现在喘息一下。"

朱利安呼吸粗重，像经历了严酷比赛的运动员一样。她叫了一声，伴随着难以描述的声音，孩子的头滑入玛丽亚姆等待着的手中。玛丽亚姆托住头，轻轻地转动一下，几乎同时，伴随着最后一次用劲，孩子随着一股血，自妈妈的两腿间滑落，来到人世。玛丽亚姆抱起孩子，把它放在朱利安的肚子上。朱利安把性别说错了，是个男孩子。他的生殖器和他圆胖的小小身体比起来，是那么显眼、那么不成比例，像是一种宣告。

玛丽亚姆赶紧拉过朱利安身上的床单和毯子，把母子俩紧紧裹在一起，说："看，你有了一个儿子。"说着大笑起来。

西奥觉得，破败的木屋里似乎回响着着玛丽亚姆得意扬扬的快乐笑声。他低头看看朱利安伸展的胳膊和扭曲了的脸，然后又扭向别处。快乐几乎太过汹涌，他无力承受。

西奥听见玛丽亚姆说："我必须把脐带剪断，然后胎衣会下来。西奥，你最好现在就生火，看能否热壶水。朱利安需要喝点热水。"

西奥走回到临时搭建的灶台前。他手抖得厉害，第一根火柴没有点着。第二根燃起来，薄薄的刨花瞬间化为火焰，如同庆贺般跳跃着，小屋里充满了木柴的烟味。西奥小心地往火里填上小树枝和碎树皮，然后回身拿水壶。就在这时，灾难发生了。西奥把水壶放在灶台边，他往后退步时，把水壶踢翻了。盖子滚落，西奥满是惊恐地看着宝贵的水渗进锯末中，浸湿了地面。他们已经把两个炖锅里的水喝完了。现在一点水都没有了。

西奥脚踢到金属的声音被玛丽亚姆听到了。她正侍弄着孩子，头也不回地说："怎么了？是水壶洒了吗？"

西奥难过地说："对不起，太可怕了。我把水弄洒了。"

此刻玛丽亚姆站起身来，朝他走过来，平静地说："反正这些水也不够用，我们需要更多的水和食物。在确定朱利安安全之前，我必须和她在一起。之后我会去我们经过的那座房子。如果运气好的话，里面会安装有水管或是一口井。"

"可你要走过开阔地，他们会发现你的。"

玛丽亚姆说："西奥，我必须去。我们需要东西。我必须冒这个险。"

她是那么宽容。他们需要水，而这都怪他。

西奥说："让我去吧。你和她在一起。"

玛丽亚姆说："她想让你和她在一起。现在孩子已经生出来，比起我来，她更需要你。我要确保宫底收缩完好，还要检查一下胎衣是否完整。这些事做完之后，我离开她就没事了。要尽力让孩子吃奶，开始吃奶的时间越早越好。"

在西奥看来，玛丽亚姆喜欢解释自己手艺的各种神秘之处，喜欢用多年未用但从来没有忘记过的术语。

二十分钟之后，玛丽亚姆决定离开。她埋掉胎衣，双手在草丛中摩挲着，想把上面的血迹弄掉。然后她最后一次把那双老练的手轻轻地放在朱利安的肚子上。

玛丽亚姆说："我顺路在湖水里洗洗手。如果你表哥在开枪打死我之前能保证我洗一个热水澡，吃上一份四道菜的大餐，我会心平气和地面对他。我最好带上水壶。我会尽快回来。"

西奥心里一动，伸出胳膊把她搂在怀里，就这样紧紧地抱了她，嘴里说着："谢谢，谢谢。"然后把她松开，看着她迈着大步优雅地跑开，跑过林间空地，走在阴翳蔽日的小路上，直到再也看不见。

第三十三章

这个孩子吃起奶来根本不需要鼓励。他是一个富有生命力的孩子，冲西奥睁着一双明亮的、还没有聚焦的眼睛，挥舞着海星一样的手指，头拱着妈妈的乳房，小小的嘴张着，贪婪地搜寻着奶头。如此崭新的生命竟然有如此旺盛的生命力，真是罕见。孩子吃完奶就睡了。西奥躺在朱利安身边，伸出一只手把她和孩子环住。他的脸颊紧贴着她濡湿柔软的头发。他们就这样躺在鲜血、汗水和秽物中，躺在脏兮兮、皱巴巴的床单上。可是这种祥和是西奥从未感受过的，而且他以前从来没有意识到快乐可以如此甜蜜地与痛苦纠结在一起。他们没有说话，安静地躺着，半睡半醒。西奥感受到孩子温暖的身躯散发出一种令人感觉怪舒服的新生儿气息，如干草般干燥、辛辣，转瞬即逝，但是比血的气味还要浓烈。

就在这时朱利安动了动，说：“玛丽亚姆走了多长时间了？”

西奥抬起左手腕，凑到脸前：“刚刚一个小时。”

“她不该用这么长时间。西奥，去找找她吧。”

“我们需要的不仅仅是水。如果房子里有其他东西的话，她会想着要拿上。”

“一开始只需要拿几个，她可以回去拿，她知道我们着急。去找找她吧。我知道她出事了。”看着他犹豫的样子，朱利安又说，“我们会没事的。”

她用的是“我们”。她把眼睛投向儿子时，西奥从她眼睛中所看到的一切让他毫无招架之力。于是他说：“他们现在可能离得很近了，我不想离开你。在罕来的时候，我们得在一起。”

“亲爱的，我们会在一起的。可是她可能遇到了麻烦，被困住，受了伤，正拼命地等着救援。西奥，我需要知道。”

西奥没有再反抗，站起来说：“我会尽快。”

走到小屋外面，西奥静静地站着，倾听着。他闭上眼睛，不去看森林秋的晕色，不去看照耀着树皮和草地的束束阳光，这样他就可以把所有的感觉都集中到听力上。但是他什么都没有听见，甚至连鸟叫声都没有。于是，西奥像个短跑运动员一样，身体向前一跃，开始奔跑，跑过湖泊，跑上通往十字路口的绿色狭窄通道，跃过坑坑洼洼的路面，坚硬的路脊硌着他的脚，在枝干低矮交错的路上左突右闪。他脑子里恐惧和希望乱糟糟地纠缠在一起。丢下朱利安简直是疯了。如果国家安全警察已经到来，抓住了玛丽亚姆的话，他现在也无法救她。如果他们已经这么靠近，那么发现朱利安和孩子只是个时间问题。最好的方法应该是待在一起等着，等着明亮的清晨变成下午，到那时候他们就会知道再也没有希望见到玛丽亚姆，等到听到草地上传来部队沉重的脚步声。

可是西奥迫切需要安慰，于是他告诉自己有其他的种种可能性。朱利安说得没错。玛丽亚姆可能出了事故，跌倒了，躺在那儿，正想着他什么时候能出现。他脑子忙着幻想各种可能性：储藏室的门关得太快，把她撞倒了，她没有看见残破的井盖，地板烂掉了……他努力说服自己要相信，说服自己相信一个小时只是很短的一段时间，玛丽亚姆忙着搜集各种必需品，盘算着能拿走多少宝贵的东西，哪些要留到以后再拿，所以忘了60分钟在那些等待的人眼里是多么的漫长。

现在西奥来到十字路口。透过狭窄的缝隙和组成宽树篱的稀薄灌木丛，西奥看见了起伏的田野和那座房子的屋顶。他站住，喘息着，弯弯腰缓解一下腰部的疼痛，然后纵深跃进荨麻、荆棘和扎人的树枝中，折断树枝，来到了光线更好的开阔地。没有玛丽亚姆的迹象。西奥意识到了危险性，不安的感觉越来越强烈，于是改为慢慢地前行，穿过田地来到房前。这是一栋老式建筑，倾斜的屋顶覆着生了苔藓的瓦片，高高的烟囱是伊丽莎白时代风格的。这里有可能曾经是一个农舍。房子由一座低矮的石头墙与田野隔开。一条细细的溪流将曾经是后花园的荒地一分为二。它从河岸高处的涵洞中流出，上面架着的一座小桥直通后门。窗户很小，窗帘没有拉上。四周一片寂静。房子像一座海市蜃楼，是渴望已久的安全、正常生活和祥和的象征，可是只要他一出手，就会烟消云散。在寂静中，溪流的微微波动声听起来同湍急的河流一般响亮。

后门是黑橡木的，铁皮包边，门微开着。西奥把门推得更开些，温和的秋日阳光在过道的石板上洒下金黄色。过道直通房子前部。他再次站住，倾听着。他什么都没有听见，甚至连钟表的滴答声都没有。西奥左边是一个橡木门，他判断是通向厨房的。厨房的门没插门闩，西奥轻轻一推就开了。西奥从明亮的外面走进黑暗的屋子。一开始他什么都看不见，过了一会儿才逐渐适应过来。黑色的橡木横梁和污迹斑斑的小窗户使黑暗更加迫人。西奥感觉到屋子里潮湿冰冷，石头地面坚硬，嗅到空气中有一股恐怖的人的气息，像是萦绕不散的恐惧。西奥在墙上摸索着找电灯开关，没想到竟然摸到了，而且还有电。灯亮了，西奥看见玛丽亚姆。

她是被勒死的，身体趴在壁炉右边一张巨大的柳编椅子里。她四肢伸展地趴在那里，腿歪斜着，胳膊悬在椅子边缘，头往后仰着，一条细绳深深地勒进脖子里，从外部几乎看不到。只是扫了一眼已经让他惊恐至极，跌跌撞撞地走到窗户下的石头水槽前，剧烈地干呕起来，却什么都吐不出来。他想走到她身边，把她的眼睛合上，摸摸她的手，有所表示。他欠她良多，不应该因为她的死产生的恐惧、厌恶和恶心感而不管不问。可是他知道自己无法触摸她，甚至无法再看她。他把额头紧紧抵住冰冷的石头水槽，伸手打开水龙头，让冰冷的水流冲刷着头。他就这样让水流着，似乎这样可以赶走恐惧、同情和耻辱。他想把头往后一仰，咆哮出自己的愤怒。各种感情纠结着，这一刻他很无助，无力挪动。过了一会儿西奥关掉水龙头，把眼前的水甩掉，回到现实中来。他必须尽快回到朱利安身边。他看到桌子上放着玛丽亚姆所找到的为数不多的东西。她找到一个很大的柳编篮子，里面放着三个锡罐、一个开罐子的刀子，还有一瓶水。

可是他不能就这样离开玛丽亚姆。这不应该是他对她最后的印象。无论他有多么需要回到朱利安和孩子身边，他都要给玛丽亚姆完成一个小小的仪式。西奥压抑着心中的恐惧和反感，走上前去，强迫自己看着她。然后弯下腰，松开她脖子上的细绳，抹平她脸上的纹路，把她的眼睛合上。西奥觉得有必要让她离开这个可怕的地方。他双手抱起她，走出屋子，来到阳光下，把她放在一棵花椒树下。花椒树的叶子如火舌一般，在玛丽亚姆淡棕色的皮肤上投下亮光，似乎她的血脉中依然跳动着生命。她的脸现在看上去几乎是安详的。他把她的双臂交叉放在胸部，似乎觉得这具没有反应的尸身依然可以说话，正在告诉他死亡并非人最糟糕的境遇，她信守了对弟弟的承诺，已经做了要做的事情。她已经死了，可是新的生命已经诞生。西奥脑子里回想着玛丽亚姆死亡的恐怖与残忍，知道朱利安肯定会说即便是这样的残忍也应该原谅。可是这不是他的信条。他静静地站着，低头看着尸身，对自己发誓一定要给玛丽亚姆报仇。然后他拿起柳编篮子，再也没有回头，跑过花园，穿过小桥，钻进树林。

　　他们当然很近了。他们正在看着他。他知道。但是现在，恐惧
激活了他的大脑，他的思路更加清晰。他们在等什么？他们为什么
会放他走？他们根本没有必要跟着他。很明显他们知道搜索现在接
近尾声。有两样事情他丝毫不怀疑。搜索的人很少，罕肯定是其中
一员。独立的先行搜索部队会接到命令，在找到逃犯后不要伤害，
给大部队送回信息。所以杀死玛丽亚姆的人不属于先行部队。除了
他自己或他绝对信任的人之外，罕不会冒险让其他人发现一个怀孕
的女子。搜索的猎物太过珍贵，不可能采用一般的搜索手段。罕从
玛丽亚姆那里什么消息都没有得到。西奥对此确定无疑。罕想要找
的不是一个带着孩子的母亲，而是一个身体笨重、怀着身孕、再有
几个星期就要分娩的女人。他不想吓到她，不想造成她早产。这就
是玛丽亚姆被勒死而不是被枪杀的原因吗？即便是隔着这么远的距
离，罕也不想冒险让枪响。

　　可是这种推理有点站不住脚。如果罕想保护朱利安，想确保她
心平气和地生下孩子（他认为产期将近），那么他为什么要用那么
残忍的手段杀死她信任的助产妇？他肯定知道他们中的一个或许是
两个人会一起过来找她。凑巧的是他，西奥，而不是朱利安看见了
肿胀的、吐出的舌头，鼓鼓的死人眼睛，看到了厨房里的全部可怕
景象。罕难道认为没有什么——无论多么惊吓——能够对一个将要
出生的孩子真正造成伤害？他有必要不计风险，那么急切地除掉玛

丽亚姆吗？为什么非得快速地绞动绳子，一劳永逸？把她抓起来就这么复杂、麻烦吗？或许连这些恐惧都是有意制造的。"这就是我能做的，这就是我做了的。五条鱼的阴谋参与者中现在就剩下你们两个，只有你们两个知道孩子的身世。你们现在在我的掌控之下，永远别想逃出去。"他是在声明这些吗？

抑或是他的计划更为大胆？一旦孩子生下来，他会杀死西奥和朱利安，然后宣称孩子是他自己的。他真的极端自负，以至于认为这也是可能的吗？这时，西奥想起罕的话："凡是有必要做的事，我都会做。"

木屋里朱利安依然躺着，一动不动，一开始西奥以为她睡着了。可是她的眼睛睁着，依然盯着她的孩子。空气中充满木柴烟味的有点刺鼻的甜丝丝的气息，可是火已经灭了。西奥放下篮子，拿出水瓶，拧开盖子，然后跪在她身边。

她看着他的眼睛说："玛丽亚姆死了，是吧？"看到西奥没有吭声，又说："她是为了给我弄这个而死的。"

西奥把水瓶凑到她嘴边："那就喝下去，心存感激吧。"

可是她把头扭开，松开孩子，要不是西奥接住了孩子，孩子没准会从她身上滚下去。她静静的，似乎筋疲力尽到再也难过不起来，但是泪水顺着她的脸颊流了下来，西奥听见一种低沉的、近乎音乐般的低吟声，是如同失亲之痛的哀哭声。她在为玛丽亚姆哀恸，而对自己孩子的父亲她也没有这样子过。

西奥弯下腰，把她搂住，因为孩子在两人中间，他的动作显得笨拙了些。他努力地想把两人都搂在怀里，嘴里说着："记着还有孩子，孩子需要你，记住玛丽亚姆想要的。"

她没有说话，但是她点了点头，再一次把孩子从他手里接过来。他把水瓶放到她嘴边。

西奥从篮子里拿出三个锡罐子。有一个罐子上的标签已经掉了。罐子沉甸甸的，无从知道里面是什么。第二个罐子上的标签上写着"水蜜桃罐头"。第三个罐子里是番茄酱烘豆。为了这些东西和一瓶水，玛丽亚姆死了。可是西奥知道事情没有这么简单。玛丽亚姆死是因为她是为数不多知道孩子真相的人中的一个。

开锡罐的刀子是老式的，部分已经生锈，切入的边缘已经变钝，但是足以打开罐子。西奥把锡罐锉开，然后往后扳开盖子。他用右胳膊环住朱利安的头，开始用左手中指掏豆子喂她。朱利安贪婪地吮吸着。喂她的过程是爱的举动。两人都没有说话。

过了五分钟，罐子有一半空了，朱利安说："现在轮到你了。"

"我不饿。"

"你怎么会不饿？"

他的指关节太粗，伸不到罐子的底部，因此现在轮到她来喂他。朱利安坐起来，把孩子放在大腿上，把小小的右手指伸进罐子里，开始喂他。

西奥说："豆子真好吃。"

罐子里的东西吃完以后，她轻轻叹了一口气，然后往后一躺，把孩子抱在胸前。西奥在她身边躺下。

朱利安说："玛丽亚姆是怎么死的？"

他知道这是她会问的问题。他不能对她撒谎。"她是被勒死的。一切应该发生得很快，或许她根本没有看见他们，我觉得她没有时间去恐惧或痛苦。"

朱利安说："可能只持续了一秒钟，两秒钟，或许更长。我们无法替她感受那几秒钟。我们无法知道她的感受，恐惧和痛苦。在两秒钟里，人或许会感受到一生的痛苦。"

西奥说："亲爱的，现在对她来说都结束了。他们再也折磨不了她了。玛丽亚姆、加斯科因、卢克，议会再也抓不住他们了。每次受害者的死亡对残暴来说都是一个小小的挫败。"

朱利安说："这种安慰话太过勉强。"说完又是一阵沉寂。后来她又说："他们会试图把我们分开，对吗？"

"生也好，死也好，高官也罢，权力也罢，任何事情，任何人都不能把我们分开。人世间没有，天堂也不会有。"

朱利安把一只手放在他的脸上。"哦，亲爱的，你不能这么说。但是我喜欢听你说这些话。"过了一会儿，她问："他们为什么不来？"这句问话中没有痛苦，只有些许的不解。

西奥伸出手，把她的手握在手里，手指缠绕着她那滚烫的畸形手掌，很惊讶他以前怎么会对它那么排斥。他轻轻地拍了拍她的手，但没有回答。他们肩并肩一动不动地躺着。他感受到锯材和熄灭了的火的强烈气味，感受到阳光从长方形的窗框透进来，映照在地板上，如同绿色的面纱，感受到寂静，空气纹丝不动，鸟儿一声不吭，感受到了她的心跳和他自己的心跳。他们沉浸在一种忘我的聆听状态，焦虑神奇般地消失了。这就是受折磨的人经历极端的痛苦后，进入平静状态时所感受到的吗？西奥心里不由得想：我已经做了要做的事情。孩子如她所愿生出来了。这是我们的地盘、我们的时刻，无论他们如何对待我们，都无法剥夺这些。

打破沉寂的是朱利安："西奥，我觉得他们到了。他们已经来了。"

西奥什么都没有听到，但是他站起身，说："静静地等着。不要动。"

西奥背过身去，为的是不让她看见。他从口袋里拿出左轮手枪，把子弹装进去。然后他走出去见他们。

只有罕一个人。他穿着他的旧灯芯绒裤、开领衬衫和厚毛线衣，像一个樵夫。但是樵夫不会带着武器过来——他线衣下面的手枪皮套鼓着。而且樵夫也不会这样自信满满地站着，不会有因权力而生的傲慢。他左手上闪闪发光的是英格兰的婚戒。

罕说："这么说是真的。"

"是的，是真的。"

"她在哪里？"

西奥没有回答。罕说："我没有必要问。我知道她在哪里。不过她好吗？"

"她很好，正在睡觉。在她醒来之前，我们有几分钟的时间。"

罕肩膀往后一仰，舒了一大口气，像筋疲力尽的游泳者露出水面，要甩掉眼帘上的水珠一样。

有一阵子罕呼吸急促，接下来他语气平静地说："我可以等等再见她。我不想吓着她。我带来了救护车、直升机、医生和助产妇。我带来了她所需要的一切。孩子会在舒服与安全中降生。妈妈会被当作奇迹，这些她都知道。如果她信任你，那么就可以由你来告诉她。让她放心，让她平静下来，让她知道我没有什么可害怕的。"

"她害怕一切。罗尔夫在哪儿？"

"死了。"

"加斯科因呢？"

"死了。"

"我已经看见了玛丽亚姆的尸体。这么说知道孩子真相的人都死了。你把他们全都处死了。"

罕很平静地说："除了你。"看着西奥没有说话，他接着说："我没有计划杀死你。我不想杀死你。我需要你。但是现在，在我见她之前，我们要谈谈。我必须知道我能在多大程度上相信你。你可以帮助我劝劝她，帮助我做要做的事情。"

西奥说："告诉我你要做什么。"

"这难道还不明显吗？如果是个男孩子而且有生育能力的话，他将成为新生人类的繁衍者。如果他生出了精子，有繁殖力的精子——或许要到12岁——我们的女'末日一代'也只有38岁。我们可以用这些女子以及其他挑选的女子进行繁育。我们或许可以让这个女人再次生育。"

"孩子的父亲已经死了。"

"我知道。我从罗尔夫那里知道了真相。不过，有一个可以生育的男子的话，就会有下一个。我们将会加倍扩大检查范围。我们太过粗心。我们将对所有人进行测试，癫痫症患者、残疾人——这个国家的所有男性都要参加检查。这个孩子或许是一个男孩子，一个有生育能力的男性。他将成为我们最大的希望，这个世界的希望。"

"朱利安呢？"

罕大笑起来："我或许会娶了她。不管怎么说，她会受到照顾。现在回去找她，把她弄醒。告诉她我来了，但是是我一个人，让她放心。告诉她你将会帮助我来照顾她。上帝呀，西奥，你知道我们手里有着怎样的权力吗？回到议会来吧，做我的副手。你可以拥有想要的一切。"

"不行。"

一阵沉默之后，罕问："你还记得乌尔谷的那座桥吗？"他问这句话不是出于一种情感诉求，不是想唤起西奥的儿时忠诚或血缘情感，也不是提醒他曾经给予和接受的仁慈。那一刻，罕只是记起了这个，而且很愉快地微笑着。

西奥说："我记得乌尔谷所发生的一切。"

"我不想杀死你。"

"罕，你可能不得不杀死我。你或许也不得不杀死她。"

西奥说着伸手去拿枪。看见他这个动作，罕不由得哈哈大笑起来。

"我知道枪里没有子弹。你对那对老年人这么说的，还记得吗？如果你枪里有子弹的话，你不会让罗尔夫离开。"

"你认为我会怎样阻止他？当着她的面把她丈夫杀死吗？"

"她的丈夫？我没想到她会多么在乎她的丈夫。在他死之前给我们尽力描述的可不是这样子。你该不会觉得自己已经爱上了她吧？不要把她浪漫化。她可能是世界上最重要的女人，但她不是圣母玛丽亚。她怀着孩子，但她依然是个婊子。"

他们的眼光相遇。西奥不由得想：他在等什么？正如我发现自己不能打死他，他也发现不能冷血地打死我吗？时间一秒钟一秒钟地过去，没有了尽头。然后，罕伸出胳膊，瞄准。就在此时，孩子哭声响起，高亢如猫咪般的哀号声，像是用哭声进行着抗议。西奥听见罕的子弹呼啸着穿过他的夹克袖子，而他毫发无损。在那短暂的一刻，他知道自己看见了一切，那么清晰，而这是他本来不会看到的：罕的脸因快乐和得意而变了形；也听见了他本不可能听见的：情况证实之后罕的高声喊叫，就像当年在乌尔谷的桥上那样。可是就在他耳朵里听见那声喊叫声时，他射中了罕的心脏。

两声枪响之后，西奥所感觉到的只有无边的沉寂。当他和玛丽亚姆把车推进湖里的时候，平静的林子叫声四起，有狂野的尖叫声，有枝干断裂的声音，有受到惊吓的鸟叫声，一片嘈杂，在最后一个颤抖的涟漪消失时，才平复下去。但是现在什么声音都没有。西奥朝罕的尸身走过去，在他看来，自己就像是电影慢镜头中的演员。空间无限拉长，罕的尸身不可企及，那么遥远，而他被悬置在空间中，努力地往前走着。就在这时，就像是头部挨了一踢似的，他又回到现实中来，同时感觉到自己的动作快起来，感觉到了树林间每一个小动物闹出的动静，感受到了脚底下的每一片草叶，感受到了风吹过脸颊，而最为强烈的感受是看见罕躺在自己的脚下。他仰面躺着，胳膊伸开，似乎是躺在树林边休息。他的脸很平静，毫无惊讶之色，似乎在装死。西奥跪了下来，却看见他的眼睛成了两个呆滞的石头，曾经他的眼中海浪汹涌，现在却随着最后一个浪潮的退去而永远失去了生机。他从罕的手指上取下戒指，然后站起身，等待着。

他们静悄悄地从林子里走了出来，第一个是卡尔·依格班茨，接着是马丁·乌尔沃顿，然后是两位女人。在他们身后是六个近卫军士兵，很小心地保持着距离。他们走到离尸体四英尺的地方时站住。西奥举起戒指，然后故意把戒指戴在手指上，朝他们亮着手背。

西奥说："英格兰总督已经死了，孩子已经出生。听着。"

再次传来新生儿让人怜悯的急切的哭声。他们开始朝木屋走。但是西奥拦住他们，说："等等，我必须先问问孩子的母亲。"

木屋里，朱利安笔直地坐着，孩子紧紧地抱在胸前。孩子张着嘴时而吮吸，时而在她皮肤上摩挲。西奥走到她跟前，看见她眼睛里的绝望和恐惧逐渐散去，变成欣喜。她把孩子放在大腿上，朝着西奥伸出胳膊。

她呜咽着说："有两声枪响。我不知道会见到你还是他。"

西奥抱着她筛糠一样发抖的身体。过了一阵子，西奥说："英国的总督死了，议会成员都在这里，你要见他们，让他们看看你的孩子吗？"

朱利安说："等一小会儿。西奥，现在会发生什么？"

因担心他而生的恐惧曾一度让她失去力量和勇气，这是自孩子出生以来他第一次看到她的脆弱和恐惧。他嘴唇贴着她的耳朵，轻声对她说着话：

"我们会把你送到医院，去一个安静的医院，你会得到照顾。我不会让人打扰你。你不需要在医院待太长时间，我们会在一起。我再也不会离开你。无论发生什么，我们都要在一起。"

西奥松开她，来到外面。他们站成一个半圆正等着他。他们都盯着他的眼睛。

"你们现在可以进来。近卫团士兵留步，只有议会成员可以进。她累了，需要休息。"

乌尔沃顿说："小路往外再走一段距离，我们有救护车。我们可以叫护理人员过来，把她抬过去。直升机就在一英里开外的地方，在村子外面。"

西奥说："我们不会冒险让直升机过来。叫抬担架的人来，把总督的尸身移开，我不想让她看见他。"

两个近卫军士兵很快走上前来，开始拖拽尸体。西奥说："放尊重些，记住几分钟以前他是谁，那个时候你们不敢动他一个手指头。"

西奥转过身，领着议会成员走进木屋。在他看来，他们似乎不无试探，并非心甘情愿。先进来的是两个女人，然后是乌尔沃顿和卡尔。乌尔沃顿没有走到朱利安面前，而是在她头边站定，好像是个站岗的哨兵，两个女人跪了下来。西奥知道，与其说她们这是在致敬，不如说是为了近距离看孩子。她们看着朱利安，似乎是在寻求她的许可。朱利安微笑着捧出孩子，两个女人伸出手，抚摸着孩子的头、脸颊和他摇动的胳膊，嘴里低语着，哭泣着，挥洒着泪水和笑声。哈里特伸出一只手指，孩子出人意料地一把抓住。哈里特大笑起来。朱利安抬起头，对西奥说："玛丽亚姆告诉我新生儿可以这样抓东西，但持续不了多长时间。"

两个女人没有吭声。她们在哭，微笑着，欢迎着新生儿，探索着这个小生命，发出快乐却愚蠢的声音。在西奥看来，这似乎是一种女性之间的快乐默契。他抬头看着卡尔，惊讶地发现经历了这样的行程之后，他竟然还能站那么稳。卡尔低头用他昏花的眼睛看着孩子，含笑告辞。"这么说一切又开始了。"

西奥想："这一切是带着妒忌、背叛、暴力和谋杀，以及伴随着我手上的戒指开始的。"他低头看看闪闪发光的钻石中间的蓝宝石，然后看看红宝石的十字架，扭动戒指时感受到了它的分量。把戒指戴在手上是下意识的行为，也是有意为之，这是维护权威、确保安全的举动。他知道近卫军团的人会全副武装地过来。他们看见他手上的标志物时至少会停下来，给他说话的机会。现在他还需要戴着吗？他已经把罕的权力握在手中，不单有戒指还有其他。卡尔是快死的人，议会群龙无首。至少眼下他要接替罕的位子。邪恶需要铲除，但是必须一个一个地来。他不可能一次把所有的事情做完，应该有个轻重缓急。这就是罕所发现的吗？这种陡然对权力的陶醉是罕生命中的每一天都在感受的吗？这种感觉对罕来说就是一切皆有可能，他想要的必须做到，他所恨的必须废除，世界应该按照他的意愿改变。西奥把戒指从手上脱下来，停了一下，又推上去。将来有时间考虑他是否需要戴，以及需要戴多长时间。现在，他需要这个戒指。

西奥说："现在你们走吧。"说着，弯下腰，扶着两位女人站起身来。他们和来时一样，静悄悄地走了。

朱利安抬头看着他。她第一次注意到了戒指，说："戒指不适合你的手指。"

只有短短的一秒钟，西奥差点生起气来，什么时候取下来必须由他来决定。但是很快，他说："眼下戒指还有用。到时候我会取下来。"

此刻她看起来很满意，或许她眼中的阴影只是他的幻觉。

接着朱利安笑了，对他说："替我给孩子施洗礼吧。请现在就开始，趁着只有我们两个人。这是卢克想要的，也是我想要的。"

"你想给孩子取什么名？"

"随他父亲和你的名字。"

"我先把你弄舒服些。"

朱利安腿间的毛巾已经被血浸透。西奥毫无反感，几乎想都没想就换掉毛巾，把另一条叠好，放在原处。瓶子里剩下很少的水，可是他已经不需要了。他的泪水现在滴落在孩子的额头上。从遥远的儿时记忆中，他想起了施洗礼仪式。仪式需要洒水，要说一套应当说的话。西奥用自己的泪水打湿拇指，蘸上她的血，在孩子的额头上画了一个十字。

马上扫二维码，关注"**熊猫君**"

和千万读者一起成长吧！

图书在版编目（CIP）数据

人类之子 / （英）P. D. 詹姆斯（P. D. James）著；
于素芳译. -- 上海：文汇出版社，2017.9
ISBN 978-7-5496-2246-7

Ⅰ．①人… Ⅱ．①P… ②于… Ⅲ．①长篇小说－英国
－现代 Ⅳ．①I561.45
中国版本图书馆CIP数据核字（2017）第206702号

人类之子

作　　者 / （英）P. D. 詹姆斯
译　　者 / 于素芳

责任编辑 / 周小诠
特邀编辑 / 徐陈健　夏文彦
封面设计 / 刘　倩　谢明华　肖　雯
责任校对 / 绳　刚　曹振民

出版发行 / 文**匯**出版社
　　　　　　上海市威海路 755 号
　　　　　　（邮政编码 200041）
经　　销 / 全国新华书店
印刷装订 / 三河市龙大印装有限公司
版　　次 / 2018 年 4 月第 1 版
印　　次 / 2018 年 4 月第 1 次印刷
开　　本 / 890mm×1270mm　1/32
字　　数 / 205千字
印　　张 / 11

ISBN 978-7-5496-2246-7
定　　价 / 49.90元